虎口の難

義和団事件始末記

高橋長敏
Nagatoshi Takahashi

元就出版社

黒羽四郎介（著者の大伯父）。31歳。
日露の役戦功により勲七等青色桐葉章。

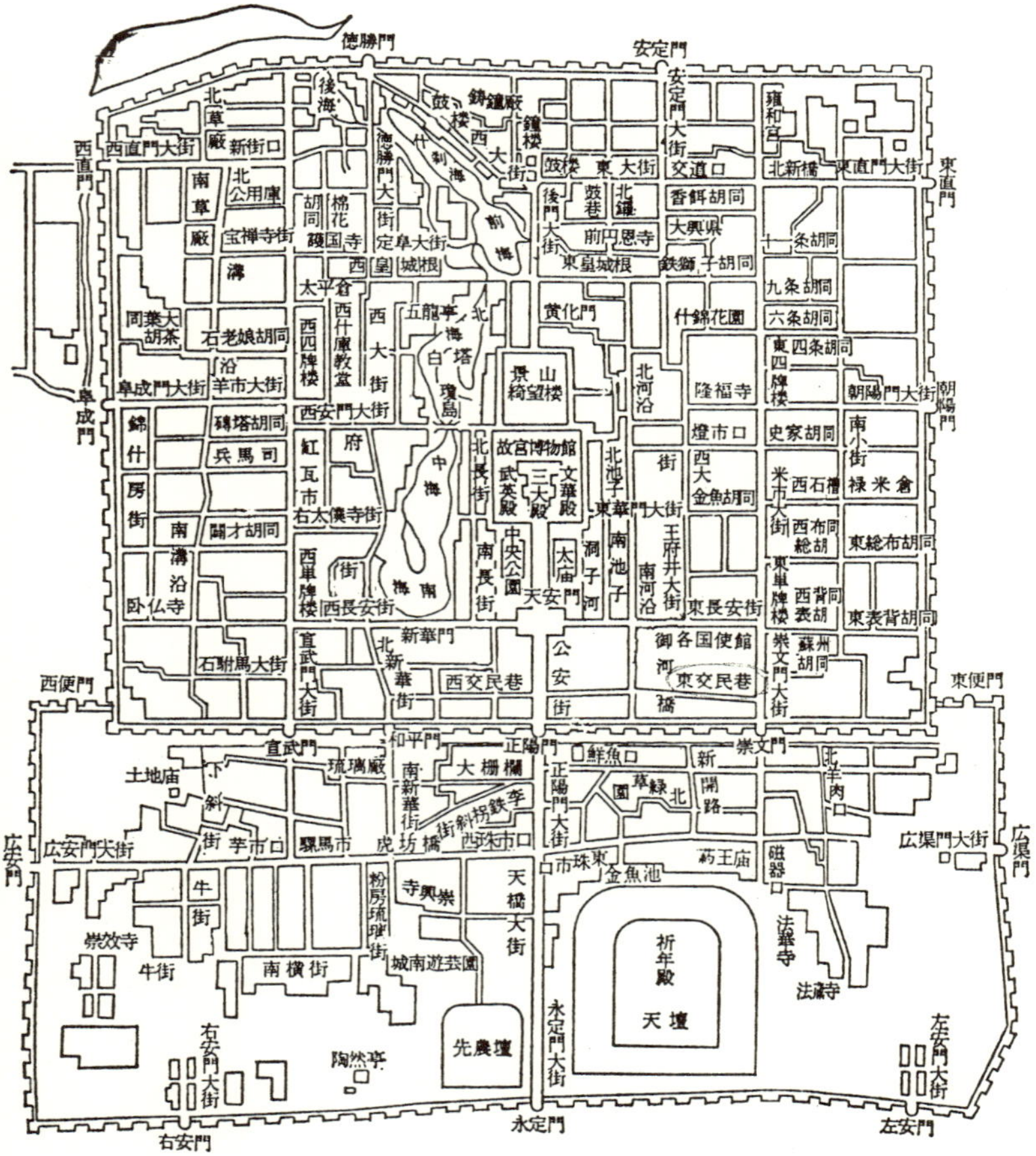
徳勝門
安定門
西直門
東直門
阜成門
朝陽門
西便門
東便門
広安門
広渠門
右安門
永定門
左安門
宣武門
和平門
正陽門
崇文門
後海
鼓楼
鐘楼
西直門大街
新街口
北草廠
南草廠
北公用庫
胡同
棉花
護国寺
宝禅寺街
東大街
交道口
北新橋
東直門大街
雍和宮
後門大街
鼓巷
北鑼
前円恩寺
香餌胡同
大興県
十二条胡同
東皇城根
鉄獅子胡同
九条胡同
六条胡同
黄化門
什錦花園
太平倉
西什庫教堂
西四牌楼
西大街
五龍亭
北海
白塔
瓊島
景山
綺望楼
北河沿
隆福寺
東四牌楼
東四条胡同
朝陽門大街
阜成門大街
羊市大街
西安門大街
磚塔胡同
兵馬司
錦什房街
紅瓦市
府
中海
北長街
故宮博物館
武英殿
三大殿
文華殿
北池子
燈市口
史家胡同
南小街
西大金魚胡同
米市大街
西石槽
禄米倉
右太僕寺街
東華門大街
闢才胡同
南溝沿
西単牌楼
南海
南長街
中央公園
太廟
洞子河
南池子
南河沿
王府井大街
東単牌楼
西布同総胡
東総布胡同
西背同表胡
東表背胡同
臥仏寺
西長安街
天安門
東長安街
新華門
石駙馬大街
宣武門大街
北新華街
西交民巷
公安街
御河橋
各国使館
東交民巷
崇文門大街
蘇州胡同
土地廟
下斜街
琉璃廠
南新華街
大柵欄
鮮魚口
新開路
北羊肉
広安門大街
牛街
菜市口
騾馬市
虎坊橋
李鉄拐斜街
正陽門大街
珠市口
西珠市口
薬王廟
広渠門大街
磁器口
金魚池
粉房琉璃街
崇興寺
天橋大街
祈年殿
天壇
法華寺
法蔵寺
崇效寺
南横街
城南遊芸園
先農壇
陶然亭
永定門大街
右安門大街
左安門大街

臼井武夫『北京追想』より

〔虎口の難——目次〕

第三部

第四部

第一部

発端

人力車は多いが、通行人も多過ぎる。

そこに箱馬車が走り、自動車はやっとのことで通り抜けて行く。

人びとから発される騒音も懐かしく、北京に昨日来たばかりで東堂子胡同の街角に立って佐山厚子は、最前より官兵を指揮している士官が施雲竜ではないかと思っていた。

近づくと、やはり長辛店の社宅でよく手伝ってくれた人らしい。

彼は仕事をきちんとやってくれたから、特別に厚子は扱ったものである。あれから二年の歳月が過ぎていた。

笑顔で近づく厚子を凝視していた男の顔に、やがて微笑が浮かんだ。汗をびっしょりかいている。物乞いの少年が器を持って付いてきた。

「佐山さんじゃないですか、旦那さんはお元気ですか」

「昨日の列車で天津から御用があるのできたばかりなのよ。主人は元気で働いているわ」

「あの時はお世話になりました。母はあれから死んでしまいました」

「一度お逢いしたことありますわ。本当に良い優しい方でした。お悔やみを申します」

「ここはもうすぐ危険になりますから、食物や身のまわりの品を持って東交民巷に早くお移り下さい。明日の昼ころまでは安心ですが」

「なぜなのよ、それほど危険なの」

「現在の私は軍人です。明日の夕方は火災が発生し、同時に騒動が始まるのです。ことに外国人は危ない、今のところ、日本人は多分心配ないと思いますが、何がそのとき起こるか分かりません。公路も封鎖されますから、注意して下さい」

長辛店の社宅にいると、体が小造りな厚子はよく皆から小孩太太《しょうはいたいたい》（子供のような奥さん）と呼ばれた。

彼女は小まめに働き、夫を助けた。夫は健児と言い、商社の部長で四十一歳である。

「主人は済南方面から、遅くも明後日はここに到着するでしょう。それまで待たねばなりません。おっしゃる通り、準備をととのえておきます」

「その時では遅いと思います。明日の昼までに公使館邸に入って下さい。津浦線はずたずたですよ。天津からの列車はありません」

「大変なことになったのね」

「司令部の自動車で来ても、東交民巷までの道路が危険です。天主教の教会堂は焼かれるでしょう」

「私、こわいわよ。困るわ」

「そのあと事件は拡大してゆくでしょう。でも私には何とも言うことはできません、お察し下さい。安全の保証は、明日の昼までが限度なのですからね」

「施さん、本当に有難う。ご親切に」

「もう、お逢いすることはないと思います。御達者で再見（さよなら）」


やはり事変は突発した。

これまで氷山の一角の如く隠されていた氷面下の大きな部分は、外国人に見えなかった。

いつもと同じような平和な日を続けられると考えられたからである。

歩行者も、街路も、杜の都の北京はいつもと変わらぬ緑美しい大都会だったが、胡同の入口を注意して見ると、町かどには警察や正規兵が封鎖を始めている。

厚子は昨日から出入りしていた日本人だから、特別に通してもらえた。食品と石鹸、タオルや塵紙《ちりがみ》にマッチ、ローソク、筆記具、薬品なども改めて揃える必要がある。

それらは社宅のボーイが購入してくれた。

だが、買物は時間がかかった。商店には行列ができているとのことである。

スーツケースと行李をぎゅう詰めにし、夕方までに梱包が五個できた。行李はもっと必要だったが、携行の困難さを思うと、残った品物は捨てなければならなかった。

外地での生活にはこうしたことが予想されぬではなかったが、短時間でのことなので、仕方ない処置だと思われた。

主食と野菜や夫が好きな缶詰、調味料のことを考えると、まだ足りなかった。問題は衣類だったが、ほとんど捨てることにした。

夜中に独りきりの食事をしていると、ボーイが駈け込んで来て、義和団の連中が暴行を働き、各所で電線を切断していると訴えた。

深夜、街頭が騒がしくなり、人びとが駈け行く足音に混じり、大声で叫ぶ者が来ているらしいので、厚子は入口のドアに家具を積み重ね固めた——綿のように全身くたくただった。


六時に醒《さ》めた。昨夜は遅くまで片づけをしたが、再び不足の品物を購入に行かせると、どの商店も値上げして、長い行列ができたので買物は難しいと言う。

八時にボーイが来た。支社宅の荷車に梱包をのせると出発した。他の職員は施雲竜からの注意を深刻には受け止めず、移動は今のところ、しない考えだと言うのである。

ボーイによれば、乗船券を持っている者は、この朝の出発が最後の便になる噂なので、港は混乱状態にあるとのことだった。

公路は既に俥と箱馬車による移動をする人の群れで溢れ、時と共に歩行ですら困難となっている。

交通整理の警官や清国官兵の一隊も呼笛を吹き鳴らし、怒号のなかで、次第に混雑を増して梱包を担いだ人びとの波に呑まれるばかりだった。

「昆明湖を朝の五時に出たが、疲れきったよ」

人力車夫は海から出て来たような全身の汗を拭っていたが、それでも早朝の時刻だったから、交民巷に近づくことができた。

そのうち熱風が吹き初め、黄塵に変わり火の子が飛び交い、黒煙も流れだした。

ひどく臭い空気が周囲に漂い、消防隊はボランティアを求め、銅鑼《どら》を叩き続けているが、手を貸す者はいないようである。

温度は既に体温を超え四十度に達する灼熱の日となった。武装した官兵の小隊が早足に、城外の三本杭の方向に行進して行く。

日本公使館の大門前では四列に並んだ人の群れを検問しているが、行列は増える一方で、脂汗を流しながら老頭児《ろうとる》とその孫らしき女の子は烙餅《ろうびん》をアカシヤの葉の天ぷらに味噌をはさみ、木蔭で喰べている。

女の子はトイレに行きたいらしく、やがてしゃがみ込んで乾いた土に向かい用をたしていた。

茶水を持った小孩子がやって来て、喝茶嗎？　などと問いかけては売り歩いている。

閑人免進の貼り紙の近くで、順番を待つ教民が荷物検査を受けている。列の中から鷲のマークの腕章をつけた西洋人が歩哨のところまで交渉に行き、入口を入って行った。

ドイツ人らしいが、言葉は分からなかった。数名の清国教民は、兵士から暴行を受け、顔面から血を流しながら抵抗していたが、荷物は没収された様子である。

やっと隊列と荷物の山が、僅かずつだが前進し始める。

兵士が来たので厚子は、身分証を見せると共に、若干の銭を手渡すと、城門まで連れて行ってくれた。

ここでは上級の官兵が現われ、悶着があったが、彼女の身分証は公使館発行のものだったから、通過を許された。

壮麗な城壁は延べ二十五キロもあるらしい。大きい城門だけでも九ヶ所にあるとのことだった。入門できたのは午後の一時に近かった。

炎は拡大し、類焼をまぬがれた教民らは鎮火の当てないこの地で、腕まくりした義和拳民の暴力に怯《おび》えている。

彼らは殺せ、シャーと叫び、拳を頭上で振いながら傍若無人に、混乱した古都北平《ぺいぴん》の市街地を歩きまわっていた。


日本公使館に到着した厚子は、数名の知人にも逢い、小さな身体で心配し続けたことが嘘のようですと、静かな前庭で汗を拭いながら話をしている。

水兵服の陸戦隊が銃を持ち、立哨している。

大きい荷物は数名の水兵が持って来てくれた。厚子が見上げたところには、ポールの尖端に輝く日章旗と旭日の海軍旗が翻《ひるがえ》っている。

私たちをあの旗が守ってくれるのだわ。たちまち厚子の両眼は光ったものに満たされた。

生方燦之助は、徴兵検査のとき第二乙種に合格したことを幸いとし、内地を出た。釜山港まで船で、あとは列車に乗り山海関を越えた。

初めて眼にする華北の地である。貧乏書生は持ち物も僅かであったが、盗難にも遭《あ》った。万壽山を訪れ、その状態を知るに及んで壮大さに一驚した。すべてが内地と違っている。ここでは兵隊になれなかった奴と嗤《わら》う者もいなかった。毎日を露店が立ち並ぶ盛り場で烙餅《ろうびん》を食いながら各地を彷徨していても、苦情は言われないから愉快である。

だが、所持金は毎日減ってゆくから、働かなければならなかった。渡船場の甲板で逢った人は、北京なら安全ですよ、よい仕事もみつかるでしょうと慰めてくれた。

日本人同志だから言葉も分かるし、異国の地でも助け合うことができると言うから嬉しい。兵隊は嫌いだし、死ぬことも厭《いや》である。だが、日本人は温かな心で接してくれた。大陸なら、どこにでも行けるし、自由にぼくは暮らせるだろうと、東京の芝という町から春の空気のように、ふらりと出てきたのである。

北京に来てみると、東京での話とは違い、都会としては相当なものである。毎日ぼくは自由に見物しては食べて暮らした、天国だった。

物資が豊富なことにも驚いた。食堂で逢った壮漢は儂《わし》のところに来いと言い、旅館にいたのじゃ銭もかかるじゃろうと、燦之助を泊めてくれた。騙《だま》す気じゃないかと警戒をしたが、そうでもない、親切な男である。

この男は口ひげがあり、身長一メートル七十五センチだという。日本刀を持っているが、老酒《らおちゅう》などという酒を呑むと、抜くから危なかった。普段は磊落《らいらく》なよい男である。

勝手にぼくを三太郎と申し、父親のように満足げな顔をするのが気にいらない。彼は自己の仕事について話をしなかった。

これが壮士という右翼なんだろう。ぼくが仕事がほしいと言うと、鉄道関係の人を知っているから、五日ほど待て、奉天から戻ってくる。まかせろと言い、小遣いをくれた。

それが思ったより多いのである。三日目に初めて大岩不死男だと姓名を明らかにしたが、本来は富士山の富士を、こちらに来てから勝手に変えたのだと言う。何でも勝手が好きな男である。

中国語の一、二、三から買物のとき多少銭《とうしょうちえん》（いくらですか）ということやら、謝々《しえしえ》と言わなくては礼儀に反するなどと、日用会話も少しずつ教えてくれる。ついでにこの豪傑は、拳銃も見せてくれた。ブローニングとか言うらしい、危ない奴だ。

だが、弾薬はないと言うからこの男らしい。剣呑《けんのん》、剣呑。大岩の気持には心優しいものがあり、剣術と言ったかと思うと撃剣と言ったりする。彼が修業した撃剣の練習には木剣を使ったので、強く打たれた時は二、三日寝込むこともあったから、真剣での戦いと変わりない緊張を感じたとのことだった。

講道館の五段だと大岩は言っているが、本当かどうかぼくには判らない。少し疑念を持っている——何もそれほど痛い思いをすることはないだろう。

柔道のことをやわらと申し、やわらはやったことがないらしい。その理由は大岩の祖父が柔術は頭をぶつけたりするから、頭脳の方に害があると思うので、やってはならぬと言われたそうな

――。

「儂の頭のことじゃから、あまり良いはずはないが、おじんつぁまを悲しませてはならぬと思っただけである。お前はペシミストじゃないのか」

「それはないですよ。古い考えだと思うけど」

大岩不死男が三太郎にご馳走してくれたときまで、中国料理は小籠包《しょうろんぽう》とそばを食べたくらいだったから、生まれて初めてこの国の食物が美味《おい》しいことに驚いた。

清潔と言い難い小店でも、みんなうまいと大岩は言い、汁が残ればそれに飯を混ぜ全部食ってしまう――口を拭いながら彼は、

「英国はな、彼らの歴史に阿片戦争なる言葉はない。戦争の性格を誤解させるものだからとして、彼らの歴史に出て来ないのだが、清国人は阿片の取引によって起こったものであることは良く知っている。残務整理が終わったら公使館に行くが、歴史観というものは、加害者と被害者との思考に大きな隔たりがあるものじゃよ」

同志の猪助という男が駈け込んで来た。

「大岩さん、危なくなって来た。公使館の収容能力が一杯で、受け入れてくれなくなりそうだ」

「儂たちも行こう。食糧と日用品を買ったら、東交民巷に向かって出発しよう」

「俺はこそ泥じゃないんだ。元もとれっきとした追剝《おいはぎ》だ。さつに追いまわされちゃいるがよ、か

なり元気にやってきた」

「盗っ人ってな、貧乏人のものを盗む奴をいうことさ。金持ちから盗むのは泥棒にならねえ」

「お前を哀れな奴と思う。強盗をしながらずっと暮らしてきたのか」

「本職は追剝だ。だちの奴らは俺いらのことを間抜けとか言っているが、今もその方の趣味がなくなったわけじゃねえ」

「そんじゃ、分け前がなくなるまで遊んで、文なしになると、ボスのところに戻ってゆくのか」

「俺らの商売じゃ、稼いだら厄介が始まる前に、さっさと銭は使っちまう。さつに咎められたら、取り上げられちまうからよ」

「情けない仕事だ、男の仕事じゃない」

左眼の下に切り傷がある男が来た。

「だかんよ酒と博打か、女のところによ、行っちまうのさ。先祖の名に恥じねえように働いちゃいるけど」

「次のターゲットは書類のひったくりか、暗殺だ。スリルが娯《たの》しみなのさ」

「儂は悪事は駄目だ。成功も出世もいらぬ、支那そば食って自分らしく暮らす」

「やい、三太郎、言っておくが俺を馬鹿にするな。まだやってないのは自殺だけだ。スープを残すんじゃない、馬鹿たれめ」

「少し飲めよ、三太郎、辛子も美味《うま》いな」

「先輩のルームは少し荒寥としている。全体にソドムのようですから、明日は整頓します」

ズボンを履《は》き、太刀をさげた男が坐った。

「そして何はどうするんですかい。ボス、あいつをばらしても良いんですかい。あっしゃ、いらついているんでさあ、大岩さんは殺しは駄目だと言ったが」

「面が割れたから危ない。殺《や》っちまえ」

「仕方ないことで。今週中に決めまさあ」

「捉《つか》まったら喋《しゃべ》るんじゃねえ。火炙《ひあぶ》りだぞ、判っているな。前金だ、消えろ」

「合点でさ」

たれこみ屋と密偵とのミーティングは、薄暗いところで秘かな会話と共に終わったようだ。

身勝手なこととは彼らは思わぬ。他人の損害に全然、無頓着なだけである。

流浪生活を続けるうち、或る者は利己的な感情を強く持つ人間に変化するのか。大欠伸《あくび》していた髭づらが背を反らして、

「俺についちゃ組の連中は多少の尊敬を払ってくれているが、懐《ふところ》ろは今んところ、すっからかんだ。ぼくちゃんにゃ秋までに背広を作ってやるつもりなのさ」

「三太郎、きんつばと煎餅のどっちが好きか」

「今のところ、ぼくは何もいりません」

「駄目だとよ、ぼくちゃんは」

後頭部に丸はげのある男が凄味をきかせ、

「集まるとき遅れる悪党は、みんな駄目だ」

とか言っている。大岩さんの友人にしては悪そうな連中だなと、ぼくは思っている。大岩はにやにやしながら、やり取りを聞いているが、彼らを利用しようとでも企《たくら》んでいる様子である。

お裾分けだと言い、また大岩は三太郎にお金をくれた。今は使うこともないけれど有難かった。彼を好きになったのはお金のことからだとも言うことができるのだ、本当に。

時たま先輩は、くち煩《うるさ》い母親のようになることがあった。だけど、それはぼくのために言われることだから耐えなければならない。

白乾児《ぱいかる》を呑むと大岩さんは豪傑らしくなり、酒臭い息を吐き、気が向けば庭に出て木刀を持ち、素振りをしばらく続け、気剣体の一致と言っているが、あれは単なる腹ごなしに過ぎないとぼくには思われる。

稀れに怪我をして帰宅したり、強そうな友達や、じゃらじゃらした山崎という紳士らしいのも集まるが、乱暴なことや女性の話題も出る。

時によると口髭を鋏で切っているから、猫はひげを刈ると女を捕まえなくなると言ったら、にやりとして、

「三太郎、お前にゃこの気持は分かるまい。モーパッサンの口髭を読めば分かる」

「悪い女に近づくのは自殺行為ですよ」

「むしろ、儂は女に殺されたい」

何かを心に描いている様子だから、ぼくは先輩らしくないですよ。相手が女のことになると、

すぐにぐにゃぐにゃになると言ってやったが、どうせ聴《き》くわけがない。

懐中にブローニングを入れて、ながながと立ち小便をしている。

それから先輩は家を出て消えた。ぼくは大岩さんの女房じゃないけど、食いものを買うため街に行くことにした。

大岩さんは女は泣いて胡魔化すものじゃから、その涙には注意しろと笑ったことがある。

「度胸ないけど勇気を出して、花は散りぎわいさぎよく。三太郎なんて都々逸あるけど」

英国はボーア戦争のために東洋まで進出することが難しく、米国はフィリピンで作戦中だったので、動員能力に限度があった。

ぼくらには北京が燃え立つようなことは考えられなかった。日、露は華北に出兵することに反対したが、英、米は日本の出兵を支持していた。

西太后は天津での事変のなりゆきによっては西安に退《さが》り、北京に政務の空白ができようとも致し方ないとする考えだった。

「天津の動乱は日増しに激しくなり、連日戦闘が続いているが、勇気ある者の方が早く死ぬように思われる。勇気もほどほどに出す方が長命に通ずるらしい」

「先輩は弱虫が長生きだと言いたいので」

「儂はのう、危険を避けるのは弱虫がすることじゃない。だが、やらなければならぬことを避けるのは男じゃないと言いたかったのじゃ」

「山東省じゃドイツ人の宣教師は横暴な者がいて、教民の中に勢力争いが起きた。そのことから貧農らは土匪と手を結び、旧式銃や槍を取り、大声で殺せ、出て行けと叫び攻めて来た」

王府井のキャバレーで鈴木長十郎とたれ込み屋の張が酒を飲んでいると、そこに馬育文がやって来た。彼は自、他をそれがしと呼ぶことがありややこしい。

「コニャックを飲め、これから危ない橋を渡るが掌櫃《じゃんぐい》（主人）はまだ来ていないらしい」

「あとで奥で逢うと言った。それまでブリッジでもやるか。この前はずいぶん負けたっけ」

「今、そこを行った女は蛇の眼だった。そのうえ、あたいだよと。良い女は少ないな」

「それがしは少し眠りたい」

「ガンは二梃持って来た、よいブツだ。ドイツのモーゼルだ。性能はとび切りだが、大型だから仕事によっちゃ困るけど、弾丸は百発ついているから、当座はこれで良いだろう。初めは連発させてしまうから、弾丸も無駄になりやすい」

馬育文は胡瓜《きゅうり》に似た細い顔だが、ぎょろりとした白眼を向けた――いわゆる悪相で、白濁した三白眼が気味が悪い。

「拳銃を持ったことあるか、気をつけろよ」

「暴発するから、人に銃口を向けるな。安全栓は確実に作動するか、注油して実弾射撃をしておく方がよい」

「射ったことはある。殺したことはないけど」

「当たらなかったのだろう」

冷たく馬育文は嗤《わら》った。

「近づいて射つことだ。そんなら当たる」

「確実に命中するのは六メートルくらいまでだが、薬莢が飛び出すからびっくりする」

「夜になると北京は涼しいし、扇風機もある。俺がいた横浜は蒸し暑かった。良いところだから組を引退したら女房を持って老麵《らーめん》屋を始めたい。餃子や点心も置いてな」

「儂の村じゃ、まだちょん髷《まげ》をつけた男が多い。東京の人間は断髪なので気味悪かった」

「女の人はどんな髪型ですか、ぼくは見たい」

「質素なものだ。結婚した女はお歯黒を刷毛《はけ》でつけ、化粧するときは兎の足でお白粉を塗る。だが美人は多いぞよ。ばあちゃまの若い時の女っぷりは鮮やかなものだった。まなこは涼しげで眉はゆったりしていた。誰もが黙ってしまうほどじゃった」

「ぼくは煙草は吸わないし、酒は少しだけ飲むが、先輩は呑み過ぎるから困ります」

「飲まん奴は男じゃないとは言わんが、お前も飲むようにせい。牛肉は食ったか、儂の村じゃ牛を食うときは男だけ集まって食う。女たちは神棚を半紙で包み、けがれぬようにする。だがな、あれは美味いもんじゃよ」

午後は密偵が来て、はじきの弾丸を二十七発買っている。

試射したいが、大岩は今は官兵や警察がどこにもいるから、射てば厄介なことになるだろう。だから弾丸込めをせず、射撃予行だけをしていると娯《たの》し気である。

「人殺しはしないでしょうね」

「敵なら、やらねばならぬ時が来る。つらいことだが、神さまはどうお考えなさるか。儂《わし》は斬込み隊の先頭に立ち、日本刀を構えたまま、この一生を終わるだろう」

「死んだら詰まらないですよ」

「誰かがやらねばならぬこっちゃ」

「日本刀をやめて拳銃にした方が危なくない」

「外国人は臆病だから、ああした物を考えたが日本人は違う。敵中に斬り込むのだ」

「早く死にますよ。命だけは長持ちさせたい」

「いつかお前にも判ることだ。支那そばを食いに行こう、北京のそばは美味いぞ」

二人は胡同《ほうとん》（横丁）から明るい商店街に出て行った。

明治三十三年（一九〇〇年）五月十二日のことである。

この日の夕刻は各所に火災が発生した。全長二十八キロに及ぶ北京城壁には一万余の銃眼がある。

楼閣からは黒煙が立ち昇り、民家が火達磨《だるま》となり、次々と炎上する様子が望見された。

事態は切迫し、群衆から発せられる騒擾のひびきは、次第に大地をも揺るがせるほどになってゆく。

大岩不死男と三太郎は私物をまとめ東交民巷に向かい、住み馴れた東堂子胡同《とんたんつほうとん》をあとにした。

大岩と三太郎、猪助と馬育文らは、水兵が立哨する門から酒をぶらさげ、肩をいからせ入門して行った。

義勇兵の話を聴《き》いたあと、大岩は遊撃隊なるものを創設すると、独裁的見解を三太郎に発表した。

三太郎は良い案と思うが、ぼく自身は体力がないから、消火活動をすると申し出て、水汲みを手伝うことになった。

だから、彼は姐さん被りの方に入れられた。

一方、大岩は遊撃隊への参加者を求めて歩いたが思うように集まらず、追剥《おいはぎ》だった馬育文が木立の奥で清国教民の中に、とぼけているのを発見すると、行動を共にするよう彼にこの件を話した。

「女房の非難する眼を見て、俺らつくづく世の中が厭になって跳びだしたのさ。そいからこんな具合になったのだ」

「ダーリンて言うのは亭主の名前かよ」

「それは夫婦の間で、互いにいとしい人と言う意味で呼び合う言葉なのさ」

「俺ら帰ったら、ダーリンと呼ぶだよ」

小遣い銭を他人からもらった経験はなかったが、助かった。三太郎は義勇兵に加われと薦められ、兵隊だけは勘弁してくれ、嫌いなんだと言った。

男は義勇兵に加わったから、残るは、老人や病人と女性、それに清国教民と三太郎だけとなった。

彼はいつまでも兵隊にならぬので女性から白眼で見られたけど、頑として前線に行くことに応じなかったのである。

子供は兵隊が戻ると潑剌《はつらつ》となり、元気な声をあげているが、砲撃で地面が揺れ、兵士が出て行くと、不安な顔を壁際に並べている。

今も出て行ったばかりの義勇兵が頭部をやられ、血を押さえながら、担ぎ込まれた。

三太郎は肝を潰すほど驚いた。丈夫そうな女と兵士をアンペラの上に運んだとき、血の臭いに眩《くら》みそうになり、大柄の女性が彼より力があることも分かったから羞《はずか》しかった。

大岩はこのあと釘を引っかけたと言い、鼻息荒く療養所に行き、薬を塗ってきた。いつものことだが、大岩が坐ると賑やかになって盛り上がる。

「ラーメン屋にいた長十郎は横浜から来たが、炊事の仕事に馴れている。吹雪の甲州で、俺は狩人の親父と山の中で暮らしていたから、鶏や猪狩りには自信ある。石投げは爺さんゆずりでな。射撃は早くて正確だ」

「炊事係の者が列国の軍にはついて来ているが、日本だけは専門職の係はいないね」

「弓も猪助は上手だそうだね。娯《たの》しみですよ」

「儂は十三歳のころ投げ縄を習った。水戸で捕吏をしていた人から教えてもらった。彼は盗賊を捕まえる達人といわれ、投げ縄の輪中に自分の体を出し入れして見せた。この人は捕縄術も鮮やかで、ひどく疾《はや》くやって見せた。儂は死ぬまで縄を使うことはないと思っていたが、投げ縄をお見せできるかも知れぬ」

この話など、三太郎は疑いの目をもって聴《き》いていたが、あれほどいうには、それだけのものも持っているのであろうと思った。

「大岩よ、お前は二年前に本州から戦争するため、やって来たのか、いかれた奴だ。戦って死ぬつもりかよ。頭のてっぺんまで戦争ごっこで一杯なんだ。変わっている」

「儂は日本帝国のために僅かな力をもって来たが、戦争のために働くのは軍人だ。しばらく見ないが、金ぴか山崎は元気か愉快な男だが」

「奴の所に妊娠した女が訪ねて来た。二度だけさ」

「話は変わるが、リチャードソンが白昼の路上で、薩摩藩士に斬殺された。あれから侍と路上で、すれ違うとき、いきなり斬られるからと、心配もしたが、安全なところまで行くと、神に感謝したそうだ。生麦事件の通訳をした彼は、日本刀の斬れ味をよく知っていたのさ」

「侍が歩くとき、直前を横切るものを、無礼打ちにしても良いとする習慣を彼らは知らぬからだった」

鈴木長十郎と三太郎は、炊事係に決まったが、二日して三太郎は炊事室の暑熱にやられて倒れた。

軍艦愛宕からの派遣軍人は原胤雄大尉のもとに、陸戦隊士官三名と兵卒二十四名がこの日（五月二十八日）、国際舞台への初参加で集まった。列国は清国の崩壊は近いと判断し、力づくで得た権益を確保しようとしていた。

清国朝廷に対する民衆の忠誠心を義和団は煽《あお》った。連合軍は義勇軍を組織し、対戦準備を整えていた。三太郎は再び給水係に戻った。

北京城内では、隊長が整列した兵に訓示を与えている。

「諸士は沈着にして常に忠節、剛勇をもって前線において戦ってきた。余は諸士の努力のなかに、栄光と名誉を見出している。

日本軍人こそ世界に冠たる最高の軍人である。これは命がけで戦い取った諸士の努力の賜物である。これに他国の連隊旗もあるが、すべては余の戦友諸士の必死の戦いによる勝利で得たものである」

夕暮。

各地から召集を受け、奉公袋を手に、入隊した兵士らは親しい友に逢い、見送りの知人と訣《わか》れ、志ざす兵種に分けられる。

彼らは同胞を守り、敵に当たる義務をそのときから遵守し地方での思想を捨て去る。その後は優秀なる下士官の厳格な、訓練を徹底して受け、軍人精神を持ち、戦場での行動に耐え得る鉄の戦士に変わるのだ。

彼らこそ強敵を打ち破り、万難を排し勝利を得るまで戦い抜く闘魂を持つ戦士である。酷烈きわまる戦陣に臨み、彼らは人間性を超えた精神力を以て弾丸雨注の間、死を怖れず最前線に活躍し、祖国を勝利に導くであろう。

大岩は故郷を出発するとき司令部に務めている叔父から受け、手帳に入れている紙片を再び読み、ひとり東方に向かい不動の姿勢をとり、挙手の礼をした。戦いが始まるのだ。

広大な天安門広場の周囲は劫火の跡も、生なましい状態であった。

小環

保母の仕事をする姑娘《くーにゃん》がいた。その話し言葉は、ほとんどの日本人には分からない。痩せているようだがそうでもない、ぱっちりした黒い眸《ひとみ》は誰からも愛された。仕事ぶりは早かった。幼児を抱き歩き、難民に笑いかけ、仕事を熱心にやっている。

もう一人は長崎県人のお規久と言われる娘さんで、長辛店の叔母と危険が迫ったから、社宅を捨て主婦たちと北京城に来たのである。

保母の姑娘は小環《しょうふあん》と言う名前だった。三太郎はこの名を聴き出したくて、どれほど苦心したことか。彼女の姓は潘《ぱん》と言った。

小環は洗濯、食事の仕度と老人の介護も幼児を遊ばせながら忙しく働いていた。ひと目で三太郎は、彼女を恋してしまった。

一日中、あのメッチェンのことを想い続けた。水汲みの仕事は小環と逢えるから楽しかった。あのスマイルこそぼくの蒼空だった。

動乱の中なのに、若者にとっては運命的な出逢いとなることもある。だが生命を大切にするのだと教えたあとで大岩は、お前のようなやわな男をでれ助と呼ぶ。でれでれしているからなと、本当は善い青年を嗤《わら》う乱暴な言葉を吐いた。

「そう呼ばれても全然平気です。実にその通りですから」

「そう言うな、お前らしく生きてくれ、人は自分らしく生きることが幸《しあわ》せなのだ」

「先輩には上げたり、下げたりされるけど、勉強になるのです。けれど時たま試されているのかと考えることもあります。ですが、お話して下さって感謝しております」

「儂は気性が激しいから、注意せんとならん。お前のような温厚な人物は、すべてを善とするとされている。儂とは違うのだ」

夜半に雨になった。北平あたりは七月中旬より八月中旬ほどが梅雨期なのである。

風情があると申し、のぼせ症の大岩は降る雨の中を歩くのが心地よいと言い、巡察に出て行ってしまう。

このまま敵さんが来なければ少しは休めるのだがと、三太郎は思った。

少しずつ彼も戦火の中で生活する方法を覚えてゆき、砲撃の恐ろしさも当初とは変わり、硝煙下で何度も水汲みをし、炊事係に水を届けたが、そうした作業をしていると、恐怖は紛れた。初めはどの弾丸も自分を殺すために飛んでくるように思ったが、今ではどういう音なら危ないか。飛び去ってゆくだけの心配ないものかも分かるので、女性ばかりの仕事場で頼られる存在となったのである。

一緒に働くこともあり、山東省から危険を避け、北京まで来た乙女に彼の胸は膨《ふく》らんだ。

小姐《しょうじぇ》（お嬢さん）の瞳は何に喩《たと》えられよう、黒耀石だろうか三太郎には言葉もなかった――夢中だったのである。

ところが、彼はこのところ、憂鬱だった。数日前には小姐は優しい微笑を返してくれたが、この日も他の男と水汲みに来たのに知らぬ顔である。

ぼくは確かに失恋した。近眼じゃないのに彼女は見向きもしない。あの冷たい顔ったらなかった。ぼくを弱虫だと嫌っている――あんまりだ。情けないけど、ぼくはぼくなんだ。変わることはできない。

先輩なら、笑いとばすだろう。彼女ときたら、誰にも愛想がよく、笑うけれど、それがぼくは好きだが心配でもある。

でも、今朝の態度には胸を抉《えぐ》られた。ぼくを見るときの穴のような眼。死ねるものなら死にたい。

ぼくだって前線に行き働くこともできる。

けど、もう一人のぼくは行くなと言う。ぼくは強くないから嫌われた。あれほどの女性だから、男なら誰だって好きになる――だから心配なんだ。

歩き方も魅力的だが、少しハスキーな声がまた溜まらない。先輩に訊《たず》ねてみよう、駄目だったら泣きだが嗤《わら》われるのはもっと厭なんだ。

「強引こそ成功の基」

先輩が言ってくれた言葉である。頑張るのだ。

「小環は愛嬌よく笑ったかと思うと、翌日は知らぬ顔をして、ぼくに冷たくする」
「女はそういう生きものさ。気にするな、そのうちまた微笑しながら現われる。だから儂は娘たちを好きだが近づかぬ。お前には頑張れとしか言えん。ひじ鉄を食った奴の方が幸せだと言われることもあり、早く諦《あきら》めたので良かったと言われる奴もいる――女には迷わされる。だが、それは一生に一度だけで、二年の間は青年が仕事を離れて努力しなければならぬ問題なんだ。早い場合は一ヶ月で意が通じることもある。誰も一生のことだから不安をもったまま結婚するのはよくない。

だがね、それなりに添いとげる者がいるから不思議なものだ。とにかく、一緒にいると気分がいいような女じゃなければいけない。若い頃からよく知っている娘なら良いかと言うと、そうでもない。気持がすすまぬようなら、やめて離れた方が良いものらしい。三太郎には頑張れとしか儂には言えんことだ」

小環の声は低くて太い。身長百六十五センチでしっかりした頼母しげな女性である。長十郎は小環は図太い女かも知れぬ、女なんざ何を考えているか分からぬ生きものだと言い、三太郎を憂鬱にさせた。

今日の鈴木長十郎ときたら厭な感じなのである。

地球上で小環を快く思わぬ者がいるとは思えないから、長十郎だけなんだろう、小環を良く言わぬ男は。つまりとんちきなのさ。

倉庫わきで長十郎と秋葉らが話をしている。

「独りのうちは悦《よろこ》ぶことも悲しいこともないのさ。だが、女房が待っているようになれば、忍耐と心配が必要になり自由はなくなる」

「そうしたものかね、でも、一緒になりたくなっちまうのさ。三太郎さんを見ていれば分かるだろう。悩んでいるが、あれで良いのだ」

「俺らはよく経験している。つらい時が来るのだ。だから俺らは独りでいるのさ」

「独り身の男を、私がどづいてあげるわよ」

三太郎は引き裂けそうな胸の裡《うち》を小姐に話しかけた――声はどこから出たのやら分からなかった。まるで涸《か》れた小声だったのである。

彼女はふり向いて疑念を持った目つきのまま、胃袋の中を覗《のぞ》くようにして不知道《ぶちどう》と言った。妙な奴と思われたことは間違いない。

その声が聴《き》きたくてもしかすると、水をひっかけられるのでは――と思い、遠まわりをした。名前を聞き出すための苦心ときたら、言うまでもなかった。

彼は女性に話しかけることに、全くの不馴れだった。無視されると三太郎は、もう駄目だとばかり頭をかかえ、大岩に泣きついた。

黙って聴いていた大岩は、じっと彼を見て、

「三太郎の気持は娘さんに通じていると思う。それが分からない人なら駄目だ。そうだ、何もここにはないが花ならある。頑張ることだ。粘り抜くことさ。そうするのが――お前らしい」

「倒れた兵が俺らお国のために戦っただ。紅い陽が沈む。元気でな、おっ母あ、さよならと言った」

中院の軒を出はずれたところで、三十分以上も三太郎は待機していた。でも彼は暗殺者ではない。確かな証拠に、右手に綺麗な草花の束を持っているではないか。

すぐ通り抜けようとした小姐に、恐る恐る三太郎は花束を差しだした。少し驚いた様子で、眸の大きい娘さんは艶然と微笑《ほほえ》み、それを受け取った――周囲に誰もいなかったからできたことと思うのは三太郎だけである。

「多太了《とわだあら》」（何歳ですか）

三太郎は山東風な方言で訊《たず》ねた。中国服を着た妖精は、懐かしそうに二十歳ですわと答えた。この国では女性に年齢を訊ねることは失礼にはならなかった。

三太郎は体じゅうの勇気を奮い、名前も尋ねた――小環ですのと言い、三太郎はぼくの名前はサンタロウですと言い、そして呼吸困難に陥《おちい》りそうになった。

小環は微笑み、口の中でサンタロウと小さく呼んでいる。眼前に立っている妖精の眼差しが、三太郎には眩しくて、もう充分だった。

介護のお婆さんが小環を呼びに来たので、彼女は行ってしまった。

――掌をとるのは次の機会である。頑張るぞ。

三太郎は空らになった手桶をひっ摑《つか》んで井戸に向かい突っ走った。

なぜだか彼は、片足で地面を跳びながら、これも消えた、大丈夫だろうね。

ハレルヤ！


「奴は目障《めざわ》りだったが、尻っぽを巻いたらしい」

打粉袋で太刀を叩いていた大岩に、

「父親が教えるものは人間性や勇気です。その他に創意と決断だそうです。母親は優しい心と信頼を教えるけれど、叱っても駄目ということが少年になると始まる。父母はその時は助けてゆく役割り分担があると、ミサのとき話が出ました。先輩なら立派な父親となるでしょう。ぼくにはそうしたことは難しいと思う」

「悪事は通報されるし、捜査の手がまわる。危ないことだ。何をしても商売となれば難しい。黄は今、どこにいるのか分かるか」

「だちを売る気はないぜ」

「お前のそういうところが、俺は好きなのさ。だから組むことになったんだ」

「三太郎、お前は酒席だけの儂の友人につき合っているが、警戒しているな。少しの間だけ外に出ていろ」

「今、ドアの奥に行った纏足《てんそく》の婆さまは、この店のマダムだ。恐ろしく度胸が良い人だ」

「ぼくは日本から持って来た小包みを山海関で盗まれ、困ったことがある。それで気にするのですが、悪事は何にしてもいけませんよ」

「儂《わし》は気にしちゃいない、心配するな」

目つきの悪い男が入って来たが、厭な奴だ。

「連中に近づかない方が良いですよ。悪人とつき合えば、碌なことがありません。清国まで来て、悪事に加担するのは日本人の恥ですよ」

「清国人の密議を呑みながら聴いていると、東単牌楼の銭荘――両替商は放火事件が拡大したので店を閉ざした。放火するのは少年期からの盗人で、盗犯癖が身についている連中なのだ」

「捕まらないのですか」

「以前は古着を天津に売りに行っていた。天津まで行き、運河の南に估衣街という古着屋が集まるところで盗品を売買していたが、他に危ないものも取引している」

「友人に密偵がいるんですか、垂れ込み屋とか」

「東華門の東廠胡同にある邸宅は清国政府高官のものだが、いつも門番を呼ぶと、今日は誰とも会わないと言われる。だが、密偵が大砲を貸してくれるかと頼んだら、門番は少し待てと言い奥に入って行った」

「そのあと、どうしたんですか」

「別の密偵が潜入し、真夜中まで邸宅内に隠れて、仕事はしてきたのだ」

「本当ですか、何を盗んだので」

「軍の配置図と金銭などだった。儂は頼んだわけじゃない。だが、仲間の男はそのあと消されたのだ」

「危険な仕事ですね」

「奴は吞気で少しぼんやりしたところもあったが、従順だった。本当の悪党には、凶悪な容貌の奴は少ないものだ」

「でも、信用はできるのですか」

「そうでもなかっぺ、仲間うちのことは皆が口は堅い。頤和園《いわえん》の昆明湖付近には去年秋に山西省臨汾から老師（先生のこと）が来て、泥棒学級を開き、連中はそこに訓練に行っていたらしい。その頃、金ぴか山崎と一緒にアジトによったことがある」

「運河を通行する船に別料金を取っていた陸元と言われる親分がいた。彼は連中の生活を面倒みていたし、給料さえ支給しているとの噂もあった」

「殺人や誘拐なども引き受ける組織なんでしょう」

「だあよ。そんじ山崎なんぞ街なかを、お洒落《しゃらく》してぶらついていても通報されない。陸《るう》のは組織から実行委員らが出かけて、どすや拳銃を持たせ出張させる」

「危ないわけですね」

「任務上のことは情け容赦しない」

「ぼくは頤和園に一八六〇年のとき、英仏同盟軍が放火と掠奪をしたことは聞きました」

「村上先生から儂もその話は聞いたが、日本軍はそれはしない」

「将来のために泥棒で蓄《たくわ》える者は少ないのでしょう。松本さんはお金は持ち続けることが最も難しいと言ったことはあります」

「おあしと言うものだから、失うのも疾《はや》い」

「松本さんは善人でしょうね」

「自分が思っているよりも周囲の人は知っているものだ。しかし、悪事にも善行にも報いはある。儂は黄門さまと敬天愛人の西郷どん、それに水戸納豆が大好きだ」

「犯罪者は運命に無関心で反省しないそうですね。先輩はお酒をやめて下さい。祝いの時に少し位にできませんか、体に悪いからです」

「本当の悪党は親方なんだ、自分は悪事に手を下さんから安全でのう」

小さな廟《びょう》があり、柱に山静日長仁者壽だとか半窓疎影梅花月、紫門臨水稲花香と上手な文字が書かれている。

「なぜ、先輩は働くのですか」

「儂はな、じっとしていられん性質なんじゃ」

「仕事は愛する人のためにするものでしょう。愛する人に成果を見せたいからでしょう。事変が終息したら、ぼくはそうします」

じっと瞠《みつ》めていた大岩は、溜息とともに笑う。

「三太郎、お前は実に厭なところがある。そこが気に入らぬ。人間同志にゃ生臭いところもあるから、そうした話はせんことじゃ。そうすればいつでも歓迎される。だが、お前は憎めない奴じゃから、勘弁してやるよ。人間は誰でもとにかく、働いて生活そのものの資を稼がなければならん。それをしなければ、誰も扶《たす》けてくれんからのう。ただし正しく清く生きなければならん」

「この頃じゃ清く正しくなんてことを、言う男はおまへん。大岩さんくらいでしょうがな」

日本公使館には秘密の電信器が二つある事実を、大岩は伝えられた。だが、一方は送信不能で、本棚の裏側にあるものには障害があった。

修理できる者はみつからなかったということである。大岩がそのことを秋葉に話したところ、やってみようという者が出た。

彼はその方の仕事をした事があるから委《まか》せろと言うので、修理は直ちに始められた。

英軍からも器材が届き、修理はどうやら成功した。彼は伊軍士官からもらったハンモックに入って眠ったという。毀《こわ》れたところをすっかりこの方も修復させたのである。

「借金というものは、人の品位を落とすと言われる。何をしてもよいですが、借金だけは自分を失うことになりますからね。松本さんはこう言ったのですよ」

「大岩をね、健康すぎて体が弱い者を注意深く扱わないから困るのだ。完璧な軍人だがと、松本のとっつあんは滾《こぼ》していた」

一八五〇年以後、清国は列強による領土拡張政策のため山東省の章邸、沂水、棗荘などでは義和団がこれに抵抗し、暴動が始まった。

列強は清国人を愛国心など持たぬ民族とする観念が破られたことを知ったが、義和団こそ怖るべき白蓮教の蘇《よみがえ》りなりとし集結が始まった。西洋の侵略者が天主教《カトリック》を布教するなら、清国人は自らの神により抵抗するとして独自の布教を行なった。

事態は急速に悪化し、彼らは救国の義民と言われる勢力に発展した。電線を切り、鉄路も破壊し、西洋人は鬼だから首を斬る。そうすれば神の怒りは収まると言い、天主教は悪だ、悪神を倒せ、義和団の祭儀に集まれ、天の怒りを鎮めよと、大勢で叫びつつ行進した。

列強は清国人の抵抗力が弱いと分かると難題を突きつけ、港湾都市をむしり取り、権益を拡大した。

広西省では神父オーギュストが殺害された。この事件からあとフランスは英国と結んだ。このとき、我が国は急速に近代化を進めていたのである。

甘粛軍は宛平県で英国公使館員と衝突を起こしたので、列強は海兵隊を公使館に増派した。

一方、山東省から北上しつつあった義和団は、数万人に膨れあがった。

日清戦争終了にともない失業者が増大していたが、流民もこれに加わった。彼らは扶清滅洋の勤皇軍として迎えられたから、意気大いに高揚した。彼らの目的は攘夷だった。西洋人を敵視し、棒術や拳法を訓練し、掌中に火を起こした。

列強は軍事力、経済力ともに清国を貧弱だと考えていた。欧州からは山東省に綿布が輸入され、綿花の産地は農民を窮乏させた。そして怨嗟の元とされる西洋人を、彼らは殺戮《さつりく》し始めた。

義和団は各地に蜂起し、霊媒と称する者に訓練され、精霊がのり移ると、銃刀によっても殺傷されぬと自慢した。

鄲城の会匪には青年が多く天主教（カトリックのキリスト教）民を殺害し始め、高唐、長清、臨清などで天主教会を襲った。

義和団の指導者は魔術を使い、銃弾ですら身体を傷つけぬと農民を信じこませた。

清国には善人は軍人とならぬとする考えが古くからあり、流人や密輸人を兵士としたから、軍人を指さし、良い鉄は釘にならぬと言う市民が多かった。

露国は旅順、大連で突如、土地税を徴税し始めたので、たちまち暴動に発展した。そのため露軍は多数の清国官兵を、容赦なく射殺したのである。

義和団によるブルクス氏と六名の殺害は、計画的な事件ではなく、西洋人は単に耳を切り取られたに過ぎないとの発表があった。

東昌、大名などの西洋人は、義和団による殺人と略奪、放火につき、絶望的多発状態となり、義和拳民らは金品を要求し外国人を脅迫し始めた。

教民（キリスト教の信者、クリスチャン）らは眠られず地方に逃散したが、無事に通行できなかった。保定東南の義和団は秘密の儀式を始め、我らは愛国者だからと申し、地方官吏に経費支援を要求した。

このとき黄河が氾濫し、鉄道と水陸の交通関係者の生活を奪った。香港からの特電は天津は危機的状態だが、海兵隊の駐屯は二ヶ小隊だけだとの報告であった。

「俺の母親は体が弱り、弟は戦傷した。死は覚悟しているが、自分にもしものことがあれば、故郷の家族は暮らしに困る。心配なんだ」

後顧の憂いは、兵士の能力を減退させていた。

公使館が各国とも入所する東交民巷広場は租界地だが、乗馬練習も可能な広大さを持ち、列強入りをした日本公使館も各国と集中し、銀行もあったので、連絡は各国とも便利だった。朝には金髪の婦人が乗馬運動していた。爽快な眺めだった。

当時、北京市内では捜索が始まっていたが、それは西洋人と通じる者や教民を捜すためであった。勝手に民家に立ち入り、洋書などを発見をするとその住民を殺害した。列強は自国民の財産に関し、条約の上では清国の法令を適用されぬので、外交官は犯罪に関係しても逮捕できず、不公正とされた。琉球を初め清国の影響下にあるとして認めていた我が国は、これを領土として日本の国民の帰属を認めさせた。

その根拠となったのは、台湾に漂着した琉球人を台湾人が殺したことから、殺害者の処分を要求したことによるといわれる。

「俺は無神論者だ。三太郎は非道徳なニイチェと同じだと言うが、道徳のお化けじゃないぜ」

「これは飲み友達の金ぴか山崎仁助、生まれはどこか分からないが、はいからな男である」

笑顔で挨拶したが、山崎は自分を小生と申し、ソフト帽を被《かぶ》り、この暑さに蝶ネクタイで背広を着ているから、少しは連中より羽振りは良いのだろう。だが、彼の紺色のスーツやチョッキの下は汗で大変だと思われる。

三太郎はこの男に好意を持っていない様子だった。背は高く少し気障《きざ》だが、外貌も悪くない。金の指輪をつけているが、悪そうなやからと住んでいるのだ。言葉は丁寧だが金のある者に慇懃で、生活困窮者などには無礼な奴であろう。小指の爪も伸ばしているが、これが三太郎は嫌いである。

悪党に違いない。大岩さんは彼を気前がよい奴と言ったけれど、決まった稼ぎをしていない以上、そいつは怪しい。ぼくは判っている。

彼は盗人じゃないが、盗賊の友人を持っているに過ぎぬと先輩は言うのだが、嫌な奴だから言ってやった。

「福沢先生は、悪友と交われば悪名をまぬがるべからずと言われた。また独立の心なき者は国を思う心、深切ならずとおっしゃった。けど少しぼくを指して言われたとも考えられる」

そう言いながら先輩の餃子《ちゃおず》を勝手に吊りあげて食べている。この男は昂奮すると、人の物を食らう習癖があるらしい。

「苦難は正しい人の一生についてくるものです。恥をかくことに遭って人は謙虚になる。大岩さんのように親切で、いつも人を喜ばせるようになりたいのです」

「三太郎の言い方は変わっている。お前は構えたことを言うから儂《わし》や、うつったらしい」

「誰も少し良くなると、傲慢になりやすいものですが、神は善くしようと愛する者に苦難を与えます。本来ならば苦難は少ない方が良いのですが、その到来を待つ人すらおります」

「人生はつらいことばかりじゃ」

「歳月の長い苦しみが無駄に終わったら。ですが、神を信じていれば仕合わせは必ず来るでしょう」

「三太郎はやりきれん奴だ。だが考えさせられる。なぜ、それほどに変わったのか」

「キリスト教の集会で、佐山という女性に逢ってからです。先輩は変わりましたか」

「つき会う友によって変わることがある。よい友人を選ぶことじゃ」

「大岩さんは自己を問題にするな、自分をためす勇気を持てとおっしゃった。他人の狭量を気にかけるなとも言われましたが、ぼくは軍人は好きじゃない。友人の中で最もよい者は誠実で健気な妻です。そのうえ有益な仕事があれば、最高の人生を得たと思うでしょう」

「儂は結婚を考えぬ。心の底でいつか戦死すると思うからじゃよ。女房を悲しませたくない」

「以前、先輩は精神を活発にするには活動するのが良い。考える余地を与えぬ適正なる職業こそ軍人だとおっしゃった」

「神経にとっても軍人こそ健全である。人が動くと書けば働くという文字になる」

我が国は朝鮮を一八七五年に、それまで宗主国だった清国に代わり通商条約を結び、独立国として承認した。露国の南下政策に日本は危機を感じ、これを排除しようとした。

その後、日米は京城（漢城またはソウル）に公使館を設置した。こうして清国は朝鮮に対する宗主国の地位を弱体化した。露国は日本と戦えば九州をとるとした噂も流れたのである。

李鴻章は下関で講和条約に調印したが、そのとき壮士から狙撃されて負傷した。青年は全体を見ることができず、政府を困惑させたが、各国から李鴻章は同情された。

彼は朝鮮の独立を認め、台湾と膨湖島を日本に割譲し、賠償金の支払いに同意した。

しかし、彼は後に露国と密約を結んだ。日本からの遼東半島割譲要求は独、仏、露による所有権の放棄を勧告してきた。

旅順もこれには含まれていたから無態だったが、戦後日本は疲弊していたため、やむなくこれを諒承したのである。

義和団の急進派、大刀会の目的は反乱にあったが、自らを愛国者と称し、外国人びいきの者を脅迫し、支援を要求した。

「今世紀は列強最後の陣取り合戦のときと考えると教えられた。先生は先進国の進出より露国の南下政策に危惧《きぐ》がある。これを直ちに阻止せねばならんとおっしゃった」「ぼくは他で聴けぬものを聞き、有益です」

「苛《きび》しい仕事こそ人を仕合わせにする。小人と争うな、非難されたら悦べ、それは成長している証しだ。重要な仕事をするほど、そうなるものじゃと先生はおっしゃった。働けば心配などは忘れるものじゃ。兵士の士気を高めるには、忙しくさせるがよい。可哀そうじゃがと」

三太郎に猪助が本当に神さまはいるのかと訊ねたことがある。

「神は静けさの中に現われる。見える方ではないのですと言った」

「俺は完全にうわの空で、口が塞がらなかったよ」

「三太郎さんはこの頃、信者なのだ天主教の」

「以前は猫だった。待っても来ないし、待たないと現われる。まるで女のようだった」

「おいら三太郎さんと佐山さんのところの集会に行ったぜ。ご婦人ばかりで、男は死にそうなのが何人かいた。皆はにこにこする。敵意がない顔を見て、天国はこんなところなんだと思った。

生まれて初めての経験だった。明日のことを思い煩《わずら》うな。明日は明日が考える。一日の苦労は、その日だけで充分だといわれた」

「馬鹿らしい。明日を考えず生きてゆけるか」

「だが、ぼくちゃんは、あれから神さまに心配をあずけて、呑気になっちまった」

「まさかと思っていたが、俺もあれから少し可笑《おか》しくなっちまった。だが悪かない。神さまが右に行けと言われたら、それに従うだけさ。ご婦人方に脂っけを抜かれたわけじゃない」

「馬鹿とか悪い言葉は、集会じゃ誰も言わないし、ごく穏やかさ。俺らは全部よくなった。けれど集会に顔を出さないと、また悪くなる」

「そうだ、行くたび悔い改め、悪い心に追いつかれぬようにしていると爽やかなんだ」

大岩が戻った。ひどい汗である。子供が射たれた。死ぬだろう、可哀そうにと言う。

三太郎が他国に来ているのは侵略ですねと訊ねたが、大岩は、

「清国としては外国の軍隊がきていることに不満はあるだろう。だが、日本とは条約のうえから軍隊が日本人を守っている」

「ぼくが聴いた話じゃ英国はボーア戦争で初め負けたが、ダイヤモンドが産出されたと知ると、四十万の軍隊を送り、土民軍を皆殺しにした」

「先生の受け売りだが、どの国も国益がすべてだ。アフリカの南西部をドイツが占領し、ベルギーは貸金の担保と称してコンゴを収めて拡大した」

先輩はにんにく臭いが国際問題も教えてくれる。

「伊軍は遠くトルコに宣戦し、リビヤを占領し、フランスは西アフリカとモロッコを取った。弱小国を強力な国が分け合って占領している」

「英軍はガーナやスーダンに手を出したが分からなかった。さらにスペイン軍は北部ナイジェリヤとタンザニーカを占拠したが、困ったことになっている。占領された国民は当然のことながらテロなどによって反撃することでしょう」

一八九四年に東学党の乱が起こると、朝鮮政府は宗主国に軍事援助を求め、清国は軍隊を送ったが、事態を知ると、日本は一個大隊の兵を朝鮮に派遣したので、この乱は鎮定した。

しかしこの時、豊島沖で牙山へ行く清国の援軍が英国旗を掲げ、我が軍に接近したため、この商船高陞《こうしょう》を東郷平八郎は巡洋艦浪速に撃沈させた。そしてすべての愁いはなくなったのだが。

清国兵八百五十名は死亡し、不幸にも日清戦争は勃発した。それまで弱小国と侮られた我が軍は清国と戦い連勝したので、予想は覆され列強は期待外れの結果となった。

英国は台湾を諦め、香港を九十九年間の租借に成功した。当時は香港島には僅かな村人が住んでいたに過ぎなかった。列強は清国の敗戦と政務上の乱れを衝いたのである。

この日、英国公使館員が北京站に行くとき暴徒に襲われ、投石を受け腕骨を折った。

原因となったのは鉄道の利権を得ようとし、威海衛に英国が集結したことにあった。

このあと列強は脅迫的外交策をとり親善策は追放された。

三国干渉による件ではセント・ペテルスブルグとパリで清国に返還すると我が国は公式発表す

ることになった。露国が我が国に対し、この事件の原因だった。彼らは不凍港を求め、満州と遼東半島を自国の領土にしたいので脅迫をしつづけたが、露国はごく内密にシベリヤ鉄道を着工し始めていたのである。

清国は多量の兵器を購入し、外国人士官を軍事訓練に呼び、軍隊組織の改善を図っていた。

そのうえ英、独に発注した軍艦を北洋艦隊に加えた。隣国の戦力が強大となることは、我が国にとっては脅威となり、これに対抗すべき必要があったが経済力が弱いため、苦難の途を隠忍しつつ進むことになった。日本は臥薪嘗胆《がしんしょうたん》をした。

「昔から女子は父親に似て、男子は母親の魂を背負って世の中を処して行くと言われるが、神の国がどこにあるかと問われたから、ぼくにはよく判らない。神父さんに訊ねたら、ここにあるはずですよと言われたのです」

三太郎は自己の胸を指した。神父は重ねて、

「不信仰の人には与えられぬ恵みがそこにあり、安らぎと喜びがとどまるとのことでした」

公使館の内部は収容者が増え、その管理は大変だった。大岩も女性の雑用を引き受け、三太郎もまた手伝いの手伝いをすることとなり、小まめによく働いた。

食事は三度とも白米のてんこ盛りで、缶詰が三人に一個のわりについてくる。

汗をかきながら女性も奉仕活動をしたが、水だけはよく湧き出したので清潔を保てた。

全部の者が動乱が終わるまでという目的で働いたので、キャンプ地のように笑い声がどこにも聞こえ賑やかだった。

だが、娯《たの》しい日はいつまでも続かなかった。

「リラの花が咲く頃だった。東安市場に行ったと思いねえ。ドイツの猥本《わいほん》の話を耳にした、絵が凄いらしい。噂の本を見たくて行ったが、入口で中隊長殿じゃねえですかいと声がかかった。少うしだけ、そいつよりましなスタイルだったからさ――元気でやれよとか言って懐《ふところ》ん中に拾円札でも入れてやりたかった。

ああしたことは死ぬまで俺にゃないだろうと。そいからよ、俺は他人のものを当てにせずよく働いた――まっ当な稼ぎをして、生まれて初めて銭が溜まった」

「ドイツ語ば読みきんね」

「自慢じゃねえが、読めるわけない。事変が終わったら、あの本にお目にかかりゆっくり見る」

「西洋人も同じ人間さ。エッチな娯しみは娑婆に出りゃ幾らもあるぜ」

この日、官兵は急に友好的になり平和が訪れた。銃眼のところでは故里を偲《しの》び、雑談が賑やかだった。

「トマトは洋柿子《やんしいず》とこっちじゃ言うけど、昔のローマは毒物として喰べなかった。儂は砂糖をつけて婆ちゃまとよく食べたものだ。川尻海岸に水泳に行くとき、小川の中に入れて置くと、帰りにはよく冷えていて美味《うま》かった」

「ぼくは浅草の鬼灯市を思い出します。七月十日に参詣すると、四万六千日お詣りしたことになるから、ご利益は大層なものでした。母に連れられガス灯の明かりで賑わう仲店で、花火を買ったりして、ぼくは満足でした」

城外の市場を喇嘛《らま》僧が通って行く。

小羊と家鴨《あひる》が出て来た。あちこち眺め、紛争は終わったらしい、と考えたのか知れぬ。蜻蛉《とんぼ》ですら砲火が熄《や》んだので、連れ添って青空を飛んでいる。

お金の咄し

「我が国が満州、北支、朝鮮に進出したのは条約によるが、露国の貪欲な南下政策を食い停めようとする手段でもあった。列強は早くから植民地支配を行動に移していたが、それは世界的通念とされ、領土拡張は各国とも繁栄の手段だった」

「歴史はそうしたものでしょうね」

「自国の発展に尽くすは男子の本懐である。彼らは海外への進出を早い者がちと捉えたが、我々の武器は、村田銃とサーベルだけじゃ。儂《わし》は水戸藩への献身を身につけていたが、先生はそれこそが大和魂というものじゃと言われた。儂にできることは微々たるものじゃが、自分を試したいと思っている」

「松本孫右衛門と申します。山東省の章邱でご商売をしておりましたが、家内を亡くし子供もいないから店をたたみ、北京に来ました。娯《たの》しそうなので、お仲間に加えて頂きたい」

五十歳は過ぎ、片方の脚が少し悪い。背丈は一五五サンチそこそこだが明るい人らしい。

松本が坐ると、二日前にドイツが膠州湾を占領したという誰の目にも無法な行動について話が咲いた。ドイツ船の荷あげをしたのは裏返しした軍服を着た清国兵だったが、列強の進出に反感を抱いた民衆は憤激した。

山東省の新泰、沂県、博山などでは、反政府運動が活発化し、列強に対し弱腰を反対した。威海衛《ういはいうぃ》、芝罘《ちぃふう》は外国の占領地となり、西洋人の横暴を止めるため殺害や教会堂の破壊が多発したと。天津領事も外務大臣に報告した。

「松本さんは顔色は良いし、まだ若いが達筆で、計算ごとは疾《はや》いから役立ってくれるだろう」

「おかしか人ばってん、お金の話は煩《うるさ》いね」

「三太郎はいつもせかせかと忙しい。水桶を置いてこっちに来い。お前が信仰する神さまはどなたじゃ」

「キリストの父と言われる方です。ヤーウエともあるともいうお名前で少しこれが困るのです」

「あるかね。偉い人を信仰し始めたものじゃな。キリストなら儂も善いと思うが、あると呼ばれる神さまとなると、知らぬ人じゃから、儂なら信仰することに困難を感じる。キリストなら大勢の病人を助けられ、悦ばれ、人間を良くされた。だから儂も信仰することを考える——だが不可解な点もある」

「どういうことでしょうか」

「教民や宣教師も殺害され、教会堂は焼かれているではないか。だが、集会する者の顔に平安があり、その心根は穏やかで清い。凶悪な心を持つ者はおらん。なぜキリストは、これらの我が子と呼ぶ者を救われないか。儂は知りたい」

「どうしてだか分かりません。ですが、神さまのお考えによることです」

「集会のとき神父に訊ねたい。軍人は名誉のために命を捧げる。儂たちの遊撃隊は軍人じゃなかっぺえ。だが勇敢に戦うのは同胞を守るためじゃから、尊いことと思っている。犯罪者もいるが、彼らにはその生を明るくさせるものが必要じゃ。幼い頃から彼らが受けた不平、不満が人生を狂わせた。彼らのこれまでの苦労に替わって名誉を差しあげたい」

地面に胡坐《あぐら》した者は静かに聴いている。

「皆は今まで何ひとつ要求しておらん。だから、最後に飾ってやりたい」

「嬉しいぜ大将。こいつは借金の話を聞きてえと前から言っていた。松本のおっちゃんよ、借金の話をしてくれ」

「ははん、お前ちゃんは借金したことがあるのかい。それなら金持ちだったわけさ。本当の貧乏人なら貸してもらえんからな。しかし、貧乏が裕福より良いことがある――安気に暮らせることだ。借金は返せなければ嘘を言うから、貸主は返せと迫ってくる。借金したら最後だ、生涯、我が身から卑しい取り立ては離れはせん」

「死ぬまでかよ、本当かい」

「利子を払い続け、不安と苦しみに悩むのだ。だから何を売ってもよいから売った金で借金を返し、自由になることですよ。早いほど良い。人は働いて稼いだものを使うのが一番じゃ」

「そうかも知れん。金は金持ちを追い、貧乏は貧乏人を追いかけるというからね。俺もそいつで参っていた」

「私は若いとき金をぺてん取りされた。悪い者はどこにもいますが、盗賊は金持ちになれず、施しをする者が貧乏をした話は聴いたことがない。両親を敬《うやま》ってきた人も生涯、神さまより祝福がともない、長生きできるものです」

「そうかね、俺ら考えを変えよう」

「聖書の中で神さまが約束をされているのですよ。この動乱もやがて解決されるでしょう。力を合わせ、私たちは努力をすることです」

闇の中に紅い火が光った。影絵のように兵隊の姿が走っている。

敵襲であります、警戒を厳にして下さいと叫び駈け込んで来た兵士は、背に日章旗を括り、玉の汗を流している。流弾は蚊のような音をたてて通過する。子供は不安な目を開き、母親の手を放すまいと握っている。


翌日の午後のことである。柴中佐の従卒が城外にある書店への帰途、食堂に立ち寄ったところ、離れた席に二人の清国人が入ってきた。

他に客はいなかった。彼らは義和団幹部の大男で、従卒について来たと思われる。

彼らも食べ始め、私たちを見て近づいて来た。拳を突き出し、俺たちは何も怖れない。この食堂はテーブルの板は厚いが、拳で壊すことは簡単なことだと言い、太い腕を我々の前で数回唸りをつけて、回して見せた。

北京の暮らしも物騒になったと話をしたが、食後に前門から馬車で商店街を通るとき、商社の二階から瓦を投げつける男が見えた。外国人にこのような仕打ちをする清国人は、それまでいなかったのである。

「男性は若いときから利己主義が進み、或る者は身勝手で独立を好むものだ。娘はそうしたことを知らない。結婚してから、夫を許すことを知らず問題となる。忍耐や犠牲を教えられなかった娘も、それが問題となり易い。彼女にも利己心はあるが、家庭生活を壊せば苦しみは結婚相手にもかかってくるのだ。許すことを考えることがよい」

「おい出刃包丁と仕込杖だ、これで戦うのかよ」

「我らは義勇兵に協力し、同胞の保護を本旨とする。隊名は遊撃隊と呼称する」

「俺たちは、はみ出し者が多い。規律が嫌いな人間だから規則を作るな。だが、てんでに勝手なことばかりしていたら嗤《わら》われる」

「儂らも役立つときが来た。行動は慎重にし、迅速に敵をやっつける」

「すりゃ、銃もなしにですかい。おかしら」

「兵器は心配するな、不肖大岩が手配を約束する。羞《はず》かしい行為をしてはならん」

「俺らも遊撃隊の勇士かよ」

「今から諸君はすべて紳士である。だからビンタなどの私的制裁はない」

「絶対にですかい、あんまし夢みたいでよ」

「皆を必要としている同胞がいることを忘れてはならん。この戦争が終わり遊撃隊が解散するときまでだ。諸君の双肩にかかるものは、勇気と忠実である。俸給は義勇兵と同じにないのじゃ、尊いボランティアである」

「隊員にならぬ者は帰ってよい。残った者はこの機会に苦しくとも同胞のために戦う。諸君の努力を信じ、儂も生命を国に預けた」

「俺は残るぜ、大岩が隊長なんだ。知らん顔をする奴は、紳士と言えるかよ」

「残ってくれたか、ありがとう。今日こそ我々の行動が歴史に残る日となった。それでは久保田猪助を教官として訓練を行なう。十四時に現在地に再び集合する。終わり解散する」

「松本さんは書記だって、みんなの働きを書き残すのか。紳士の数は二十三名になったと、タイムスに打電しようぜ」

「スクープになる、大岩は乱暴だから、怒らせるな。奴に混ぜ返しゃ、嗤うのは危ない」

「トイレか、そこらにするな。夜でもよ、山東省の坊子に暴動だ、神父が殺された」


「銃は生きものである。これは戊辰の戦役で活躍した銃である。現在の隊に五梃あるだけなので大切に扱ってくれ。肩当てはしっかり標的の中央下際を狙う。引鉄をがく引きしては命中せん。暗夜に霜のおりるが如く第二段を圧しつつ銃を絞る。よく狙い、そっと撃つ」

「薬室てなどこにあるんですかい」

「銃口は誰にも向けてはならん。弾丸込めは銃身を左肩にし、薬室を開き装塡する。スプリングが弱るから、弾丸込めのままにするな。夜にはばねだって休みたいのだ」

「手入れや扱い方など教えることは山とある」

「一度で良いから、捧げつつを俺はやってもらいてえ。そんで御苦労なんて言ってみたいね」

「軍隊でなければ、できぬ教育がある。先生はおっしゃった。秩序、服従、克己、それに勇気に訓練である。指揮統率と技術の習熟も他ではできぬことである。三太郎はどう思うか」

「平和が良い、死ぬこともないから」

「アナーキと言うものは、極端なる平和主義で反戦主義である。国家に危機を招くものだ。長すぎる平和は贅沢や官僚の腐敗、悪政をつくる原因ともなるし、利欲を生む基になる」

「以前、お前は戦争にも良いところがあって、強壮剤の働きがあると言ったが、食い物が少なくなるから戦争は、やだよ。うんざりするぜ」

「こら、起きてんのか三太郎、死人みたいに黙りこくってよ。もってのほかの奴だっぺえ」

「死ぬのを三太郎さんが恐れるのは、生きてるからなんだ。あいつも首をすくめているが」

昔のことである。マニラを出帆した三隻のうちエスピリテ・サントと申す船が逆風に遭い、豊後の土佐浦戸に漂着した。漁民はそれまでの習慣により、この船を押収しようとしたので、内府さまに請願書を提出した。

船長は贈物を七個の行李に入れ、大阪に上ったが、その間、漁民は船に見張りをつけ、船員を上陸させず、スペイン人を困らせた。

彼らは危険を感じ見張人を殺害し、出帆しようとして取り囲んでいた小船を撃沈して、多くの日本人の土人を殺した。

山口では僧侶の煽動から騒動になったとされ、毛利殿の禍いは伴天連《バテレン》を領内に住まわせたからだ。宣教師らを追放せねば厄介になると説き歩き、毛利殿はやむなくこれを追放し、信者には切支丹の棄教を命じた。

その後、殉教者を出すより途がないと判断した主計殿（清正公）は困り果て、切支丹とバテレンらを追放した。迫害の詳細は不明で公方さまに心使いされた結果とされた。切支丹とは天主教信者のことで、バテレンとはパードレで宣教師のことである。

「松本さんは、こんな時に財産の語は嗤われるが、小さな財産は当人の努力の結果で、中くらいの資産は努力だけじゃ難しい。大きい財産は戦乱とか国家の病いに乗ずるか、あの幸運といわれるものによると、古老から聴いたことがある。いずれにしても、暮らしを犠牲にしなけりゃ、大変なことさと言っていた」

「天主教はこの世を正しく暮らした人を、死後の命を作っていると言い、あの世に行っても死ないと信じた人は、その通りになると言っているのです。清国の教民に尋ねたら、そのことはお分かりになるでしょう」

スタイガーの極東史による以下に述べる件は、ガリオン船が台風に打たれ、やっとのことで日本の港についた、サン・フィリペ号と言われるスペインの商船である。

漁夫は砂浜に曳きあげ、我が国の海難救助法によって、この船の所有を要求した。

スペイン人は漁夫を追い払うつもりで、世界地図のうえでスペインが領土とする広い国をどうして征服したかを語り始めた。

「簡単なことだった。宣教師が初めに送られ、キリスト教の信者が増えるのを待ち、改宗者と結び軍隊を上陸させる。その後、政府を倒したからだ」

話は早や馬により将軍秀吉に届いた。躊躇することなく、秀吉は船員、宣教師の全員を処刑した。その後半世紀はキリスト教が根絶し、西洋人との交流も終わった。こうして我が国はその二百年後、ペリー提督が浦賀に来て開港するまで鎖国を回復させなかった。

「イタリヤのステファニ通信が来たらしい」

A・ジャドスンは英軍がビルマを占領するまえに立派な仕事をしたが、軍隊の上陸はすべてを可能にした。支那大陸の天主教伝道は阿片戦争のあと中国朝廷が、意志に反した条約を結んだことにより、容易になったと述べている。

当時は、経済の帝国主義は、キリスト教伝道に必要だった。

キリスト教は東洋人が持っていた仏教や神道への信頼を失わせた。そして商業、外交の同盟も不利益をもたらせたことも、宣教師により明らかにされた。

西洋人という声望に集まった改宗者は利益を受けるための者が多かった。愛国者はキリスト教を外国の支配と思い、魂の隷属化として憎悪した。

ナポレオンの話を聴き、マオリ族の酋長は白人より兵器を輸入したので、以後、部族間の戦いは恐るべきことになった。タスマニヤと濠州から脱走した囚人は、ニュージーランド海岸に上陸したうえ、ラム酒と性病で、この民族を崩壊させ減少させることになった。

「どうして義和拳の兵が強いか、俺は知っている。五年かけて教育したからさ」

「連中は戦闘中に絶対死なないと言われてきたからだと思う。いつか分かるが、これからは今のようにゆくまい。のせられているのさ」

「一《い》、二《ある》、三《さん》。一《い》、二《ある》、三《さん》。一《い》、二《ある》、三《さん》、三《さん》、四《すう》と掛け声をかけ、演習しても俺たちを負かすことはできまい」

「イエスさまは、独りでいるのは良くない。ふたりで眠れば暖かいと言われたそうだ。苦労人で人間を知っていなさるだ」

「あの女だけは注意しろ。三太郎、近づくな。最低なのに艶《なま》めかしく恐ろしい」

「若い女をそんな眼で見るな。噂と違うと思う。だが、誰にも悪心はあるものだ」

「昨晩のミサにあの女は遅れて来た。説話を聴いていたが、終わらぬとき出て行った。中国人の女児を連れていた」

「神を信じなければすべてを、自分でしなくちゃならない。それには気づかない」

「心を善に向かわせたら、良い暮らしができる」

「あの人は神を信じられないと言いました。苦しい生活をしてきたからですわ。つらい胸の裡《うち》を察してあげなくてはなりませんわよ」

「儂《わし》たちだけでも親切にしてやるが良い。儂は無宗教に近い。しかし、坊さまに対して悪感情を持ったことはない。お坊さまは人間の幸せを願い、暮らされる立派な方じゃから」

「天主教の十戒は人にもよるが難しい。易《やさ》しいわけだがね。親を敬え、人を殺すな。嘘は言うな、盗むな。神の名をみだりに口にするな、安息日には休みなさい。他人の妻やものをほしがるな、みだらなことをする勿《なか》れ。隣人を自分のように愛せよ」

「そのことだがね、俺はこん中の二つほどが難しい。そいつを守る生活は厭《いや》なのさ、だから信仰しない」

「おいらも、もっと気楽に暮らしたいからな」

「なかの二つが、俺らの生き甲斐さ」

「私や、お恵みをさずかったが、天国に宝を積むまでにゆかなかった。いくらでも良いのだと言われたが駄目さ、文なしだからさ」

「神さまが守って下さるから、俺は続けている」

「物干場さ行って来る。きみって女は、信仰を屁とも思わなかったが、ミサに行ったとは」

「大岩を嗤《わら》い、誘惑すると言ったんだ」

「幸い秋葉がしっかりしているから大丈夫」

「儂は四郎太と違う。女に弱いからのう。だが大事の前じゃ、でれつくことはでけん。あの女が言いよってきたら――儂などいちころさ」

「大岩は近づかないぜ、女に弱いから」

「坂崎きみの母親は賭博と傷害があった」

「ミサによく女の子を連れてくるが、踊りや唄も憶《おぼ》え、友だちもできたから跳び歩いている」

「きみは閑だから、集会に行くと言った。神さまに失礼な女だ。讃美歌も唄うのかと尋ねたら、眼の色が変わった。神さまは不公平をされたと言い、猪牙《ちょき》で行くのは深川かよい、花の桟橋あれわいさのさと笑ったが、目もとから玉の露がほろりと流れた——哀れな女だ」

「売春組織での暮らしが苦しかったのさ。暮れにゃ棒で殴り殺されるところだったらしい」

「口にせん悲しみもある。涙は哀しみの言葉さ」

風鈴の微かな音が聴こえてくる。


「つんぼかよ。お前は女の話が好きなのに」

「こう腹がへったら、食い物の話の方が良いぜ」

「聞いた話だけど、善良な女は、善良な男よりずっと多いらしい。女にゃかなわん」

欠伸《あくび》していたのが壁に銃を立てかけ、

「男にゃ良い奴が急に悪党になったり、善人に変わることがある。俺は知っている」

「佐山厚子は、急に善くなることを回心したと言った。罪から抜けようと心の裡で戦うことだ。俺は大岩のようになりてえのさ」

「先輩は水戸学を勉強されたのでしょうね」

「羞《はず》かしいが、大日本史の編纂は明暦三年に水戸の彰考館で始められ豊田天功、青山鉄槍と藤田幽谷により干波原でも四千名の軍事訓練を行なっている。武士の憧れの的だった」

「水戸の偕楽園に梅の木を五千余も植えたのでしょう、大したものですね」

「筑波で挙兵した勇壮で虚しい終焉を、儂は知らない。祖父はおさわぎのとき、騎上から射撃したという話が残されている」

「大変でしたね」

「儂は少年だったが、血を湧かせたものじゃ。武田耕雲斎は水戸藩家老で勤王の志士だが、幕府に反し天狗党、諸生派をまき込み自害したと言われる。儂は羞《はず》かしいがよく知らんのじゃ」

払暁攻撃に出た露、伊、仏連合による戦闘は失敗した。傷兵六、戦死四名が担ぎ込まれ事態は切迫し、防衛も困難に陥ったことが歴然とした。

「地獄じゃ人を馬鹿にし、憎む者や復讐心を捨てない霊魂が集まっているし、自分を尊敬せぬ者を脅かし、支配したがるボスが何人もいて、厄介ばかり起こしていると言われている」

「良心があり、済まないと思った魂は救われる、私は死んだんです。盗賊に頭を殴られて」

「てめえは死んだのか、息をしているけど」

「あのとき痛くなかった。そして草原に入ると小川が流れ穏やかで、花の馨《かお》りもするのです。目を凝《こ》らしてみると気持が良い。死の一線を越えたことが判った。魂は体から離れたが、この世にいた時と思いは同じでした」

「珍しい。お前てえ奴はよ」

「この世じゃ手足を使い生きてきたけど、その時から、私には体はいらなかった」

「ふんとうかよ。騙《だま》すんじゃ、あんめえな」

「そんとき私がした経験と考えは、全くこの世にいた時と同じでした。私は生と死が、ぴったりと同じなのに驚いたのですよ」

「真に迫りやがったな」

「安神したんです。想いは自由で私もそのままでした。けれど、この世から呼ばれていると言われたので、私だけ小川まで戻された」

「ふんとうなら、俺らも一度だけでも行きたいのさ。うまくやりやがったな」

「兄貴が地獄に派遣したいとよ。感謝しろ、楽にしてやるぜ」

「よせてば、よせよ。やっぱし今のままが良い。帰れなくなると困ることがあるからよ」

「やられたら、どうせ行けるところだ。貸金の一円五十銭を返せ、それからだ」

痩せた細顔の男が出てきたが、

「私が死んだとき、一番始めに痛みがなくなったのです。それは最後の時でしたが、誰でも自分の本当の姿を見ることになるのです。行けるなら、天国に願いたいと頼むと悪い時がお前は多かったが、困った人を何度も助けている。すぐには行けないが、煉獄に入るように計ってやる。そこで訓練が終わったら天国へ行く。そういうわけで娑婆に戻ったのは惜しい気分もあるのです」

「おっ母あと言って死んだ兵隊に逢った。彼は冷たい心太《ところてん》を食ってから、天国に行きたいと言っていたが、先に並んで行っちまった」

「神さまだけを頼りになさいと、佐山は言った」

「門扉に天地回春、杏花春雨と紅い紙が貼ったところに、天主教の校室があるが、そこの女学生は躾《しつけ》がよく礼儀正しい。よく挨拶もする。質素な服装をしているが、丁寧な言葉だった」

「そうした女性がレディーになるのだね」

「道徳と宗教など、心の問題に力を入れている学校ですよ。この暑さにも、すがすがしい。立派な母親となるだろうね」

蟬しぐれの中で、コスモスが元気に咲いている。いつまでも今年は暑かった。

「お前は死ぬまえに北京飯店の飯が食いてえと言っていたが、あれはホテルなのさ。中にゃ食うところもあるけど、客が見ているから体に悪い、別の飯屋にしなよ。人物ってもんがあるからさ」

介護所に傷兵を連れて行った長十郎が、取り出した煙草を猪助に分けている。

「当てこすりはないか、マッチだよ。ほまれかエヤーシップならいいけど、久し振りだな」

義勇兵が硝煙を浴びた黒い顔で叫んだ。

「俺たちは最後と思った。大勢の敵が土の中から湧き出した。これじゃ死ぬと思って死にもの狂いで戦ったのさ」

「大岩は道路から路地へと走り、何人かを斬り倒し、また路地から道路へとまるで市街戦だった。りっぱに働き、敵を敗走させた」

「防禦線を退却する敵は、露軍の重機で射たれ、死骸が転がって行くのが見えた」

「重機関銃を始めて見たけれど、凄かった。百人力だ。血まみれになったが、すっかり掃討し、救援の義勇兵と凱歌を挙げた。駄目かと思ったとき、皆が駈けつけてくれたのさ」

「屍体を埋めろ。木の根のところが良い。血を吸って、木も元気になる」

走って来た兵卒は、嬉しげに叫んだ。

「そげんことはつまらんど、ややが生まれた」

残映を浴び、皆は紅い顔だった。義和団の死骸に光明が流れた。伝令が左翼は遂に遮断されたと伝えると、ほとんどの兵士が、再び前線に向かった――何も言わずに。

「生き残る途は本能が教えてくれるものじゃ、心配などいらぬ。ここにいる兵士は歩けない男だけじゃ。よく働いて下さった」

「三日前、十五時ごろ突然、竜門春色の門扉を破って侵入した拳軍と戦った。後詰めの官兵が跳び込んで来たんだ。義勇兵は伊兵だったが、同時に敵中に斬り込んだ。婦人の叫び声を聞いた大岩と助っとが駈けつけ、入り乱れて紛戦状態となった」

「ひどかったが、大岩の分隊はあの建物の上と下で白兵戦をしていた。拳軍が振りまわす青竜刀との戦いなのさ。大男だったが、こっちも秋葉と猪助もいたから、すかさず戦った」

「すりゃ、ふんとに勇ましかったずら」

「あっしゃドアのところで倒れた。階段を二、三名が昇ってきたが、あっしを踏んで通り、起きようとして別の足に踏んづけられた」

「大岩は太刀を振りながら出て行った。抵抗線まではそれがしは行けなかった」

「俺は味方が総崩れになったかと思ったぜ。皆が退《さが》って来たからだ。だが大丈夫だった」

「なんだ、おきみの阿魔か、何か用かい」

「大岩はいないぜ、三太郎なら給水場だ」

「困っているの、馬来語《まれー》なら分かるけど、清国語ができないの。鉄砲の撃ち方も教えて」

「おきみさんは変わったね。色気の親玉だったけど、今日は身なりもきちんとして――」

「鉄砲は猪助さんだ、教えてもらえよ」

「中国語は三太郎さんの神さんの小環が良い」

「お前は良い女になったね。ほかの女かと思ったぜ。風向きが変わったのかよ」

「佐山さんが洗礼をしてくれたの。スラバヤで教会に通っていたから、早くしてもらえたわ。皆さんから祝福を受け、聖名はロゼリヤになったのよ。よろしくね」

皆は不思議を見るように、きみを見詰めた。

「よかったね、拍手してくれたかい」

「ずっと泣いたことはなかったの。でも泣いたわ、嬉しくて。鉄砲は危ないからやめるわ、でもお手伝いはしますわ、テリマカシ」

「おきみさん、おめでとう、嬉しいぜ」

「初めてよ、人なみに扱われたこと。拍手の中でお祝いを頂いたの。大岩さんによろしく」

「髪も綺麗よ、聖母さまもお喜びのことでしょう。きみさん、ほんとうに美しいわよ」

誰も信じられなかった。石灰小屋からいつも、出て来たような女性だったからである。

伝令は汗みづくで駈け込んで、

「おつとめだ。行ける者は応援を頼む。官兵が射程距離に入ったら、先陣を切ってくれ」

「敵は広場にごまんといる。まるで蟻だ」

伊兵と合作した大砲が、轟然発射された。凄まじい砲声である。やがて砲弾は広場の敵陣に炸裂した。敵は騒いでいる、友軍にはたのもしかった。

仏軍は広州湾の租借に成功し九竜を占有したので、清国人民は天主教を国を破滅させると憎んだ。大刀会は右翼的なので、民衆は好感した。義和団は次第に我が軍の哨所や各国公使館まで、無頼の徒と共に侵入して来た。

「危険にはぶつかってゆけ。恐れはなくなる」

侵入する義和拳を官兵は見ても、中立を守っていた。

外国兵が董福祥の兵を誤殺したときも、彼らは誤射によるものなら、よろしいと問題にしなかった。人間が多いからであろう。

戊辰《ぼしん》戦争のときのゲーベル銃が三梃届いた。

密使が天津から青木中佐のもとに辿りついたので、義和拳軍三百と激戦したことや、大沽口から軍艦笠置の水兵が上陸したことも判った。だが、援軍到着の報道はなかった。

「鯉魚胡同教会に逃げ込んだ教民三名は、暴漢のために血祭りにされた」

「今日は山東省東阿と明水から、十五名の教民が逃げて来た。郷里に住むことに不安で、家族全部で来たと訴えている」

東交民巷の内院は、避難民で溢れている。

「墺国公使館じゃ、蓄音器の音楽で、ダンスをする夫婦がいたよ。気が知れん」

「お堅いことを言っても駄目ですよ」

「ありゃ佐山だ、何しに来たのか」

「親切な妻に周りは元気づく。賢い妻は神より戴《いただ》いたもの、真珠より貴い妻を夫は愛し信頼している。よい妻は夫に幸せを齎《もた》らす。神を虞《おそ》れる女こそ讃《たた》えられる。富に執着せずお金は善く生きるために使うが、金銭欲は悪のもと。皆さん、人は神に近づくほど世の慰めから離れるものです」

「あの女にゃ、とても、かなわんよ」

掠奪現場で政府軍と暴徒は、兄弟の如く交歓し合い、西洋人の財産保護を拒否したので、仏公使は大沽口の海軍に派兵要請をした。

清朝府は公使館への駐屯兵増員を同意した。

ただし、三十名を超えぬこと、その任務は公使館防衛のみに限定するとのことである。

父と子と精霊の御名によりてとの祈りが聴こえてきた。駐屯兵北京入城の不許可を無視し、列強は三百三十七名の海兵を入京させた。

この日、保定より天津への船旅の途中で仏とベルギーからの鉄路技師らは、暴徒と衝突し、西洋人四名が重傷を負った。

永清村では、ノルマン福音伝道教会の宣教師を義和団が襲い殺害した。

夕刻。

爽やかな風を浴び、洋車《ヤンチョ》で杜へのみちを行った三太郎と大岩は、小径に円くなり、坐って月餅などを食べている女たちに逢った。茶を飲んで行けと言われたが。

彼女たちは夜の華だった。三太郎は戦争はどこにあるのかと笑っている。女の世界は、もっと生き生きしたところにあるのだと、大岩は愉《たの》しそうである。

「日本兵は機敏だが、粗野だと言われた」

「それが悪いでしょうか。粗野だからこそ勇敢なので頑張れるのでしょう」

「質素で強い兵に粗野はつきもんじゃ。儂らには招魂社があるから戦える。西洋人は上品のつもりじゃが、相手は死なずの義和拳じゃ、勝てるつもりか」

銃手入れを皆がしているところに帰営してきた兵士は、

「東北で俺は暮らしたから、第二師団の激しい演習はよく見た。猛烈な吹雪の中で、苛酷な練習を忍耐づよく、戦闘射撃から、銃剣術もやっていた。最精鋭と謳《うた》われた部隊は素晴らしかった」

公使館用人が書いたノートを開くと、三太郎さんは私といつも、皆が食事がとれるように米を炊ぎ、飯を握っておきました。

幸い米は充分ありましたから、どなたが来ても、緑茶とお握りは不揃いな形でしたが喜ばれました。

露兵と米兵は哨所に戻り、伊、独、墺兵は日本軍と粛親王府に入り、防禦の指揮は柴五郎中佐がとることになったのです。

夜になると、各国の兵隊は親王府から引き揚げ、日本兵だけが駐留しました。伊軍の兵隊は、仏公使館に戻るとき放火されて、独国公使館に合宿することになったのです。

日本軍と米、独の兵は、城壁に煉瓦を積み重ね、堅固な哨所を造りましたから、義和団が壁を伝わって来ることができないので、皆さんはひとまず、息をついたのです。

三太郎さんは力がないけど、話は面白いし、良く働いてくれるから助かる――とノートに書いてあるのを、暗がりでこれを勝手に読んだが、独り儂は笑いがこみあげたと。


「本部前を通りかかったとき、偉そうなのに呼びとめられ、敬礼せんかと言われた」

「お前の指は曲がっている」

「豚箱に入ったときから駄目だと言うと、笑いながら前に来て俺の指を伸ばしやがった」

「軍人は礼儀を正しくすべしというきまりがある。それに剣吊りボタンもとれている、部屋まで来い」

付いて行くとき、悪い予感がした、

「お前が遊撃隊の者だと知っている。あれこそ部隊随一の優秀な隊である。同胞のために、しっかりと今後もやってくれ」

「欠礼したとき、俺のけつに何かあるのかと思い、ぶん殴られると思った。ボタンをもらい、婆さまにつけてもらった――礼儀はその人を現わすものだ。自己を軽んじてはこの世に出して下さった神に対しても、すまぬことだと言われた」

「不安な時はな、伸びをすりゃ楽になるよと」

北上する友軍は鉄路爆破が進み、百六十キロの国道を徒歩行軍をしていた。

拳軍との衝突により郎坊一帯は、仮設陣地を急ぎ構築の必要もあり、一日中、敵軍は激しい攻撃を繰り返すため、ただの五キロを前進したに過ぎなかった。

三十五名の義和団の兵が死んだ。夜になると三度の逆襲に苦戦しているとの会報が届いたので、司令部は失望した。

「三太郎さんは神と共に働くことだと言ったが、悪党だけど、俺はあの言葉を聴いてから胸の中が変わるのが分かった。もう悪事はしない」

「良かった。神をへだてるものは悪徳だ。これが少ない人は、神の存在を確信できる」

「お前の言うことがよく判らない。だが、少しずつ俺なりに分かる」

「神は求めてくる者の心を、必ずお取りあげ下さる。頑張ってゆきましょう」

「何だ、紐なんか持ってよ。三太郎をやるのか、やめろ、大勢にやられちまう。しでえことすんな」

「猪助さんと、通路の邪魔になる物を片づけていたと思いなよ」

「聴いてやるぜ」

「斬られた敵の死骸もあったし、打殻薬莢も辷《すべ》るから、整理していると薄暗くなってきた」

「危ねえ話かい」

「そこに来た鴉の二羽は動きたがらない。追っぱらうと、すぐに舞い戻る。死体から血を啜《すす》る気味悪い存在なのさ。俺らをじっと瞠《みつ》めているから、小石を投げたが駄目だ。大体整理は終わったから、皆はけえった。ででっぽうと啼く鳥が飛んできた」

「独りになったら危ない。皆とどうして帰らなかった」

「すうっと何かが来たから振り向くと、さっきの鴉が目の前に来やがった。銃を夢中で振りまわしたが、首を突かれた。羽根を拡げて俺に向かって来たから、ずらかろうとして躓《つまず》いた。死体を跨《また》いだら、強い力でいきなり、俺の足を摑《つか》んだ奴がいる。動けない足を引き抜くと、やっとのことで、死んだ奴から逃げて来た」

「ざけんな、死人が摑むかよ、いかれてる」

「きっとそのしと、そこに独りで死んでいたくなかったのよ。哀れね、死後硬直だと思うわ」

「兄い、俺ら鴉にゃ不吉を感じるのさ。俺らんとこじゃ誰かが死ぬときは、蛾か鴉が必ず来る。多分お報《しら》せなのさ」

その時まで肘を枕にしていた男が、

「煉瓦を運搬車で運んでいたのさ。俺は疲れて作業場で睡《ねむ》った——何もしないのに暗いところで車が動いた。じっと見てると、音がしてまた動いた。油が切れた音なのさ。何かに取りつかれる、危ないと思ったから逃げる態勢で、眼ん玉でっかくして」

「厭な奴だよ、てめえは。落語かよ」

「誰も触れないのに、何メートルも動いた。確かなんだ。あたりを見廻したが、あばよって逃げ帰った。危なかった。てめえなんざ指名手配にしてやりたかった」

「俺は死んだが、お前はまだ死んじゃいないよと、はっきり言った。俺は殴られて死んだことは分かっていた。だけど頭が痛いからまだ、生きているって、そのとき思ったのさ。つらいよ」

二名の密使

「今度の仕事は清国語ができる二名が密書を司令官に届け、返事をもらってくるだけだが、無事に帰られるだろうかね。泣けるぜ」

「火線に紛れこんでも第二の歩哨線があるし、発見されたらバーベキューだ。困っている隊長を助けるつもりでそれがし引き受けたのさ。命がけは承知だったけど、銭はもらってきた」

「長十郎よ、どうして女の声になるのかよ」

「わたし、胸の裡は兵隊なの。何があっても、びくともしないわよ」

「俺ら落ち込んでいる。博打《ばくち》だよ、今度の山は。下手すると殺《や》られるぜ、追剝《おいはぎ》の方が楽だった。刃物を見せるのは話の分かるタイプの奴さ。大概は銭を投げだして逃げてゆく。だけども、良いって稼ぎはなかったな」

「射たれたのかよ」

「三発くらったから、商売替えをしたわけさ。坊さまに酒は人を悪くすることがあるから、年寄りになるまで飲むなと言われた」

六月二十三日

「密書は馬育文《まあいいうえん》の膝の腫《は》れを抑える油紙に書くのがよい」

「もう一つの手紙は官兵が発見しても、軍事上の事柄から密使が殺されるような文面を記載してはならぬ。二名とも中国語が通ずる者が行く。もしも一名となるも、万難を排して無事帰隊するのだ」

「目的は連絡と返書である」

「馬育文は、行くなら長十郎とが良いと言った」

「鈴木長十郎は横浜支那街の食堂で働いていたそうだ。馬育文と行くかどうか」

「手紙には金銭のこととか、子供を連れて故郷までの旅だがと、道中の注意を書け」

「ま、うまくやりやすよ」

「拳銃も匕首《あいくち》も持つな。ナイフは護身用だと言えば、歩哨は良いと言うだろう」

「俺は退屈したくなけりゃ働けと言われた」

「生き生きしている男は、できるだけよく働くからだ。死んだら――ひとりでに来るものは来る」

「それがしは多分、地獄に行くだろう。そいつを考えると厭《いや》なのさ。だが死んでも、働かせてくれるなら、俺らにもできる良いことで働くぜ」

「それは善い。正しくこれから暮らすことだ」

「軍艦に届く前に前哨線を抜けて、第二歩哨線を突破しなけりゃならねえが、密使は捕まることを考えなけりゃ駄目さ。経費は賄賂に使うからと、もらって来たぜ」

長十郎はにやにやしている。

「危険が迫ったら殺すからな。調べられている間は離れていろ。殺しやすいところにな。血も跳ぶからよ。だが二人で並んでいたんじゃやりにくいんだ」

二人は暗黒の中をゆっくり進んだ。押し殺したような声だが、女の話を馬育文が始め、敵に聴こえるぞと言うまもなく野営中の歩哨に、たちまち捉《とら》えられた。

隠し持った密書の発見は早かった。内密に金を渡したところ、しばらくして城内の状況を尋ねられた——食物がないので困っている、あんなところにゃ居ることはできなかったと言ったが、しばらくすると解放され、銃器を積んだところに出た。二人は梱包の間を通り街に出た。

検問所を出ると人声も聴こえ、自由である。

「婆婆にゃ来たが、尾行が着いている」

「後ろは見るな。尋ねてからそれがしが殺《や》るぜ」

馬育文は胡瓜《きゅうり》に似た顔で一見ぽっとしているが、うわ眼の白眼が恐ろしい。

「あの家の間に入る。馬育文は左側に隠れろ。間違えんな、茶碗の方だ。通り過ぎたらやる」

「来た、捉まえろ」

「なぜついて来るのか。黙っていると殺す」

「待ってくれ、話をするから」

冷や汗を流している官兵の顔を長十郎は撫で、

「隠したその手に、何を持っているのだ」

「それがしは手が早いんだ、玉を潰すぞ」

「頼まれただけだ、待ってくれ」

「おい誰か来た。賑やかだぜ」

背後から手をまわし、口を塞いで匕首を脇肚に深く刺した。

馬育文は、息が停まった死体を露地に寝かせ、その懐中から何やら取り出した。

「こいつ死んだのに笑ってる。阿片が出たが、行きがけの駄賃だ。ゆっくり休んでいろよ」

二人は停泊中の軍艦に向かった。大沽口の通りに出ようとした長十郎は、背後から拳銃で肩を突かれた。官兵である。

「動くな、命はないぞ」

逃げれば命中せずとも兵士が大勢来るし、戦えば命は絶たれよう。穏やかにすることだ。

長十郎は馬《まあ》の姿が見えず、歩哨が戻り誰もいないと言った。金を渡せば通すだろう。

それにしても、奴はどこにいったのか。長十郎は懐中を捜しながら時間を稼いだが、眼は忙しく空き家の暗いところから指を突き出し、丸くする馬育文の合図を見つけた。

懐中から銭をゆっくりと出しながら、隙をみて官兵の足の甲を強く踏んだ。急所の痛みをこらえるところを、金槌で後頭部を殴りつける。

「ひょっとして、死んだんじゃ、あんめえな」

二時間ほどして艦隊司令部からの信書を膝に油紙で包み、義和拳民が警戒するところに近づき、馬育文は上衣を捨て、すべてを腹巻きに入れた。

二人は控え室でたらふく食ってきたが、調理室を見ていたとき、注意したが馬育文は完全にうわの空で、ステーキ三枚を懐中にしてきた。

死人からの阿片も幾らかになるし、帰営すれば礼金も頂けると思うと、素敵な気分である。

「これを、やっていると金持ちになれる。まだ二人くらいなら、やれるぜ」

「よく言うよ。人生が娯《たの》しくなったのかよ」

彼はスープを飲んでいる義和拳の青竜刀を、何やかやと言いながら失敬してきた。長十郎に持たせたので、彼もまた義和団と同じ姿になった。軍医官の咄《はな》しでは欲求不満が解消されぬと神経症になるらしい。馬育文に、その心配はないと苦笑した。

義和拳の兵と雑談して、最近の連合軍の情勢は手を挙げるところまできていると、愉快そうにしている。このままならば馬育文は、義和団の士官にもなりかねぬ。

この日、寄せ手は十六時を期し、攻撃を開くはずだと馬育文は言った。そして攻撃が始まった。

連合軍はどんな対応を試みるか。傷兵と女性と病人が残っている。広い火線に余力の老いた兵が、防衛に死力を尽くすだろう。抵抗線が破れたら、敵は雪崩《なだ》れこみ、勝手なふるまいをするに委せねばならない。

義和拳の鬨《とき》の声は嵐だった。城門上に坐した大岩は、炎天のもとで長十郎の帰還を待っていた。

玉の汗が流れくる。祈らぬ男だが彼は祈った。突進始め、敵の攻撃が開始された。砲煙と炸裂、潮は揺れ始め怒濤となった。

大岩の双眼鏡からは、前進する敵の中央に見馴れた長十郎のひょろ長い姿と、あほんだら馬育文が見えた。両人のコーディネートが可笑《おか》しくて、軍勢の中の彼らをすぐに発見できた。

大岩は髭面《ひげづら》に歯を見せた。友軍は攻撃せず待機している——突如、敵は二つに割れ、中央から騎兵が突撃を開始すると、歩兵は駈け出した。彼我の銃火が火蓋を切った。

連合軍の砲撃は、騎兵の肉薄を粉砕した。官兵は落馬した兵を挽《ひ》き、背後に駛《はし》った。仆《たお》れる馬匹と混乱した隊列から突撃隊が、鬨の声をあげ疾駆して来る。

城壁を取り巻く濠《ほり》には屍体が重なった。他の兵は勇敢に射撃を続行している。

チャルメラ喇叭《ラッパ》が鳴ると、敵は隊列を乱し、自陣に駈け戻ってゆく。

渦中にあって二名だけ義和団の士官が連合軍正面の橋を渡り、喚《わめ》きながら大門に向かい走り込んだ。双眼鏡を放した大岩は、頬を緩め、何やら笑い出した。

青竜刀を担ぎ、上半身は裸体で、もう一人は不思議な色彩のシャツにズボン姿で先頭に立ち怒鳴っている。これらの勇士は、狙撃されることもなく、大門まで辿《たど》りついた。

大岩が見えなくなると、両名はがなることをやめ、重い城門は開かれた。

「それがしがジョクジャカルタにいたとき、オランダ人は占領政策を三百年も続け、教えたのは医学だけで、算数は足し算と引き算だけ。だから、掛け算などは分からない。人民がいうのは、沢山な数という言葉だけはあるが万という数字はなかった」

「絞りとる方法をとっていたわけさ」

密使を果たした二名は、本部に持参した書状を届け、城外での行動を報告した、そのご苦労に対し、二百疋と書かれた金員を馬育文は受け取った。辞退する長十郎に若干のものを渡すと、馬育文は泥棒よりこの方が良い。警察に追いまわされず、金持ちになれると言った。

「パパがいなけりゃ、三太郎は駄目かよ」

「松本は歳月で人は老人にならない、希望を失うから老いる。希望を持てば、いつまでも若いと言っている――変わった爺いさんだ」

銃身に油を流していた猪助が、

「女は気の毒だと、松本は言っていた。働き手の夫を慰める役が生来ある。だから、享楽的方面に優れているが、女房を悦《よろこ》ばすには、経済的に難しいものがあった」

「英語の新聞を見ていた奴が、ボクシングスと言うのは拳軍のことだと言った。こんなかにゃ分かるのもいるんだ」

「見るだけなら誰にもできるが、何と書いてあるかを当てる奴はいめえ」

「左から横に読む。するてえと自然に分かってくるって寸法だ。ボスが分かんねえなら、俺たちに判るわけがない」

「穴があくほど字数を数えたって無駄なこった。変になるから、やめろってば」

「分かる奴は、皆の前じゃ恥になるから黙ってる。分かんないのは恥じゃねえ。習わなかったから知らねえってわけさ」

「ゆうは英語が駄目でも、ものが分かるから偉い。俺たちは何だっても黙ってる方が、ずっと良い。それが易しいことも知っているよ」

三太郎の恋

石に腰をかけ、老兵と三太郎が話している。

「自分の家族は多くて貧しかった。戦友も農家の出身で同じ水呑み百姓なので馬一頭も持っていなかった。田畠は地主のものだから、食ってきたのが不思議だった。入営まで働きづめに働いた。兵器は税金で造られたから、大切に扱うことだと、下士官は注意を与える」

「苦しかったでしょう。殴られるのでしょう」

「今では、軍隊が好きになった。時間になれば食事が出る。体操、早寝、早起きに訓練、学課それに俸給も頂ける。ありがたいことだ」

「もう長期になりましたか」

「そうなる。帰っても四男坊だから困るのさ。敬礼も個性あるのは駄目だ。笑いは禁物だから、どの兵も無表情だ。国民から選ばれた、死をも恐れず忠節をつくす人間の集団なのだ」

「神父は結婚は駄目だ、牧師はよい。人は同じだが神父の犠牲によって俺は善い話を聴いている。気の毒だ、改革の必要があるのじゃないか」

「兵隊さんは大変ですね」

「死を鴻毛より軽しと教育する上官が、兵卒を消耗品として見ていることに腹が立つ。だが、俺も日本人だ、お国のためなら、死ぬときの覚悟はできている」

「ぼくは軍隊が嫌いだったが、それが尊いことと知りました。大勢が大声を出し合い、駈け足や銃剣術をしていることも知らなかった。観兵式、靖国神社参拝や秋季演習に軍旗祭などがあると、行進してゆく汗くさい将兵を眺め、別世界のことと思っていた。金持ちの子弟も、雑多な職業の人もいて、貴方は選ばれて光輝ある伝統を、そして同胞を守ってくれる一員ですと言われるが、皆さんが命を賭けて戦って下さるからです――」

「下士官は、兵卒を死をも恐れぬ立派な軍人に仕立て忠誠心を養成するが、誇りをもって何をも恐れぬところも見せなければならない」

「自己放棄と死に立ち向かう勇気もですね」

「インテリはくよくよ考えるが、やがて死に打ち克《か》つ心を見習う。軍人は戦場に臨めば生還はできぬ。死が来ると死ぬだけさ。考えても無駄なことを悟っている」

そこに大岩が、汗を拭いながら来た。

「三太郎は建軍の精神に批判的だ。連隊じゃ、あれこそが虎の子中隊の精鋭と言われたら、たちまち機械のように敵軍に対抗する」

「先輩は男なんだからとおっしゃるが、ぼくには他人から体を押しつけられ、殴られる生活は息苦しい」

「お前も戦場に行けば分かる。若い男が他人を犠牲にして自己の安全を図るとは情けない」

「戦争が嫌いなだけです。人間同志、殺し合うより人間らしく暮らしたい」

「意見など、お前にしたくない。ナポレオンは子供の運命は、つねにその母親が創ると言うたそうじゃ、彼の母親は立派な婦人だった」

「彼はフランスでは人気があったけど、他国ではそうでなかった」

熱い湯呑を小環が持ってきて皆に渡した。

「這個日文怎麼説（この日本文はどんなことでしょうか）」

と三太郎に訊《たず》ねている。明るい性格の人だ。

いつも笑顔を見せ安心させる、よい夫婦となるだろう。結婚はお互いが忠実でなければいけないとは、佐山厚子から聴《き》いたことだが、大岩にもそう思われるのだった。

人が自分にせねばならぬことは――神の方を向くという僅かな意志行為だけでよい。

聖書の中に生きている神の力と霊が最も大切なもので、自分の心にこれをいくらか既に持っている者だけに分かるものだと、集会で三太郎は教えられた。小環は傍《かたわ》らで松葉を炒《い》り、茶を作っている。

註　日本赤十字社の創立は佐藤雅紀氏の著書によれば、その前身である博愛社が明治十年西南の役における両軍負傷兵の救済に始まったと述べられ、戦役終了後の明治十九年五月一日をもって、日本政府はジュネーブ条約に加盟し、これを公布したと伝えられている。

「先輩が尺八を吹く話は、安藤大尉から聞きましたが、いつ習ったのですか」

「昔のことだが、儂《わし》は若い者とは話をせん方が良いと言われた。三太郎は儂を馬鹿にしおる。太田中学の寮で習い、東京にいたとき、大塚さんに教えていただいた」

「じゃ、上手でしょうね」

「そうとも言えん。大塚さんは仙台の長もち歌を演奏された。真竹から尺八は造るが、唐の時代の物差しで、一尺八寸のものだから、尺八と呼ばれた。琴古流、都山流ほかの流儀もあり、儂は勝手気儘流だが、祝いの席で演奏したこともある。松ヶ谷の大塚さんは立派な方じゃった。奥さんの新香は絶品で、三味線も上手だった。懐かしい」

「先輩の首振りを聴きたいです」

「また揚げ足を取ろうとする、悪い奴じゃ」

明治三十三年六月二十日、駐屯せる義勇兵の長は、安藤大尉が任ずることになった。

「母ちゃまは儂の眼に塵が入ると頭を抱え、瞼を拡げて、乳を入れて下さった。しばらくすると、療《なお》りましたかと訊ねられるが、いつまでも儂はそのままでいたかったのじゃよ」

弾薬、銃器、食品と薬物のいずれも乏しくなってきた。今後どう補充すべきか。困ったことである。九時を過ぎると、敵は肉薄し紛戦となった。

我々は長期の籠城を覚悟した。墺国公使館から拳軍の攻囲により、苦戦中との報《しら》せを受け援兵を出し、共に敢闘したが、傷兵六、戦死二名を報告せねばならなかった。

「あっしゃ、妙な夢を見たんでさ」

こう言って起き上がった男がいた。

「羽がないのに、ビルからビルの屋根へと、飛んで行き、そのうち力がなくなると落ちたんだ。夢は将来、起きることを、それとなく報せるそうだ。そんなわけで、あっしゃ死ぬかも知れねえのさ」

「そんなら、俺らは五、六回、死んじまった勘定になるぜ。気にするな」

「昔は俺も落ちる夢を見たが、そういうのは背が伸びるとき、見る夢だと言われた」

「性に関することに、何でも解釈する学者がいるそうだが、でっかい北京茄子《なす》の夢なんざ、どうしたわけで見るんですかい」

「一種の警告だと言う者もいるが、当てにゃなんねえ。やさしいことを難しくする学者だ」

「茄子がねえ、警告だとよ。俺なんかにゃ分かりっこないやね。長十郎は夢を見るかよ」

「あら、私だって夢くらい見るわよ。例《たと》えばトイレに行って、ウンチングペーパーがないとか、黒人から槍で脅かされ、山のようなバナナを食べないと殺すわよ――なんてね」

「駄目だ、こりゃ。博打でざくざく勝った夢なんざ、未来の予告か。だったら頂好《てんはお》だが」

「逆か夢と言うくらいだ。お前なんか、すっかりいかれちまうという一種の警告だと思う。注意してやることさ」

この夜、陸戦隊の一等水兵渋谷宇吉は、退却する義和団の兵を捉え、剣を奪った。我々は敵兵が鉄砲に見えるほど兵器を分捕りたかった。西部では拳民が教会に放火し、教民を殺したのち、引き揚げて行った。

「旗袍《ちいぱう》の小姐がしゃなりしゃなりと留踏留踏《りゅうだりゅうだ》（散歩）しているのが見えた。大腿の方まで丸見えでさ。光るような白い足だった」

「お洒落《しゃらく》は彼女たちにゃ欠かせないものさ」

「おかげで愉《たの》しいこともある。殺し合うのは大概にしたいな。花茶を俺たち飲んできた」

「匂いが良かったぜ、年糕《ねんかお》を食いながらさ」

「煙草は軽い味だ。点心はさすがに北京だね」

「好香《はおしゃん》（とてもおいしい）だった。紹興酒もうまかった」

「もの識《し》りだけど三太郎さんは優しい。だけど耶蘇教にのめり込んじゃった。脂っけなんてなくなっちまうぜ。そんで名誉もお金も駄目なのかい」

「人は少しは悪いこともするし、清く正しくというような男はいるだろうか、ね」

「集会じゃ、静かにして、笑ったり大声を出すことは駄目です。神さまを冗談に口にしたり、嗤《わら》うことは禁じられている。自分の利益だけを祈ったが、ぼくは信仰を持たず、祈る人は弱いと思っていた。羞《はず》かしいことだった」

「それが、変わったのかよ」

「若者なら皆、おなじようなもんさ。無信仰で利己主義でよ。今は神からの使命をするぜ」

「東京からこちらに来て本当に良かった。ことに先輩にお逢いできたことにです」

「お前は何でもやれる男なんじゃ。すべては努力じゃよ。御利益をあてにする考えで信仰するとしたら、道徳的に価値はないと思う」

「能力を試す機会を得たら、何でもやれと言われた」

「儂は若造だが、このところ一茶の句が気がかりじゃ、死に仕度いたせ、いたせと桜かな。死ぬときは死ぬが宜《よろ》し」

「仕合せになる秘訣は、働きに悦びを覚えることだと言われましたね。先輩には才能があります。それが天から与えられた能力なのでそれが使命なのです。先輩にだけできることなら生来そなわったもののことで、私にはそのような使命観はありません」

「生も死もない。儂はやらねばならぬことに向かい、働くだけである」

「神は近くにおられます。見えませんが、実在され、力を与え給うことでしょう」

「本当とは思えんが、お前の話に儂はいきぼいあがる気分になる」

気が弱そうな男が出て来た。

「秋葉さんが心配して言ったけど、ここにいる男が皆、三太郎さんと同じ考えになって戦わないと、女はどうなるんですかい」

「義和団の乱暴を傍観していられるか。生きている限り俺たちは戦わねばならん」

「同胞を守ることもできないなら、男の値打ちはない」

「それがしは戦って自由をとるぜ、死んだってもさ」

ギイルス公使の指令により、北戴河《ぺいたいほう》に小部隊の露軍が上陸した。海兵隊も上陸命令を待機していたから、公使の胸のつかえは、ひとまず撫で下ろすことができた。

城外に出るな、不穏分子からの災難に遭わぬよう注意せよと——清国政府の要請が奉じられたが、これを無視した西洋人女性は、乗馬運動のために城門をあとにした。

彼女らの行動は、動乱の時でなければ、ごく自然のことだった。だが、義和団二名は射殺された。婦人らは危害から自己を守らなければならなかったからである。後に遠乗りに城外に出ることは禁じられた。

「人は死んでも終わりじゃない。終わるのは体だけだ。そう言っている」

「長十郎は、女になると妙に色気がでるな」

「奴が女の声を出す時は、嬉しいからなんだ」

「講義を松本の爺さんがまた始めた。銭なんざ持っちゃいないのに」

「お金というものは、困る人のところに集まらない。お金を使い、貯金できる人は幸せな人ですよ」

「俺らが以前出入りしていた邸に来た美人の奥さんは、貯金しようとして旦那から怒られたので、以後、貯金しなかったそうだ。その邸じゃ使っても、お金が増えちまう——そうなると困るのかね」

「だがね、若い時に働き節約し、貯金をする愉しみは良いものさ。老年にそいつを施《ほどこ》すのだよ。死んじゃ持ってゆけないと言ったのは井原西鶴だ。地位も金も泡になるだけ」

「俺もそうしたい。蓄《たくわ》えはまだないけど」

「幾ら入っても、施しをせぬ人もいる。生まれて世間から世話になったことも忘れている」

「仕合せになるにゃ、欲を減らすことさ」

「松本は金がある人相だ、隠しても分かるぜ」

「私は銭は少しだけ持っているが、有りそうに見えるのは困ることだ」

「俺らの顔はよくないが、生まれてからずっと肩にくっついている。心がけを良くしよう」

「お前の顔ならともかく、善人にゃなれるさ」

「ともかくってつらだが、善人になれるか」

「顔が良くとも、肚が腐っていたらいけないわ」

「司令部じゃ砲術は山口県だが、海軍は鹿児島だと言っていたが」

「敵にゃ砲術の指南はいない」

「助かるぜ。秋眉を開いたってのは何のことだよ」

「安心したってことかな。日本語は難しい」

「闇雲に飲茶《やむちゃ》がほしかった。浮浪者の時だった。今も同じだが、試合終了までやるぜ」

「小生は松本の話を聴いた。今は約束したから言えないが、彼をそれから好きになった」

「善人になりたい者は、神さまに祈るがよい」

「あんがとよ、兄い。俺ら、生まれて始めてのことだが、やってみるぜ。金はなくとも働いて、まっとうに暮らすつもりだ」

「フランスじゃ、ナポレオンの時代から犯罪捜査のもとは女だった。女への男の憧れは、永遠のものだ。よい母親に育てられた男が悪人になることはない。だが、悪影響を与える女性に近づくな、悪業を唆《そそのか》され、俺は人生を駄目にした」

「責めるな、済んだことだ。悪い点はお前にもあったのさ。この動乱を生き残ったら、善人になることさ、安心していられるからだ」

「宣教師は人を善に導くため、自己の命ですら捨てている。そういう人もいるが、尊いことさ」

「因縁と因果は天地万物により生起するといわれるが、仏教の教えじゃ、因とは直接の原因で、縁とは間接の原因という意味がある。悪業は悪いことと成り還ってくる。何かをするときは、神を思うがよい。悪い女性はごく少ないものだが、親密になれば唆かされ、悪業にかかわるようになるということだ」

「坊さまは仕合せは伝わるものだが、教えることと、娯《たの》しませることは違うものだと言った」

「村上先生は、年をとったら世間の仕事を手伝い、教養に時間を使えば老い込まない。老い込むのは悪い習慣で、活動しながら、それを遅らせた者は、いつまでも若いと言われた」

「悪人はものごとを教えられるのを嫌うが、皆は教えをよく聴いているから善い人ばかりと思う。悪心がもしも残るなら、捨てることだ」

「悪人てな大岩よ、どんな奴のことですかい」

「儂は他人のことに立ち入りたくないけれど、ここには良い人物ばかりいる。悪人はいないから言うが、実直な仕事に長期間ついていない者だ。松本さんは親を敬わず、増長した者は悪党になり易く、閑をもてあました者、嘘つきで嫌われ者や、性病がある者も駄目。両親の喧嘩を見て育ち、甘やかされ、他人のせいにする者や、無視され必要とされなかった男も、そうなるんだと言っている」

「癪《しゃく》にさわるが怒らない。ほんとうのことだからさ、俺は悪かった、悔やんでいる」

「それがしが付き合った奴は、世間を憎んでいた。仕事嫌いで永が続きしなかった。不幸な男さ」

「いい奴は目立たない。悪党は自分さえよければ良くて他人ごとに興味はない」

「親なしは精神の安定に欠けると言われたが、片親の男は独立心が強く、愛されて育った者は終生親の余光を受ける。当人の努力次第ですよ」

「常に感謝し、天国に宝を積むことさ」

「私も親がなく、叔母がよく見てくれた。その恩は忘れることができない」

「同じ夢を見たのだ。追っかけて来るから参っている。くたばれたって、死んだ奴で駄目さ」

「アドラーは、夢についての見解は当てにならぬと言った。ぼくも、心配しない方が良いと思います。よく夢の中の風景を、どこかで見たと思うことがある。野心ある男なら空を翔ぶ夢を見るし、神経症の人は、塔や崖から跳び、落下する夢は用心して進めという報せですよ」

「お前は、夢は未来と現実のかけ橋と言ったな」

「悪い夢は危ないところにいるから要心せよということです。汽車や船が出発してしまった夢なら、父親に叱られ、恐ろしかったというものですよ」

「兄い、そこの美人の先生に訊ねてみてくれ」

「何度もそのような夢を見た人は、大体しっかりした人ですわ。きちんとした人間になりたいと努力しているからですの。分かりますわよ」

「神父や侍女が結婚せぬのは、人間性を無視しているように思われる。だが今後のため枠を外せば、難しいことになりかねない」

「還俗《げんぞく》はできるのです。希望あれば覚悟した尊いことですが」

「炊事係の猪助と馬育文は、良くやってくれる。大岩は遊撃隊を創りたいのだ。俺も国のために命を捧げたい。隊の編成が始まったら、大岩と働く。皆も良ければ一緒だ、強制はせん」

「命令を、直ちに大岩は行っている。ああじゃなけりゃ、命令する者にゃなれない」

「命令は分かり易く手短かに、実行し易いことが良い。誰の部下になるかと言われたら、大岩のところさ」

「俺たち一緒にやろうぜ」

松本が跛《びっこ》を引きずりながら戻って来た。

「爺さんよ、吝《けち》は吝が嫌いだとか言ったな、銭の話を人前でする金持ちなんていないだろ」

笑っている。松本は善良な男だ。

「新兵は、義和団とじゃとても対等にゃ戦えまい。日本軍なら五十名で二百人の敵と戦えるが。連合軍の兵じゃ無理だと思うよ」

列強の拡張時期に、キリスト教は通商路に沿って、役人と共に来航した。まず宣教師が医術と教会により、その地の土民と親しくなる頃に貿易業者が来た。

彼らは金銭が人心を惹《ひ》きつけることを知っていた。問題が起これば、自国に保護を求めた。

医療を土地の者に施し、良い宗教を持って来たが、宣教は帝国主義の発展と平行して行なわれた。宣教師は分かち与え、商業関係者は開発と支配を考えていたのである。

王培佑は西太后に抜擢されたが、彼女は外国の悪魔と戦うが、義和団はこれらに反撃できるかと訊ねられ、拳民の忠節を信じるが自らも力の限り朝廷を支援すると答えた。

西太后はこの言葉に感激したと言われる。

「宗教は魂の休息、希望であり、不幸な者には頼みの綱である。信仰はどれほど人類のためになってきたか、計りきれぬ」

「苦しんだ誠実な人は神の存在を疑わない。本能がそうした考えをさせる。儂は神さまに救って頂く気持はない。ことに外国の神さまには」

「俺は事変が終わったら、よく働いて暮らすぜ」

「神さまのおかげで良かったと、俺は思っている。けど、死んだ者にも善いのがいたよ」

「聴いた話だが、ギリシヤ人は青春の花ざかりに死ぬ人は、恵まれた神々の寵児であると言うそうだ」

保定六キロの地にあるカトリック教会にこの日、暴徒が侵入し六十一名の信者が殺害された。

さらに翌日は北京七十キロにあるロンドン伝道会の牧師が虐殺された。

外交団主席のスペイン公使コルガンは北塘教会の襲撃を拳軍は決定したから、五十名の海兵を至急派遣せよ。義和団の狙いは天主教民を殺害するにある。秦皇島に海兵を集結せしめよと要求したが、何らの処置もとらず、清国政府が暴徒の鎮圧手段を講ぜずば、条約違反となるであろうと警告を発した。

列強は抗議し、衙門《がもん》に対し駐屯兵の増員を要求した。連合軍司令部は本国に打電し、軍艦の派遣要請をして、入港予定地を北戴河と決定した。

山東省からの入電には、ドイツ人技師が殺され、日照に向け、独軍の討伐隊が出発したとあり、英軍は威海衛の徴税権は英国にあると布告し、九竜半島の境界決定につき問題提起した。

西太后は列強の要求に屈すれば、飽くことなき、侵略に遭うであろうとの思いを深め、甘粛、陝西、山西の軍に、北京周辺へ部隊を集結せよと命令した。西太后からの秘密訓令は、連合国が上陸を図れば、直ちに撃退すべしとの要請だったとされる。

英国は昨年末、南アの最富裕国ボーア人のオレンヂ自由国とトラスヴァル共和国を屈服させるため、戦いをしかけ、経済的に疲れていたが鎮圧に成功するところだった。

公使館書記二名は、公用で外出したが、不穏を感じ、宣教師らと急ぎ帰ろうとしたところ、暴民から投石を受け骨折し、その人数も刻々と増えるので走り戻って来た。

路上には義和団の逞《たくま》しい体軀の者が集まり、訓練し合い掛け声もあげ、臭い息を吹きつけ、嗤《わら》っていたと報告があった。

夜中に教文を叫び、一団となり、何度も通っては外国人を殺せ、義和拳民だけが神に通じると大声をあげ、投石をしている。

公使館に勤務する忠実な老人も怪我をしたと大岩に訴えた。老人は城壁近くで聴いた義和団幹部らの話をその時、報《しら》せてくれたが、それによれば連合軍を急襲する途すじが見当たらない。邪魔になる翰林院さえ焼き払えば、攻撃するに容易となると、密議を凝らしていたとのことで、有名な建物だから安全と大岩は考えていたが、注意を怠れば大変なことになる。

必ず敵は出火させたうえ、進路を造るだろうと考えた。

「死ぬことはぼくは厭です。家族とも訣《わか》れ、生命は地上から消える。一点の曙光《しょこう》を頼りに独り暗いトンネルの中を歩くのは、たまらない」

「死んですべてに別れるのは、ひとときのことだ。怕《おそ》れず断乎《だんこ》として行動する。死ぬと花が咲く草原に出る。そよ風と爽やかな清光に満ちた天地だと、坊さまはおっしゃった。死は例外なく誰にも来るものじゃ」

「あの世から、死なずに戻った人に訊ねれば、言われたことも判るでしょうが」

大岩は短い顎ひげを擦《こす》って笑った。

「都合で生き帰ったお坊さまの話じゃが、この世と変わったところじゃないそうな。逢いたい人は、すっと現われるが、逢いたくない人は来ても、すぐ消えるそうだ。仲のよい夫婦なら、この世と同じじゃないが、愉《たの》しく暮らせる。まさしく現世を暮らした者は、死んでも愉しい生活が待っている。神を信じ、お委せしよう。三太郎との話は良いことが聴けるが、厄介な奴だと思うことがある」

「ぼくは先輩と逢えたので、人生が明るくなった。それまで心を開いた友人は少なかった。どんな死を迎えるかは、神がきめることだと言われた」

「神さまを疑うな。神に対し疑念を持つ奴は、ぼけ茄子なんだ。こいつはロシアンティーじゃ。そこに氷砂糖があるが、それを咥《くわ》えて飲めば美味《うま》い」

大岩の大きい口もとをじっと見ていたが、

「佐山さんには、負けます」

黄昏《たそがれ》。空を染め、緩やかに時は過ぎゆく。

信者は自分の考えでなく、ひとの考えに従えと言われている。努力しよう。

軍曹が袋をいくつも持って来て、

「書翰が来ない兵のうち、慰問袋をまだ、受け取れなかった者は手を挙げよ。両手じゃない。ここに五個あるから分けるのだ」

「シスターは寝ずに、介護を続けている尊いことだ」

墨汁を流したような夜になったが、偵察隊の六名は、中国服を着用して出発した。その夜に彼らは二十三時に帰営した。狐火が燃え、敵陣が騒がしかったと言い、危ないから戻ったと報告された。

密偵の話から義和団は、命中率のよいライフル銃で武装したので、僅かな部隊を上陸させても充分ではないことが分かり困っているとのことだった。街ではアカシヤの花は芳香を放っているが、危機はおもむろに迫っていた。

民衆は政府が列強に屈し弱腰だとして、排外感情がたかまり弾劾した。哨所に集まった者の話では、古参兵だけが、どう戦うがよいかを全身をもって知っている。それが新任の士官に分からぬことだと言っている。

「豊台まで行ったが、駅で鈴蘭に似た草花を姑娘が売りに停車中の窓際にきた。風流なものだと思ったのさ」

「ロンドン・タイムスの記者と、うまく話ができなかった。英語は誰でもできるものと、彼らは思っているらしい」

各国の護衛兵招致計画は、清国の誠意あるところを認め中止した。ところが昨日、保定、北京間の停車場が義和団に放火され、西洋人三名が虐殺された。列強は駐屯兵の招致を決め、清国政府に通告した。これが厄介の原因となるであろうとした漠たる不安を皆は抱いた。

暴徒は豊台站を襲い、西洋人の家を略奪した。

東交民巷の一帯は黒煙が天空に立ち昇り、暑熱の中に悪臭が漂っている。

城壁の石に腰をおろした三太郎は、じっと考えこんでいた。荒野の果ての乾きはてた土のように。彼は前面に拡がる火線を眺めていたが、防衛線の皆のところに来た。

「窮地に陥る時こそ、神がお働き給うと言われる。ぼくらはノアの箱舟に乗ったものと同じだ。けれど、侵略の協力をしているとは考えられぬ。だから、お守り給うことだろう」

松本が銃を手にして来た。猪助は重い口を開き、俺は信者じゃないが、明日を思い煩《わずら》うなとか、汝の信仰の如くなるなどは善い言葉と思う、元気をだそうぜと言った。

「儂はこれを見たことがある、官軍のスタール銃だ。この銃で会津は苦戦した。命中率は銃身内部に螺旋がないため、よくなかったけれど」

「帰国すれば、御先祖さまの菩提寺が私にはありますが、三太郎さんのお蔭でキリスト教が僅かに分かりました。籠城がよかったのです」

「俺は外国の神さまは嫌いだ。終わりまで命があったら、日本の神さまのおかげだと思うよ」

「天主教が日本人の坊さまなら、俺らは厭じゃない。言葉がよく分からぬ人に、何が分かるかよ」

「戦争が終われば、隠した金を山分けしてずらかる。そんなわけだから、神さまは俺のところにゃ来まい。寄り道されぬ方がお互いに良いんだ」

「先生から職に貴賤はないが生き方にあると教えられた。職にもあると思うが労働は神聖なりかよ」

「命は限られたものだから、私は有意義に喜んで暮らす考えだ。すべてに感謝してね」

遠雷。大空の果てに黒雲が現われ、周囲は暗く時に輝いている。

自分が死んでこの世から居なくなるとは考えられなかった。仏門に入った者は、生死一如と言い、神仏と親を敬い、力一杯に生きれば暗いかげは消えるとされている。

「死者はな、人から拝まれると楽になると、お坊さんに教えられたことがある。あっちは、だから苦しいところかも知れないね」

「ぼくの心が弱いことはよく分かる。勇気を出して、先輩について行きます」

「独身の時と違う、初年兵が強いのも独り身だからじゃ。お前は小環を思い、行動するが良い。決して悲しませてはならん」

「生きているうちは、戦うのが人生ですね」

「おいらは盗っ人だった。お勤めがすんだ時にゃ冷たい世の中を、露天商をしてジュース売りやパンを祭日に売り歩いた。稼ぎがない時は橋の下に寝た。雨や吹雪の頃は、銭になるなら何でもやったが、空腹で困ったとき、無銭飲食をやった。食うだけ食ってぱくられた。舞い戻ったとき仲間は歓迎してくれたが、幸せじゃなかった。監獄てえところは、古巣とは違う」

「心を清くすることだ。俺らが善くなったら、神さまはよくしてくださった。お前がよくなることを、神さまは待っていなさるだ」

「頑張っけん、何か力のでてきたごたる」

「佐山はよく歩きまわっている。それがとても早い。若者に話しかけたり、病人の話を聴いている。大した女だ」

「すぐ説教をするから、前に行って欠伸《あくび》を続けてやったのさ。笑いだしたぜ。ちっかっぽさ」

「背丈も低いし、子供っぽい人だけど」

「知ってっか、孔子さまは悪事で作った銭は、やっぱし悪事に使われるとさ、西洋人は日本軍をけなしていたが、勇敢な兵士は貧しいところから出てくる。金持ちは大概、臆病なのさ」

「平和も長く続くと人は利己的になり、贅沢が加わると気力のない人間が作られ、堕落した国民になる。だから独立を犠牲にし、平和を続けようとするのは駄目なんだ」

「ここを包囲している敵は、日本軍の抵抗を尊敬しているという話は聴いている。俺たちはみんなサムライなんだからさ」

「露軍でさえも、ヤポンスキーハラショだってよ。褒《ほ》めているのさ。スパシーポだね」

「嬶《かかあ》のことをよ、大将にね、良い人だ優しくしてやれだと言われたのさ。だから肚が減り過ぎて、それができねえでがんすと言ったら、笑っていたぜ。家に帰りてえ、だちはいねえが、餓鬼は三人だ。尻に火がついたようさ。稼がなくちゃならねえ」

「きびきびしているが、佐山は気に障《さわ》る」

「今、何どきでござんしょうか何てね。白眼で頓珍漢な奴がきたぜ」

「あれこれ何年も神さまの話は聴かなかったが、少しだけ人間らしくなった気分だ」

「天主教は正しいことを知る――じゃなくて正しいことをするのだと言っている。神を無視した教育は利口者を作るが、自己中心的な本性から解放されないと言われた」

「そうだ、家庭と社会を不和にする。神父の受け売りだが、立派な考えだ」

いきなり雷鳴と稲妻が暗い空を走った。

「ぼくは子供ができたら成功者にするか、善良な人に育てるかに迷うだろう。だが、よい人に育てたい。生まれて四年で人は決まるそうですから注意して育て、ぼくはできるだけ世の中のために働きます」

「話は変わるが翰林院を敵は放火すると思うか。乱暴な義和団も後日、問題となるからじゃが」

「焼いたら攻撃路となる。甘粛軍なら、結局、放火するでしょう、戦いですから」

「先制攻撃をしよう。俺たちなら、敵陣に突入できる。だが犠牲も出るだろうがいいか」

この夜、小貫慶治を隊長とする突撃隊は露地を通り木戸を毀《こわ》し、休息中の甘粛軍の陣内に抜刀突撃を敢行した。

大岩は終始、隊長と共に阿修羅の働きをし、彼らを怖れさせた。この急襲に敵は混乱し、六梃の銃と弾薬多数を残し逃散した。


翌朝の未明、不意に敵は我が防衛線を破り、遮二無二、多数を以て侵入した。耐え切れず一部が撤退すると、我が軍の銃眼にライフルを城壁外から突っ込み、激しく逆攻撃を加えてくるので、多数の犠牲が出た。

秋葉と長十郎は弾雨の中を駆け登り、ライフルの銃身が出たところを大ハンマーで殴りつけ、銃身を摑んでは引き抜いた。敵は逃げて行った。

北京城の長安路は英と墺軍が哨所を固め、その間の通路は兵力が少ない日本軍の受け持ちに決まった。同じく兵数が少ないオランダとベルギー軍も受け持ちが決まった。兵力不足は各国みな同じだった。

そのため義勇兵を増員しようと、居留民の有志に志願をつのった。その後、西公使、守田大尉、中川軍医と安藤大尉、柴中佐が加わったから百五十名となり、隊長は安藤大尉に決定した。

兵器は少なかった。拳銃三、日本刀十一振り、洋砲など五梃である。義勇兵のために仕方なく槍を作らせようと、鍛冶屋に当たったたが、数日後に短槍六本を造ってきた。

ところがその後、事態が切迫すると鍛冶屋は、義和団の報復を恐れ逃亡した。義勇兵は内院の警戒や消火と介護も行なうこととされた。

軍人は外部の敵に当たらせ、義勇隊は防禦に力を注いだ。井戸番は毒物を入れられぬ要慎をした。不寝番も食事などのために交代が必要だった。

翌日、清国衙門《がもん》から大臣が訪問に来て、連合軍は公使館に衛兵を増員し、周囲の空気を硬化させたから、軍人を今後は増やさないことと釘を打った。これに対しコンガー公使は、電信も不通で外部のことは分からぬと述べたに過ぎなかった。だが、連合軍が大沽《たーくー》砲台を占拠したニュースは、西洋人排斥運動となり、租界に義和団は攻撃を加えた。

シーモアの援軍は天津を出発したが、退却や停止をし、三週間も遅れていた。

北京市内の東単牌楼大街や北六条胡同は放火により焼失した。連合軍は義和団の攻撃を受けながら鉄路の修復につとめたが、作業中に犠牲者が出た。

義和団は不死の教義を得て頑強に攻撃をして来た。天津からの救援軍は包囲され、食糧も尽きたから、鉄道による出発を諦め、歩いて運河沿いに前進するとの報せは、文字にできぬほど暗い気分にされた。

戦闘詳報からの記述には、六月十五日とし北上中の連合軍は攻撃を受け、傷兵が増加し、一応退却するとの通告が来た。

連合軍はライフル銃の攻撃に悩まされた。

北京への進発は不可能とされ、一部だけが重囲を破り、天津の西沽兵器廠まで辿りついた。

同時にシーモアの救援軍もまた、強大な義和団の攻撃を受け、退却せねばならなかった。


大岩は太刀を抜き、素振りを始めた。腕は太い、じっとしていられぬ人だと三太郎が見ていると、松の木を摑んで見入っているきみの姿が眼に入った。

以前と違い、きちんとした身なりだった。三太郎は水汲みを再び始めた。仕事こそ健康のもとだ。筋力も少しはついた。戦乱はそのうち終わる。その時は時代的な誤りも解明され、後世の人に伝えられると思う。

この夏の旱魃《かんばつ》と問題の事件は、風神と水神の怒りによるものだったと、義和団は言った。その真因は、教会堂の尖塔と電線、電柱にある。そのため災害が起こったと信じていた。

村上先生という人は、列強が弱少国を訪問する際に示す不正は恐るべきものに達している。訪問とは彼らにとって、その国を征服することであると言った。

世界的規模での領土獲得競争のなかで、領有権の確定しない土地に他国が進出することを放置するなと言い、ベルギーのレオポルド二世は時間を無駄にするな、野心ある他国に先を越されるな、良い土地を入手することだ。既に土地はほとんど残っていないと語ったほどである。先生は考慮のうえ日本も、中国大陸も、こうした来訪者を試したあとで、入国、来航とも厳しくし、国によっては許可しなかったのは賢明だったと結論した。

列強は文明を正義とする信念で、植民化は土民に科学の恵みを与うるものであると主張した。

義和団は、母国を守るとし汚職官吏を一掃し始めた――新しい夜明けの時が来たのだ。彼らは比島の独立運動や、ボーア戦争を知り、自分も自由と独立の戦いを行なっていると確信した。そのうえで、彼らは協力者を求めて孫文とも手を組み、武力闘争を用い、革命に進むことを信じた。彼らに欠けたものは、民衆に対する指導力であった。

敵側からの情報によると、鉄路と橋梁を破壊しているが、それこそ各国公使館を孤立させる方針と言われた。衙門に対し津浦線の修復を依頼したところ、旅客のために直ちに着手せよとの命令を発したのである。

甘粛軍が大量に入京したとの情報を大岩は得た。兵員数は二千名とされた。

三太郎が英国公使館に薬品を取りに行くと、トランプでブリッジをしている水兵がいたが、その後ろには見すぼらしい賎民の群れが列をなし、落ち着きのない眼で粟がゆを啜《すす》っている――皮膚の色も黒くひどい衣服を着ていた。

天津北站は、放火により列車不通となった。

艦隊司令部では急変に備え、籠城中の駐屯軍の救出を決議したとされる。

「軍医が言うに、娼婦の知能の大半は精神薄弱であるとされ、幼時に虐待を受けたか、我がままな育ち方をした者が多い。中には性病患者もいるので、接触に注意が必要だと暗い顔だった」

駈け込んだ伝令は、敵の砲車が数輛、豊台站に到着し組み立てを始めていると報せた。

炊事係になった長十郎と猪助が香の物を持って来た。しばらくぶりのことだからと、皆は悦《よろこ》んだ。——儂《わし》やまだ子供の頃だった。母ちゃまの箱枕に引き出しがあるので、そっと覗《のぞ》いてみた。中には白鞘《しらざや》の短刀と笄《こうがい》があり、笄の細い足の部分は鞘だった。抜き払うと、鋭い尖端がある突くための白刃《しらは》が妖しい光を発した。

訊ねると、

「母は嫁に来るときお婆あちゃまから贈られたが、命を守るとき使うものじゃと言われた。三太郎、儂は潔《いさ》ぎよく死ぬことを教えられたのじゃ」

シベリヤ鉄道を露国は建設しはじめたとする報せに、我が政府は警戒を強めた。

李王朝は鎖国し、米、露から来航があったが通商を拒否した。天主教の禁令は迫害となり、フランス人神父九名と八千余名の朝鮮教民は処刑され、断崖から突き落とされた。

このとき、海水は赤く染まったと伝えられた。

英軍の東洋艦隊が朝鮮の巨文島を占領したことであるが、日本政府は衝撃を受けたとされる噂が流れた。国を守るは自国の青年でなければならぬ。他国の兵に委せれば独立は危殆に瀕し、遂には滅亡するであろうと村上先生は言われたのである。

「好きな女にちょっかいを出さないとすれば、何らかの理由があるのだろう」

「女は望みを隠すことがあっても、臆病な男を軽蔑する。女に何も感じない男は、まずいないのさ、隠しているのではなく」

「強くて揺るがぬ男が女は好きだと思うが」

「大岩のような――か」

「彼は男にも人気があるが、優しいところも持った男だ。お喋《しゃべ》りは好かれない。生真面目は良いが疲れるし、昔は役者のような男がもてたが、動乱の時は軍人じゃなけりゃ」

「俺ら知っているが、内気な奴で女に全然気配を感じられないから、弱い男だと馬鹿にされていた。単に奴は女を虞《おそ》れていた。彼は女がいないところじゃ、元気な良い奴だった」

「儂の村じゃ、淑やかな女性は家宝もちと言われ、大切にされるけれど、そのため駄目になった話は聞かん。心の温かい娘っ子は良いものじゃ」

「娘は将来母親になるものじゃから、善い人を選ぶこっちゃ。娘の将来はその母親を見れば判る。娘の家に行けば、家族が心温かい人たちか、酒呑みかも分かるものだから、男は思う娘の家を何度か訪ねて、確かめる必要があると思う」

「本当の淑女なら、目立たない服装をする。あまりに飾りたてる女の多くは、教養も欠けていると申す古老がいるから――」

厚子は体力がないが汗みずくで、小環と働き続けた。休息をすすめられたので、介護所で周囲の人に元気が出るような話をしている。外科用の薬物が欠乏して問題だった。

薬物は英、仏の窓口から援助され、医療も続けられていた。不調を訴える者や下痢患者が増えたので、忙しくなったと三太郎は訴えた。

「蛇を捉まえた。毒蛇は脂肪が多いから美味い。猿は駄目だ、臭いから。でも、土に埋めて三日もすれば大丈夫だ」

猪助の蛇を教民は羨ましそうに眺めている。三太郎の水汲みは、手桶だけでも重かったが、井戸を涸《か》らさぬように使っている。

今朝は手桶から青蛙が跳び出し、あたりを観察しながら、三太郎を待っていた。

幸い井戸は涸れることもなく朝までに充分な湧き水があったので、切り抜けている。

「お前って奴は、儂の欠点はよく分かるが、自分のことは全然分からん」

「先輩は戦死を美化しようとする心が働いていませんか。ぼくは何にしても死ぬのは厭《いや》です」

「お前はよく儂を見ておる。儂にはそうしたところが確かにあるが、特に死にたいとは思っておらん。三太郎と心の底は同じなのじゃ。死を恐れる気持も同じじゃ。だが、お前は遅く死んでも早く死んでも同じだが、生きているうちが違うと言って犠牲になりたくない。生き抜くことが大切だとの儂の考えと違っていた」

「今も同じで、自らの人生をそれほど短くすることはないと思います。生まれて来たばかりですから」

「お前にゃ、かなわん。利己主義な人間ばかりなら、戦うとき逃亡したり、前線は危ないから行きたくないと言い、敵が来て乱暴されても同胞も守らないのか。それではひとたまりもないだろう。唐突だけど鑑真は洛陽から暴風や失明する中を来日し、奈良の東大寺で聖武天皇に授戒した。のち唐招提寺を賜わり、大和上の称号をも賜わった。彼も宣教者だが、あとから軍勢が押しかけて来たりはせんかった。戦争はなくなりはせぬ。早期に誰かが他国からの攻撃を守らねばならん」

「フランス水兵の帽子に毛糸の紅い球がついているが、何の印しか。整列すると子供のようだ。一斉にぶらぶら動いている。娘っ子があれに触れて騒いでいたのさ」

「密かに触れたら幸せになると信じられているからだ。だが、男が触れたって幸せは来ない――ご利益は娘っ子だけにだ、あれをぽんぽんルージュと言うそうだ」

軌条を修復しつつ、保定から天津に到着した西洋人に、四名の行方不明者が出た。

騎兵隊は捜索に、三十名を直ちに出動させた。

翌日の夕刻、彼らは捜索を打ち切り、疲労困憊し帰隊した。隊長が重傷を負っているから、急いで手当を頼むと言う。

数名の兵士も負傷していた。彼らは大部隊の義和団に遭遇し、衝突を続けながら帰営したのである。義和団は死を恐れず戦うと言っていたとのことである。

六月X日、ドイツ軍とオーストリヤ軍七十五名が北京市内に向かったのは、捜索隊が帰営する五時間ほど前のことだった。不穏分子の人数はあまりにも多くなり前進を阻んだからである。

この日、軍艦笠置からの陸戦隊が北京に到着する予定だった。鉄路の修復が進まず、彼らは来なかった――危機迫ることを本能的に感じ、孤立感を深めたと話し合った。

武官会議に柴中佐が出席し、防衛プランを検討したところ、英会話を流暢にできる者はいなかったが、段々馴れて西洋人との交流は深まった。義勇兵を選出し、各国との合計で四十四名だけ任命して、英軍士官を指揮官とすることに決定した。

本部前に集まった者に、大岩は不動の姿勢で、

「罪を犯した者がこの中にいても、動乱を命がけで戦った者に勲章も出るだろう。今までのことは罪一等を減じ、無罪となる可能性はある。先の心配は捨ててお国のために働いてもらいたい」

「大岩は、俺たちに嘘を言って誤魔化すような玉じゃない。きっとこの問題も真剣に努力してくれるだろう――だが死んだら終わりだ」

「俺だって、死んじまったら終わりだ。大将は兵に言葉をかけるもんだぜ」

「だが、日本人らしく生きなけりゃなんねえ」

「診察のとき良い軍医は、どうですかと聞くが返事なんざ、聞いちゃいないもんだよ」

キリスト教を宣教するため、一五四九年に鹿児島に来航したバスク人のフランシスコ・ザビエルは、城主の子息として育ったが、日本人を親しみ易く善良で道徳心を持つ国民だと言い、今までに発見されたアジアの異民族より非常に優れ、他国では見ることができないと述べている。日本を去るとき、彼は三十万人の信徒を誕生させるもととなった。

「酒呑みは、この世を虚しいものと心の裡に思い込んでいる者が多いとされる。依存症になるほど呑むからいけない。少しだけにすれば愉快だが、彼は精神症にかかっているだけであるから、原因が分かれば療《なお》る――自覚するかどうかは、当人次第さ」

「幸せな人だけが不幸を苦しむのよ、ね。三太郎さんじゃないけど、信仰心をしっかり持っていたら問題なかったわよ。そうでしょう」

緑蔭で馬育文が仲間の頭をかかえ、ビール瓶の欠けたガラスを持って、剃っている。

冷血漢と思っていたが、優しいところがあることをぼくは知らなかった。人にもよるけれど、外見だけでは分からない。いつもぼくは思い込むから誤るのだ。馬育文は、少年の頃から反社会性を持っていたと言っていたが、不幸なことだった。馬育文は、冗談を言いながら友人を騙《だま》すことも上手だが、短気で、つまり抑制がきかない男なのだ。少年期から独りで生きることを覚えた。ユーモアもあるが、父と思われる男は賭博の前科を持ち、母親に傷害の前歴があった。それがしは私生児だと思うと言った。

頭を剃ってもらっている男は意志が弱く、労働に飽きっぽく、初対面の人に狎《な》れなれしいが、笑わせたあと喧嘩早く、よく怪我をさせる。

敵地に潜入するとき、馬育文はどんな死に方を望むかと、大岩が訊ねたら、彼はどこで死んでもそうなったら構わないが、お骨にするとき、未練を娑婆に残さぬようにウエルダンにしてくれと言った。彼は母親に甘えたいと思ったが、駄目だったので恨みがましい心を持つに至ったのだと言った。

付近の子供が母親に甘えるのを見るとき、そうした気持が強まったが、つらい暮らしの中でも母親は良くしてくれたこともあったと言う。

ひどいところに棲《す》んでいたけれど、男と母親の仲は悪くて激しく喧嘩をしたから、大人になっ

たら穏やかな暮らしをしたいと思っていたのである。馬育文は、ウインクしながら、

「スキンヘッドは夏は暑く、汗がどこにも流れだすから困るけれど、シャムでも剃ってあげて悦ばれたぜ」

「何年も溜まった垢がとれて、爽やかですぜ、兄い」

城門付近では教民が協力し、バリケードを完成するところだった。これさえあれば義和団も容易に侵入できまいと皆は安堵したが、仮に大岩が敵将ならばと考え、有刺鉄線を超えるために、布団をバリケードのうえにのせてから攻撃する方法を考えると安心はできんと語った。

「山川が育てていた二匹の亀がいなくなった。大きい亀は、山川の声や顔も憶《おぼ》えていたのだ」

「何を食わせていたのかよ、分からんとね」

「蝿やごきぶり、ばったや蟬のような蛋白質の虫が多かった。野菜は食わない、誰かがタロを食ったのさ。皆が腹を減らしている時だ、犯人が判っても苛《きび》しくするな」

天津からの入電は増援軍が午前中に駅に到着するという内容だった。公使は前門站《ちえんめんじゃん》に待機していたが、周囲は官兵と拳軍ばかりに取り囲まれ落ち着くことはできなくて、次第に衝突に向かっていた。

トイレにも行けない一触即発の情況で正午まで待ったが、到着せず引き揚げて来た。

午後に再び行くかどうかと図ったが、杉山書記官のみ事務の都合上で行くとのことだった。危険だから取りやめにしてはと言う者もいたが、彼は出発した。

危惧は的中し、永定門外数百メートルのところで、彼は数名の騎兵に刺殺された。

義和団は半身裸体で城門付近に迫り、大群となり、大声で外国人は帰れ、帰らぬ者は殺すと罵声を浴びせ、額に長い眉を耳元まで墨で描き、金色や紅で顔を着色している者が目立った。

軍用列車はシーモア海軍中将によれば、郎坊站で義和団三百名が攻撃してきたという談話があった。義和拳軍は不死の教義を信じ、死傷をも怖れず猛進し、刀槍による大胆な突撃を繰り返し狂信的に戦ったとされる。

戦闘中に捉えた少年兵は十四歳で、運河の船着場で働いていたと答えた。

連合軍は海兵隊千五百名を上陸させ、野砲と重機関銃と三日分の糧秣を携行させ、北京に向かったと、大岩に会報が届いた。

大沽口を出て天津に七時三十分に到着し、九時、第一陣は北京に向かった。

第二陣の六百名が夕刻までに天津を出るはずだった。しかし、義和団の攻撃が激しく、北京に来ることはできなかった。

給水場に行く途中で三太郎は、ハミングしている。集合のとき珍しくフランス人のロランド神父が来て、色いろな話を聴いた影響ではなかろうか。

神父は、日本の学問は実利的な分野は進んでいるが、教養の点では遅れて、全体的に偏向していると思われるということだったので、三太郎は俄然議論を始めたが、もう一人の神父が、その話に加わったので負けそうになった。佐山厚子は話題を変え、白熱した論議も後送りとなった。

ロランド神父は、上手に日本語を話せる愉快な人なので、三太郎はこの神父に逢うことを愉しみにしていた。親の目と世間の目の違いは愛があるかどうかで、善を行なう人は、光明にゆくと言う話である。

厚子から茶をご馳走になった。神父は天主教くらい殉教者が多い宗教はない。鎖国の時も権力者は当然の報いを信者が受けたと言い、社会の秩序を乱した人だときめつけている。信者は迫り来る家族への危害を避けるために、逃亡や隠れたりした。

宣教師の危機感も同じだったが、最後の時が来ると、立派な自尊心を以って死を迎え、死に臨み動ぜず僵《たお》れていった。

三太郎もキリスト教の深さの一部を知ることができた様子である。ロランド神父は、聖書を単なる知識として読まずに、初心の者は集会にきてミサの雰囲気を知る方が、一般になじみ易いと伝えた。

また聖書は信じようとする心が芽生えてから、読めば理解し易くなるとも言われた。

アフリカ、朝鮮、日本、清国でも神父は、命を賭け宣教を果たしたのである。

神父たちは誇りあるその生涯を神に捧げてきた。ロランド神父は、どこの国でも、人は貧しさに耐える精神力を持っているが、献金はそれらの人びとのものである。信仰から離れ、吝嗇《りんしょく》になりがちな信者もいるものと談話のとき語った。白髪の女はミサのあとで、

「意志に反することが起こったら、それは神が選ばれた最善の途ですよ。後年になってからその道を選んだことが善かったと思い当たります。犯した罪こそ救いに必要なのですの。だから私た

ちは手の中の傷を見たがらず信じましょう」

註　白蓮教は仏教的秘密結社で弥勒菩薩を本尊とし、祈禱と符呪治病をもって庶民を惑わし勢力を拡張した。元末の紅巾の賊はこの教徒で、この徒は九年間にわたり反乱を起こし、清朝を大いに悩ましたとされる。

黄禍論（Yellow Peril）をドイツ皇帝が唱え始めた。ロシア軍は海上輸送で海軍をオデッサからの二旅団は大沽に到着し、陸軍はシベリヤ鉄道で一個旅団の兵が来た。この間、満州の要所はことごとく露軍が占領するところとなってしまった。

山口素臣《もとおみ》は戊辰の役に奇兵隊と共に転戦し、日清戦争では歩兵第三旅団長として威海衛に上陸して、後の北清事変には北京救援軍司令官として偉功をたてられた。

この日、海軍中佐服部雄吉は、大沽砲台攻撃の際、二百三十一名の兵を指揮し、突撃を三度び敢行し、壮烈なる戦死を遂げた。

急増した共同墓地の緑陰で、傷兵が語り合っている、蜂が休憩する場所を探しに来た。

「神さまは友になった者を、いつまでも捨てることなしに連れて行って下さるだ。お前は喋《しゃべ》らなくて良い、誰だって心の中に秘密は持っている。神さまだけがそのことを知っていなさるだ。だから神さまを俺らは求めるだよ。何の心配もありましねえ」

第二部

義和団《いいほわとん》、北京に出現す

非合法の集団は次第に勢力を拡大し、合法的組織として義和拳軍と呼称したが、大刀会も加わり、国のためと申し増大していった。

呪文や礼拝を彼らは行ない、不死身の信仰も修練した。鍛練は厳しく、僧侶もこれに献身し大衆の前で拳銃を発射して、兵士が死なないところを見せた。使用した銃弾の薬莢には、やっと発射できる程度の火薬が入っているに過ぎなかった。だが、農民はこの実験を見て会員となった。それは紅槍回匪の入団状況と酷似していると言う者もいたほどであった。

死を怖れぬ者は組織され、神秘的な力を発揮した。一部の兵士はドイツや日本軍の士官による訓練も受けていたが、近代的装備は経費の点から困難もあり、剣と槍と若干の火器で武装するにとどまった。

袁世凱は、山東省で宣教師や教民に歓迎された。彼は漢人だが、進歩的で西洋文明の移入に理解が深かった。彼の部隊は近代化していたから、義和団を絶滅させると噂された。だが、彼は実行動をせず、教民の非難は西太后に届いた。袁の本意は列国と戦えば政府は倒れると考えていたからである。

「地獄を怖れるため善を行なうなら、道徳的と言えない。誘惑や苦しみを受けたとき、人間はどれほど向上したかを確証できるものか」

垣根の向こうから水兵の声が聴こえた。

「南京虫にゃ強い方だが、蚤にゃ参っている。刺すんだからかなわない。寝不足なんだ」

夜半に杏林がある競馬場方面に、閃光が数本立ち昇るのを見た。雷火であった。

義和団の大部隊が、遂に北京市内に現われた。

彼らが市中に入ると、外国人は続々と避難を始めたので、留守になった家屋に侵入し、掠奪と放火をして歩いている。

これを鎮定する者はいなかった。彼らは悪魔と天主教会を呼び、清国教民を殺し、乱暴の限りを尽くした。猛火は被害を拡大し、周囲を灰塵にした。悲鳴は市内を地獄にしている。

しばらくして火災は下火となったが、風に煽られ再び燃え立った。

猛火に舐《な》めつくされた焦土は、見渡す限り続いた。野戦看護卒が暍病《えつびょう》で仆《たお》れた。日射病である。皆は没法子《めいふあず》（仕方ない）と言ったが、暑熱と重なる過労によるものであった。

「あんとき表われた幽的は、髪の毛が、ぼんの窪に十サンチくらいのまとまりがあって、あとは剃ったように毛はなかった。子供っぽくて怖くなかった。そんで足は見えなかったのさ」

「一生というものは、哀しみに満ちている。五十歳を超えると、友人や親族の死を見る。この籠城で同胞と暮らしたことは、私の貧弱な一生に華を添えることとなった。苦しいけれど、立派に生き抜くつもりですよ。馬馬虎虎《まあまあふうふう》（いい加減）ですよ、過ぎたことを偲《しの》ぶのは、愚者ばかりと言う人もいますが、回想は時には愉しい。無事に内地に戻れたら――北京の動乱を語りたい。我われは共に手を取り合い、暗黒の日に曙光《しょこう》を求め歩んだ。終局が凱歌となるか、悲惨なことになるか分かりませんがね」

男は緑蔭に坐り、周囲の者に話をしている。

秋葉も顎を支え、この話を聴いていると歌声が流れてきた。

「沖の鷗に汐どき聞けば私ゃ立つ鳥波にきけ――」

北京と天津間の電線は再び切られ、運河を航行していた白河航路は断たれ、北京は外界との連絡を失った。西徳二郎は艦隊を派遣せよとの電文を教民に託し、本省に打電させた。

順治門の教民が義和団により虐殺されているとの急報に接した柴中佐と英軍指揮官モリソン博士は、救助に向かった。

義和団が捉えていた教会内の教民二十一名を、戦闘の結果、夕刻までに救出し、拳軍を壊滅させた。天主教を善い宗教と思いながらも、日本では国策上から嫌悪され、元和九年、江戸は芝三田台で五十三名がその後に、四百余名が殉教した。

長崎では平戸とその地方で、三十八名が殺害された。比島でも清国でも、朝鮮でも南米、アフリカ、西欧でも殉教した。

だが、この信仰は滅亡せず息を吹き返した。
これこそ神がお与え給うた恵みの宗教なのだからとされた。神が視《み》る眼は壮大で、如何なる犠牲をも超え、人類のために歩まれた。

官兵に路線からの立ち退きを命じた時は、衝突が始まっていた。列強は北京駐屯の甘粛軍移駐を総理衙門に要求した。

この部隊こそ最強と言われていたが、各国からの要求をのみ、仕方なく山海関近くの地に駐屯地を移した。列強が甘粛軍を防衛に役立たぬ地に押し込んだ魂胆は、清国の平和に対する冒瀆と考えられたので、これまた排外主義がもちあがった。

回教徒の兵士らは大勢で、秩序もなく街頭を行進して危険な状況だった。市民は不安を込めて話し合っていた。司令部が書類を焼くのを見た男は、俺たちはどうなるのだと、おもむろに迫る危機を感じた。

馬育文は、大岩と暮せる遊撃隊の方を希望し隊員になり、教民六名をこれに加えさせた。

前後して秋葉四郎太、鈴木長十郎、久保田猪助が加わることになった。

いい連中が揃った。これは凄い隊になると、大岩は胸中に心強く思ったが、時刻になると松本孫右衛門もきて、山東省から来ましたよ、皆さん、よろしく先日入隊させて頂きましたと申すのである。彼はよく皆の前で講釈していたから、知った者も数人いる様子であった。

中国語は憶《おぼ》えたが事業をやめ、自由になった。生まれは神戸だと話を始める。

喩《たと》えば、使わなかった銭は儲《もう》けた金と同じだから、別のところにしまうのがよいと申したり、耳が悪いのか、大声で大岩が嫌う銭の話をする。

馬育文は、何をしでかすか分からぬ男だが、義理は感じるらしい。以前、大岩に金銭のことで助けられたことがあった。彼の目は恐ろしいうわ眼だから、子供だって近づく者はいない。

「人の顔は四十歳を過ぎれば、よくも悪くも本人の責任だそうだが、三太郎は儂の顔をどう思うか。本当のところを言ってくれ」

「良い顔ですよ。人相見じゃないから、ぼくはよく判りません。粗暴なところがあり、実行力もあり、明快で単純です。これは男らしい人にある特徴ですから、総計すると良い点になりますが、そのうえ親切です」

「儂の考えるところと違いはあるが、勘弁しよう。お前は倅《せがれ》だからな。長生きできるかどうかを聴きたかったのじゃ」

「デリカシーは足りないようです。女性から好かれても、分からないところがある」

「馬鹿にしおって。殴るぞ」

「先輩の長生きは約束されています。親を敬う人ですから。でも、無茶は困りますよ」

周囲でなりゆきを心配していた者は、ひと息ついたらしい。三太郎は、生命を大切に扱うことを大岩に訴えたかったのである。

「義和団は抜刀し、市中を歩きまわり、赤い鉢巻と赤の手拭を腰に吊るした者が街を埋め尽くすほど集まっている。暴漢は毒物を川に流したり、女を見れば捉えて連れ去ったりするので、歩行も危険だとされている」

「彼らはやりたい放題ですよ」

六月十四日、朝から不穏な空気だったが、多数の義和拳民は公然と公使館前に集まり、遂に崇文門より十五時に乱入した。

このとき日本軍は、ただの四十名で実戦の経験ある兵は僅か十数名だったが、必死の防戦をした。

不馴れながら大岩の遊撃隊も義勇兵を助けた、伊、仏、独軍の兵士が加勢に駈けつけ、大門は守られた。

義和団は崇文門大街を押して行き、北部の天主教会に放火し、使用人を殺害した。

義勇兵は人員不足で、同胞を守るため各国連合して戦い、清国教民にも協力を求めることになった。

まず堡塁の幾つかを固めた。女性も額から玉の汗を流し、代わるがわる水汲みをし、襷がけで食器への盛りつけなど総出で働いてくれた。攻撃が近くあるとの噂も流れ、不安の中で涙ぐましい働きは続いた。

六月十六日、市外の家に戻ったボーイは危機迫ったことを知り、逃げ帰って来た。

衙門から派遣された百名の官兵は、民衆の目前で義和団に跪《ひざまず》き、命乞いをしたのち助命された。拳民は西方の地域の家屋と寺院をこのほか焼失させた。夜になると、彼らは各所を襲い、悲鳴をあげる女を捉え、乱暴を働いている。

城外の教民三千名は、拳民に追いまわされ、救いを求める叫喚と号泣は絶えなかった。翌日は無政府状態になったところに、不良分子は波状攻撃を加え、市民に乱暴しているとの報告があり、城門付近では催眠や降神の術を義和団は実演していたが、十時には隊列を組み、進撃を始めた。

ローランド・アレン師の籠城日誌には、伊、独両軍は義和団を攻撃して、彼らが宿泊していた寺院を占拠したと述べている。

「いやな爺《じい》さまだ。銭ばかり残してどうするだ。俺らの村じゃ死に損《そこ》ないと呼ばれるだ」

「待っている連中にやるが良い。うぬが死ぬのを待っているだろうぜ」

「娯《たの》しみもなくて良いのかよ、溜め込んでさ」

「くたばれ、銭の話ばかり、年寄りじゃなけりゃ、俺が殴ってやるところだ」

「怒るな、働けですよ。夜中まで私は働いた」

市街地では、義和団が容赦なく虐殺を繰り返し、悽愴な情況である。義勇兵は城郭内にいるので、教民を救うことができなかった。

翌日の昼になると、各国の水兵らは教民と西洋人を救出し、公使館邸に連れて来た、その数三千余名である。

垂れ込み屋の確かな情報によれば、教民への虐殺が始まったので作戦会議の結果、柴中佐は英米の兵と日本軍四十名を率いて東北部の寺院に進撃し、教会堂を包囲したのち、捕らえられていた者を救出し、この際、堂内にいた義和団五十二名を射殺した。

前檣壁の銃眼で、東京生まれの水兵が話し合っている。今日が東京は日枝神社の祭礼の日だったが、夕方になるとガス灯で明るかった。

炎天下を太鼓や山車と一緒に歩き、暑気払いの酒を飲んだ。もう一人の方は田の草とりを皆とやったが、友達もできて愉しかったと話をしている。

「長辛店を彼らが襲ったとき、北京飯店の有志と大岩は車を走らせ、発砲されながら教民二十三名と牧師九名を救出した」

馬育文が差し出した変形している煙草を、汗だくの大岩は、ゆっくりと腹の底まで吸い込んで、

「まだ、生きているらしい」

と声なく笑ったが、腕から血が流れ出た。

城内は防禦工事に煉瓦を積み、教民と三太郎はワイヤを張っている。

夜は深まったが、海軍の原大尉と愛宕艦の陸戦隊水兵が主軸となり、義勇兵も休まず胸壁を高くする作業に熱中した。

女性からの差し入れが届くと、皆は泥がこびりついた頬を緩め、働き詰めの間、僅かな小休止をとることができた。

男は疲れ切って何も言わなかった。だが、女性の優しい心根を、どれほど胸中に感謝していたことか。

火箭《ひや》は激しく飛来し、その本数は俄然、増加した。困った問題となったのである。

「儂の郷里はこんにゃくと葉煙草の産地なので、婆さまたちも莨《たばこ》はよく吸う。三太郎は喫煙せぬ

妙な奴だ、あんぽんたんか」

「差《はず》かしいけど、ぼくはあんぽんたんです」

「お前という奴は自分というものを、しっかりと持っている。決してぐうたらじゃない」

「でも、女性は強い人が好きですから――」

「女も男も心意気じゃよ。漱石先生は美しくなけりゃ好きになれないと言われたそうじゃが、そうしたものじゃない。動乱の時だ、女のことなど考えるな」

「言い遺《のこ》しもせず、死地に投じて行く兵士を見ていると、ぼくは恐ろしいほどの勇気を感じます。兵隊は黙々と、自らの困難な任務を果たすために進んで死地にゆく――そうしたことに不思議なものさえ覚えました。男らしい立派な死に方をみんなはしているが、無念の思いもありましょう。先輩のような剛毅な生き方をしたいと思う反面、とうていぼくにはできないことだと思うのです。これからも嗤《わら》われながら、やわな生き方をしてゆくことでしょう」

「母ちゃまの人格をかたち造っていた要素とでもいうものは、良くも悪くも儂に大半が伝えられたと思う」

後院では矯風会の婦人方が、トイレの掃除をしている。別のところでは、物品を整理していた。箒を手にした若い女性と阿媽さんが衣類や毀《こわ》れた陶器を穴に投棄している。女性は偉い。男は破壊し、女の人は整頓をしている。

普段なら、このような労働はせぬ人と思われるが、頼もしく、彼女らは溌剌としている。人のために働くこと、それが元気の基なのだ。皆は心をひとつにして働いて下さる。

「さっき防禦用の要塞になった箭楼の近くまで行ったら、教民が食べて行けと言うから、そばら——食べようと炊事場を覗《のぞ》いたがね。こりゃ、儂にゃいけないと思った」

「どうしてですか、先輩」

「蛙と蝙蝠《こうもり》を切り込んでいた。それに針ねずみの死骸も煮えている。切り身らしい頭には、二つの目がそのまま、恨みを込めて煮汁の中から睨んでいる」

「争いがなければ、今頃なら北海《ペいはい》か中南海公園あたりで甜果《てんぐわ》なんぞ食っていたのに」

「俺は国際列車でよ、京城まで行ったことがある。丸三日の旅だったが、本当に良かった」

「国際列車てえ顔じゃないが、ユウは箱師か」

「偉そうな連中ばかりでよ。他の箱にも立派なのが大勢乗っているから、駅長は列車に遅れがないように気を使っていた。俺はどんなお姿しようとも、見つかりゃ、すぐにつまみだされる貧弱な面だからよ、隠れていたのさ」

「駅員に見つからなかったのかよ」

「あたりきだ。ゲリラが来ているので危ない。レール爆破でもされたら大変なんで、警戒は苛《きび》しかった。切符なしだから、危ない時もあったが、まず無事に京城に着いた。釜山ゆきはやめて翌《あく》る日もまた、薩摩のかみをやった。京城じゃ、飯屋の後家さんと仲よしになって、鱈腹《たらふく》ごちになったり送ってもらったりさ」

「うまく、やりやがって。無札かい」

「薩摩守忠度《ただのり》でさ」

「嘘つくなよ、殺すぞ」

「帰途も言えねえわけがあったが、普通列車だから、警戒はなかった。切符は上衣を吊るして、寝ている奴を待っていて盗んだ。山海関を越えたとき、さすがの俺も緊張が解けたのさ」

「切符をやられた奴は、困っていたろう」

「それを言うなって。俺にも咎《とが》めるものが少しはあるからよ。駅の屋台で朝飯を食っていると、そいつと駅員が右往左往していた。俺は意気揚々と北京まで来た。ポリスが胡散《うさん》臭いのを調べていたから、息詰まるサスペンスになりそうな具合で通り抜けようとしたら、こうした時にゃアレルギーが出るんだ。診療所に入れられ、腹いただと呻《うめ》いてトイレに行き、そのまんま裏から抜けでたら、さっきのポリスがいて逃げるもならず、愚図ついているとポリ公に呼ばれたが、そんでアディオスにしたのさ」

「お前が瘋癲《ふうてん》って呼ばれるわけが判ったよ」

「大岩さんよ、来たぜ。女の手紙だ。大将らしくないけど——助けてもらったこと忘れない。小枝しげってのは誰なんだよ」

封筒がない手紙を読んだ大岩は、顔色も動かさず、皆が考えることとは違った様子である。化物の話は近親感を持っていて、

「死んだばかりの奴と順番で死んでゆく奴が、そこに待っていた。病死か老衰で死んだお化けらしいのが、じっと黙っているのさ。中国服を着ていたが、びしょ濡れなんだ。裾が長いから足は見えなかった。ドアも石垣も通りこして逃げるから、その逃げ足は疾《はや》かったぜ」

密造酒

「何をしている、密造酒かよ」

「あすこの奴は、化粧水を呑んだのさ」

「奴は切れると手が震えた。酒呑みは早死さ」

「湯呑みでやっていた。俺らも呑みたい」

「すきっ腹にゃ酒は駄目だ」

「そう言うな、大豆や豆腐とは良いんだけとさ」

「いま作っている、待ちな。良いのを呑ませるからよ。温めてからだ」

「俺も造ったことがある。飯盒にアルコールを入れ、梅干を五、六個入れて温めるのさ。それから待つんだ。大体三日間くらいだ、古参兵がやってくれた。ちょっとした味だった」

「初耳だ、飲めるからよ、押すなってのに、もう少しで出来あがりさ。ペンキ缶の上の奴を呑むのとは違うぜ、美味《うま》いんだ」

「松本のとっつあまは、人のせいにする男は駄目、何をするにもご自分さまだ。全部が自分の責任だとよ」

「好奇心を持ち、考えは前向きがよいって」

「あの爺さまは煩《うるさ》くて困る。人は歳をとると趣味が大切だそうだ。俺の趣味はこれさ」

と言い、左の人差指を中途から曲げる。

「好奇心を持ち、前向きの考えになれって。爺さんの考えは新しい」

「刑務所じゃ作業用のガソリンを飯盒で温めた。梅干しを五個入れて二時間くらいさ。あとは火を消し、二日置いたら良いのができた。じっと待たなけりゃ駄目なんだ」

「ガソリンでか、呑めるもんかい」

「学がない奴はいけねえ。だが、そいつは毎日少しずつ飲んで、週の二日は休肝日だ。休まないと肝臓をやられる」

「うまいかよ」

「エナメルかペンキが澱《よど》んでいる奴は、上だけやると最高だって言うが、それ以上だ。だが、煙草を吸い込むと危ねえ。胃の中はガスだかんよ、しゃっくりでもするてえと――どかんだぜ」

「こいつは美味《うま》いのか、危なくないのかよ」

「つき合いが良い連中にゃ、特別酒ができているぜ。少しだけ今日は味見をさせる」

「熊の奴が掘ってくる。うまいかどうか、言いたい奴はそれからだ。来たぜ、泥をよく拭け」

大きい目玉が二十個ほど見すえている。

「だがな、無料ってな、お造り遊ばした俺らに悪くはないかよ。十銭だけ払ってもらうぜ」

「高くないか十銭じゃ、ひと口でいいんだ」

頬に刀傷がある、気味悪い男が銭を出した。

「ひと口なんだぜ、一人に沢山呑まれちゃ商売にならねえ。三人だけか、ようし飲みなせえ——どうだい、結構いけるだろう」

周りの男たちは、固唾をのんでいる。眼玉はもう動かなかった。

——まあ、いける方だと思うとの声に、数人が追加注文した。

「刑務所の奴より辛口だがよ。悪くないが、目の方は大丈夫かい。潰れるとかさ」

「無理して呑んでくれたあ頼まねえぜ。呑みたいと思っちゃいねえかと思ったから、美味い酒を造ってやろうと苦心したんだ」

「兄貴、色も味も悪くない。匂いの方も良いけど、味の方はも少し、どうにかなんないか」

「俺の沽券《こけん》にかかわるから、味の方は少し甘くちにしてやる。あさってなら良いのを飲ませるぜ。少しだけ待ちな」

「初めに呑んだ奴は、良い気分で寝ちまった」

「野郎は目がまわっただけさ。醒《さ》めるかどうか分かんない。もし息が停まったら報《しら》せるよ」

「空腹だからさ。すぐ回るんだ」

「元気な奴が一人でも必要な時だ。自分を大切にしろ。儂が言うことは判るだろうな」

「また喧嘩か、あの夫婦はよくやるな」

「周りに聴き手を集め、亭主の悪口を言うのが大陸の夫婦喧嘩だ。大和撫子なら耐えているが、こっちじゃ言いたい放題だから」

「女房がどう皆は思うか判断してくれと言うと、宿六は女房は間違っている。困らせることはやっていないと言う」

「あんたってしとは、うまいこと言うけど、心は違うのよ。だから私は怒るのね」

「間違った考えなんだ」

「こんなしととは思わなかった。しどいしとだよ。聞いておくれよ皆の衆。私や厭だって言ったのさ――」

毎度のことなので、笑い顔で聴いている。

松本さんは足ることを知らないからいけない。欲ばりが停まらないのさと言っている。

煙草は既になくなったので、乾燥した木の葉を刻み紙巻きにして吸っている。

「これが煙草かい。天狗か国華なんか煙管に詰めて一服したいよ」

「十本三銭もするヒーローを吸ってみたい」

「それがしは、じきにぱくられるところだった。事件のせいで、有耶無耶《うやむや》になって助かった」

「笑うときは皆でよ。泣くときは独りだ」

「女房は昔から亭主に服従するものと神から定められている。だが、連中は亭主を支配しようとたくらむ。目前にいる宿六が、そうした権利を使えるかどうかを較《くら》べているのさ。その目標に達していると不幸になる。達していなけりゃ不満たらたらさ」

「宿六が女房の主であるとされたのは、アダムのとき神によって与えられた運命であり、祝福なのだ」

「いつまでも亭主らしいなら良いけどね。肋骨を三本も女のために使ったが、今じゃ、女なしじゃ死んじまうのがいるから困っている」

「何よ、男なんて。戦争ばかりしたがって。男たちを変えなければ駄目なのよ」

「碌《ろく》に口もきかないし顔だって、見ようとしないわよ。心配ばっかりさせているのに――」

「顔を合わせれば何かないかよ。がつがつ食べ終わると、少しだけ眠るだって。猪《いのしし》と一緒みたい」

「殺してやりたいわよ。でも亭主なんだし、仕様がないわね。癪《しゃく》にさわるときもあるけど、頼もしいこともあるの。彼奴がいないと、先きゆき頼りにするのがいないわけよ。そうなると困るのよ。ときどき子供みたいな顔で寝ているのが私の片割れだと思うと、哀しいような、嬉しい気持になるの。こいつが死んだら、寂しいことでしょうってね」


遊撃隊は、車座になって銃手入れを始めた。

洗浄したあと、銃身に残った水滴は拭い取らないと銃身膨張になる。ライフルは注意しろ。

「大雨の晩に帰された奴は、良くなったか」

「奴は死んだよ。俺たちは東方が賑やかになったら助かる」

「何とかそれまで繋《つな》がにゃならん」

「心配するな。儂ゃ田舎が恋しい。今頃は稲穂が黄金色になる。盆踊りの櫓が立つと、娘たちが踊りの稽古を始めるから、夜になると遠い村まで歩いたものだ」

「娘っ子にちょっかいするんでか、大将」

「星が降る道を行くと、蛙の声や鎮守さまの笛の音が聴こえ、涼しい夜みちに提灯の明かりが見えてくる。遠いところも近かったのさ」

「終わったら、俺ら郷里に帰るだよ。土の香りもこことは違い甘くてよ。懐かしくてなんねえだ」

「そうけ、儂の里は山間部じゃ静かでのう、冬場は娘っ子も頬ぺた赤くしていた。今頃はどこも味噌汁二杯に麦飯大盛り三杯、ほかに人参、芋、葉唐子と葱《ねぎ》の天ぷらじゃ。大人数だから賑やかになる夕方が恋しいぞよ」

「藷《いも》は房州のものの方がうまいが」

「茨城芋は千葉の芋より味は落ちるが、それでもうまい。お盆にゃ大汗かいて餅搗《もちつき》した。あんこをこてつしらつけたぼた餅ときな粉餅とを一緒に食べる。盆ぼん三日と指折りして待つが、仏さまはすぐにお帰りになる。送り団子を婆ちゃまが集まって作る。儂はそいつをよっぱら（たくさん）喰べて動けなかった。盆の十五日は嫁さまの藪入り日じゃ。起きると水音はたてるじゃないと、母ちゃまは言われる」

「田舎は良いですね。東京は駄目ですよ」

「十一月十五日は女どもが威張る日じゃ。爺さまは頭を抱えて、この日だけは朝から逃げ出す。故郷が懐かしくてならんわい」

「水戸から乗りかえて、いつか伺いますよ」

「おいでなんしょ。誰にもご馳走する。戦友じゃからな。おわいなんしょとは、召し上がれということなんだ。塩鮭を塩引きと言うが、土間に吊るし、身欠き鰊やこんにゃくの刺身を食う。六月一日は——食物の話ばかりじゃ。土用餅の日じゃよ。どじょう汁とうどん、赤飯など山のようになるが隣家や親戚からも、おもらい申した。鎮守さまにもお詣りして腹ごなしすると、また食い始める」

「どうして先輩は清国にまで来たんですか」

「村上先生から、手紙が届いたからじゃよ。天国に行くような気持で跳び出して来て良かった。憧れた仕事もした。僅かながら国事に尽力したと思うが、最後の活動は残された」

「人の一生は夢の実現にあると教えて下さったが、ぼくもそう思います」

「お前だけの途が三太郎にはあるのじゃよ」

「他人への幸せに向けた働きこそ、神さまがおっしゃった愛というものだと、先輩は言われた」

「儂は、もう忘れたことじゃ。だが、そうした愛情で夫婦も皆も、世の中もなりたっている」

「結婚したら、小環をよい妻にします」

「いい女房になると思う、あれは良い女性じゃ変えようとするな」

負傷した官兵を猪助が連れて来た。

「脚をやられている。休ませてやれ」

「もう、敵じゃない。食物はないがどうする」

「饅頭《まんとう》を食っている。彼の携行食だ。奴の胃袋が羨《うらや》ましい」

雨夜の偵察

湿った風が吹き、暗い空は鉛色だった。

黒雲そして雷鳴が轟き、黄塵は雨の如く砂を飛ばせた。五メートル先はおもむろに暗転し、見えなくなってゆく。やがて豪雨となるであろう。

「息もつけん、何かに摑まらんと飛ばされる」

「黄な粉を被《かぶ》ったようだ。眉《まゆ》も睫《まつげ》も見えん」

「出動の時になるとこれだ。やりきれん」

夜は深く、暗くなり、どこを歩いているか分からなかった。沛然と滝の如き大雨が降って来た。

蕭々と降り続く夜を、支那服を着た分隊は不吉な任務に向かい、ひたすら歩き続けた。

暗澹たる黒雲に稲妻が走った。降りやまぬ激しい雨を衝《つ》き、大岩は第一分隊に十五分遅れて進んだ。幸い雨は小やみになった。

「鬼火じゃ、ちらちら動いている」

「出動するときは、いつも気分が進まぬ。援軍が到着すれば任務は終わるが」

「そうなりゃ北京ダックを食べようぜ」

「その時は私が御馳走しますよ」

「おじやんのダックを食う前に、敵は総攻撃をするだろう。何名生き残れるか」

「赤い服を着たわよ、夜は黒より見えないからよ。私の後から来る人がいるわ、躓《つまず》いたわよ」

「口に蓋していろ。声がでかいぞ」

三太郎が独りで追いついたので、皆は驚いた。

「先輩が行ってしまうし、みな必死で働いているとき、ぼくだけが水汲みをしていることはできなかった。大岩さんは熱があるのに」

「お前は、大岩が残したのだ」

「儂を心配するな。鋼鉄の体じゃ」

「小環はどうした、三太郎に、あの子は行くなと言わなかったのかよ」

「ぼくの袖を引っぱると、微笑して子供と病人がいるところに入って行った。話が通じぬことがあるから――良いときもある」

「あれは良い娘だ。忍耐強いから、三太郎さんは幸せですよ。いつも明るいし」

「だが、憐れなところもある。日本人に惚れたのじゃ、大切にしてやれ」

分隊はひたすら最前線に向かい、前進を続けた。突然、前方で射ち合いが始まった。

叫び声と同時に走りまわる靴音が怒号と殺せ、殺せという叫喚に変わった。

「誰か戻って来ました。一名です」

「伏せろ、そして動くな」

「義勇兵であります。右膝を負傷しています」

「秋葉さん、包帯あるか、ひどい血だ。しっかりしろ。どうしたものか」

「見憶えがある兵です」

「敵は待ち構えていました。三本杭が立っているところで、俺たちは不意に敵に囲まれた。戦ったが多勢に無勢なので、数分のうちに分隊は嬲《なぶ》り殺しにされ、壊滅状態になった。俺は二名で、手薄な敵中に斬り込み、絶望的に戦い、やっと抜け出たが、戦友はそのとき殺された。なぜか敵は、自分だけを逃がした様子だった。あとは全滅しました」

「水は呑ませるな。ズボンの上から手拭いで縛り、止血する。血が出過ぎたら死ぬぞ。すぐに敵は来る。儂たちは引き返す。行けば、斬り死にするだけだ。残念だが今夜は戻る」

「きまりらしい。俺たちは偵察隊なんだ。何も無理することはない、幸い雨はやんだ」

「一分隊の屍体は処置ない。俺たちも愚図っていると殺《や》られる。戻るぞ」

すっかり濡れて敗残兵の如く、彼らは交代で負傷兵を励ましながら城門に向かった。

「蛍がとんでいる」

闇の中を淡い光が冷たく浮揚している。戦死した戦友の霊であろうか。

「敵は我が方を援軍の到着以前に全滅させる勢いで、全戦線に渉《わた》り戦闘態勢を急いでいる」

「さっきのところは、窪地だから大軍が集結していても連合軍には見えんのです」

「大砲は二十門届いていた」

これら見聞した件を、大岩は本部に報告したのち、隊員を休ませた。本部では以後も協力を頼みますぞ、よくやってくれたと、ねぎらってくれた。

「敵の総数は五十団といわれている。一団を八百名の連隊とすれば四万名だ。それが押しかけて来たら、千名ほどの連合軍はどうなるか」

「この世の終わりだぞ。だが、五十団というのは少し怪しいと思う。兵数は掛け値されるものじゃ。出ない化物にがっかりするな」

三太郎が筒の長い洋砲《やんぽう》を小環に持たせ、射撃の方法を教えている。弾薬を銃口から詰めることも重そうで、銃身が平行しない。

他愛なく笑っている。敵に向けることだけでも覚えてもらいたかった。三太郎は、最後の時がきたら、小環はこの銃で身を守れぬだろうとする切羽つまった思いの中で、笑うこともならず、穏やかに彼女に説明している。

狙いをつける方法を小環の背後にまわり、教えていたが、これは猪助か大岩なら上手にできるだろうが、ぼくには駄目だと思いつつ、髪の匂いに小環を抱きしめたい衝動を抑えた。

「三太郎は、ままと同じ説教をするな」

階段に横になっていた男がいきなり、

「松本さんは金持ちだそうだけど、俺は文なしさ。こりゃ、どうしたわけでござんしょうね」

「悪事が原因ですよ。蓄《たくわ》えもせずに酒や女に稼いだものを使うのは、悪事を忘れたいからでしょう。それじゃ駄目ですよ」

「これはしけたね」

「長崎弁の兵がいるが転属されて来ているらしい。向こうの兵は強いのだ」

「お金を大切にせずに、追い出すように使ったら残るわけがない。考えを変えなければ、いつまでもその通りですよ。金持ちになりたけりゃ儲けるよりも節約することですよ」

官兵は再び銃撃を始めた。

「貧乏は恥じゃない。だが悲しいものだ」

月が赤い夜である。城外の広場に、敵は大砲を並べて据えた。戦闘配置は終わったのか。

「俺には金はできないもんと思っていたが、松本さんの話を聴いて貯金する気持になった。トルファンまで行けば、乞食しても、食いっぱぐれがないっていう話を聞いたんだが――」

「あほかよ、聴いとられん」

「長十郎、こっちのラーメンはどうだい」

「まあまあだ。屋台のそばも美味いが、西単牌楼の店で良いところがあった」

「松本さんは殺し屋に狙われたことはなかったのかよ――危なかったこととかさ」

「お金の話は、他所では私はしない。服は古いものばかりでな、景気がいい爺さんに見えるかね。派手はいけませんよ」

「顔に出ているぜ、銭を持っている人間だとさ。あくせくせずに暮らしてきたんだろうね」

「だが、ありそうに見えても、ないというのは情けないもんですよ」

「米国の大統領ベンジャミンは、牛一頭持っていれば、人は挨拶してくれる。早起きし、悪事から離れて稼ぐ。働けば金は入るから費《つか》いたい気持には目をつぶる」

「本当かよ、そんで銭ができるのか」

「使わなければ残るものですよ。難しいことじゃない。溜まったら増やすことを考える。スノウボールの芯になるお金ができるまで頑張る――それからは本領を発揮することになるが、いずれお話をしましょう。働いていたら、使う時間もありませんからね、厭でも溜まっちゃう」

「また、うまいことを言って――」

「松本さんはどこかで荒稼ぎをしてよ、得体の知らねえダチなんかを、言っちゃ悪いが、二人くらいばらして逃亡してきたんじゃないかと噂していたのさ。松本さんは金を隠すんだってうまい。シャツの中に畳んでしまっている。相当な金だと言っているぜ」

「誰もその金にゃ手を出すな。戦友のものだからよと言ってある、安心しておくんなせえ」

「世の中は自分を信じて機会あるたび挑戦するのよ。やってみなけりゃ分からないわよ」

「そうかね。大変だな」

「男なら自ら途を切り開く。儂らはまっ直ぐ生きなけりゃならん。悪の道に注意する。悪党は大抵おしまいが悪い。面白そうに見えても近づけば下らん」

「女を捉える方法を教えてくれ」

「そいつばかりは儂に分からん。だが、年寄りに聴いたことは、猫がねずみを捕まえるにはまず、近づかねばならん。花でも持ってな。笑顔も大切じゃよ、敵意のないことは女どもにも分かるのじゃ」

「俺にはとても、できそうもない」

「女を恐いと思うからだ。そういった清い母親に厳しい教育を受けたからなのであろう」

「あっぱとっぱせずに突撃する。真剣にこちらがならなくては、女性は真剣にならん。女は自分に好意を持つ男に、いつまでも不愛想にしていることはできないもんじゃ」

「でも、いけ好かない。なんて言われたら」

「絶望するな。死中に活を見いだす。だが、嫌われていることが分かったら、いさぎよくする、哀しくとも男なんじゃから」

宣戦布告した西太后

森中佐からの返書は密偵が持って来た。十五日付け郎坊発とある。軌条の修復が捗《はかど》らぬ、列車に義和団が攻撃を加えて来た。戦死傷者も増え、郎坊からの出発はすぐにできぬとの報せに、援軍の到着を指折りしていただけに皆は失望した。

夜中の白河に碇泊中の連合軍に対し、官兵が砲撃したので、反撃に出たところが成功した。

六月十九日、攻撃を受け、火炎と黒煙は空を暗くさせ、物情騒然となった。清国政府は教民と西洋人の排撃を始め、各国公使にいきなり宣戦布告を通告してきた。

列強は清国の経済力と兵器に問題があるから、このような措置はとらぬと考えていたので驚いた。衙門からは砲台を明け渡せ、できぬ時は武力で取り戻すとの通告がきたのである。

再び清国政府は、公使館員は次の二十四時間以内に引き揚げよ、行き先は天津にされるが良いとの通告をしてきた。

公使と軍人は鳩首《きゆうしゆ》したが、返事を引き伸ばし、援軍を待つことに決定し、やむを得ぬことだから出て行くが、大勢の子供と婦人、病人もいるから二十四時間では不可能である。しばらくお待ち下さいと述べ、途中の安全のため、大臣一名を護衛として同行してもらいたいと返書した。

夜中までかかり、携行食の米を煎《い》り、背負い袋を作り、出発準備をした。

西徳二郎公使は、名誉を損ぜぬことである。こうした時こそ大和魂の見せ処であると話された。柴中佐は、四百名の軍人と四百余名の兵士を含めた婦人、子供、病人を百二十キロもの道を天津まで連れて行けば、公路の両側でこれを注目している義和団が、じっとしているはずもないから、あまりに危険は多い、護衛も官兵では心もとない。不測の事態が起こってからでは取り替えしできぬ。ここは安全第一としようと申し合わせた結果、天津への出発は取りやめにした。

ドイツ公使だけは停めたが出発した。ところが、六百メートルほど城外に出たところで、供の者が駆け戻り、フォン・ケトレル公使と同伴の通訳官と馬丁二名のほか秘書は、官兵により射殺されたと報せてきた。

十五名のドイツ兵がその場所まで行ったが、そこには何も残らず、通訳だけが重傷を受けて倒れていた。

四百五十名ほどとされた耶蘇教学院のボーイと学生も入所したので、さしも広大だった庭園も満員になった。そのほか十一ヶ国の公使館員と居留民もいたから、大変な混雑となってしまった。病室やトイレに墓まで増設しなければならず、食糧係は食物の不足に困惑している。

敵は予告した二十四時間をすぎると、公使館への攻撃を再び開始してきた。敵が吹き鳴らす喇叭《ラッパ》の音色から面白がっていることが分かった。大岩を始め安藤大尉も砲火のもと、切迫する事態に対処し、各所に分かれ奮戦し防衛につとめた。

一歩でも退くなら痛恨の土壇場となることと、全員は承知していた。

朱色の封筒が衙門から届いた。直ちに北京を引き揚げられよ。中途の安全は保証されよう。

連合軍は協議した。西太后は、大沽で貴国の海軍が戦争を始めたのだから、今後は政府は公使とその家族の安全は保証できないが、沿岸までは護衛兵をつける。速やかに退去されよと述べている。

義和団は点火した線香と石油を持ち、東単牌楼大街にも放火した。

「米軍は国旗づくりが難しいらしい。その点、我われは、容易なので良い」

六月二十日、二十四時間で退去することは不可能であると衙門に対し、公使は答えた。

「負けるものか、手を挙げると思っているが、嗤《わら》わせるな、くたばれ」

広大な親王府は鍋、釜、鶏や豚もあるので、教民の増加で身動きできぬようになった。

だが、教民を助けたため、彼らは連合軍に協力してくれた。密使や作業などの困難な任務にも喜んで活躍し扶《たす》けた。噂では西太后は非常な美貌の持ち主だが、残虐きわまる人物と言われた。

幕末に在日西洋人はよく殺された。攘夷の武士の犯行である。外国人は街路を歩くにも、二本刀を差した紳士に、いつ斬られるかと、びくびくして暮らしたとアーネスト・サトウは、彼の『一外交官が見た明治維新』という著書に述べている。日本刀の壮絶な切れ味は、唯のひと振りで乗馬を腰かどより二つにするほどに斬ったと恐れた。

日本軍の救援は急を要するが、露国は日本の出兵に猜疑を持ち、反対した。しかし結局、一個師団の派遣に同意した。

「一国の興亡は、その青年を一瞥すれば判ると、先生は言われた。我が国はどんなものか」

「心の灯というパンフレットを、佐山さんは見せてくれたが、それには暗いと不平を言うより、すすんで灯りをつけましょうと書いてあった。爽やかな言葉と思った」

「小環と三太郎を見ろよ、給水場でさっきから、いつまでもくっついている」

「若い二人だ。見ぬ方がよいが、見たっていいぜ。愉《たの》しくてならないのだ」

「そういう時、つおにまあと、こっちでは言うのさ。わけは俺ら知んねえけんど」

「佐山さんとならいい話でも神父と話し合ったあとじゃ、一杯やりたくなるな」

密偵のニュースは、天津が官兵の大軍に包囲されたというものだった。不安になるから、明かりをつけたいよと猪助が笑った。

「先輩、衙門というのは何のことですか」

「先生の話じゃが、昔は牙門と申し、外務部のことじゃった。三角旗は牙に似ているので、牙旗と呼び、それがある門は大将軍の陣営だ。衙とはつかさのことで、清の外交機関として一八六一年に創設され、事務を管理統一することを総理と申したのじゃよ」

「がせねたじゃ、ねえでがんすよ。第二歩哨線まで退《さが》れたあ泣ける。俺たちを炭にする気かと皆が言ってるんでさ。火箭にも参っているけんど」

義勇兵が駈け込んで怒鳴っている。

「火箭が届くところに、敵の侵入を許すな。火を持っている敵を狙え」

「狙えてったって、弾丸がねえでがんすよ」

「没法子《めいふぁず》だ。敵は駈けながらマアラカピイだってぬかしている」

従卒加島久蔵の日記帖には、次のように書かれていた。

六月十九、二十日、総理衙門から書面が届いた。天津への立ち退きは義和団が街路にたむろしているから、北京にとどまる方が得策と思われると述べてあり、ドイツ人を殺害したことと、人員輸送のための馬車についてては黙殺している。

そのうえで、今後は危険だから、連合軍の者は衙門に来てくれるなと書いてある。

時間切れの二十分前になると、清国兵は再び戦端を開き、怒濤の如く攻めてきた。

敵は喇叭を鳴らし、墺国公使館と英、伊公使館に一斉射撃を始め、鬨の声をあげ肉薄した。

小人数のオーストリヤ守備兵は、哨所と公使館を見限り、第二防衛線まで後退したが、敵はバリケードに青や赤に塗りつぶした顔を突きだし、喚声をあげ我々を馬鹿にしている。

この夜はベルギー公使館が放火され、空まで紅蓮は拡大し焼失した。

猪助は小銃二梃を得たが、疲れ切っていた。

脇腹を引っ掻きながら、三太郎は笑わずに、

「信仰は誰にも勧めることができないものだそうです。霊的に不毛な人は、他人の信仰を感嘆できても、生まれつき信仰に対する気持を持っている人とは違うのです。

それらの人びとには、平安とか感謝を理解できぬところがあるからなのです。こうした発言をした人は、ウイリアム・ジェームスでした」

「厭なところがお前にはあるが、勘弁してやろう。儂《わし》は他人から勧められることが嫌いじゃ。だが、お前にゃ負ける。儂は自由気儘が好きなんじゃ。いつもお前は意見がましい。自分だけ自分らしく生きるがよい。他人に口出しをせんでほしい。上げたり、下げたり人を莫迦《ばか》にしよる」

「ぼくは先輩を誇りに思っております」

「ああしろ、こうしろと五月蠅《うるさ》い。お前は昨日は神の子になったから、自分はどんな困難も克服できるとな。すべてが佐山厚子のつけ焼き刃じゃ」

「猪助さんは、先輩が敵中に斬り込む様子から、つくづく荒神さまのようだったと心配をしていました。生命を大切にして下さい。心からキリスト教を、お勧めしましたが、やめることに致します」

敵からの砲撃も静まり、正月を迎えた気分である。交代兵が紫気東来の扉を開き石段を昇って来る。呼び子の音があちこちから聞こえてきた。

連続して砲声があり、炸裂音は地面を揺すった。

「ぼくの家は東京の芝新堀町にありますが、昔は武家屋敷が多く、外部からの攻撃を防ぎ易くするために、幾つも曲がった黒板塀の家並は、七曲がりと今も言われています。隣家は三千石取りの高橋伊勢守の屋敷で、この旗本の庭は広く、夏はよく蝉取りに行きました。蝉を取る子供がいないから、昼寝もできぬと家老が零《こぼ》していたからです。

樺島伯爵邸と金色夜叉の尾崎紅葉の家は同地域にあり、向かいは薩摩屋敷で海軍士官が住んでいました」

「そうけ、良いところじゃな」

「三田台にも、大名屋敷の蜂須賀、鍋島と伊集院邸があります。ぼくの家は小さいものでしたが、そこから小学校に通いました」

「三太郎の咄《はな》しは勉強になる」

「増上寺の寺侍は、徳川家の墓地を警護していたのですが、ちょん髷《まげ》の人が多く、この土地の大原という床屋さんは、増上寺から呼ばれ、何代も参殿し髪を結い、お坊さんの頭を剃ったので俸禄も頂いていた。西応寺と芝大神官にはよく遊びに行きました」

「ええ処《ところ》じゃが、東京はせせっこましい」

「先輩は善人のそばに寄れ、そうすれば汝もまた、善人とならんと申された。よい木にはよい実がなる。生涯を無事に過ごせたら、ご先祖さまの精神生活が清かったことでしょう。仏さまのお恵みですよ」

「神仏に頼まず、儂は生きてきた。こてつしらと。蚊んめが汗じみた体に煩《うるさ》い、あちこちで手を叩く音がする。悪い木には悪い実が稔ると言ったことがあるが、それはものの喩《たと》えじゃ。人はみな苦しみを持ちながらも、雄々しく生きてゆく。よいも悪いも努力によるのだ」

さすがに疲れて大岩は、何週間も眠れなかった者のように腕を枕にすると眠ってしまった。責務に負けず大きい鼾《いびき》は、まるで虎である。先輩は横になればすぐに眠られ、三十分眠ると言えば、三十分たてば目が覚める。

三太郎は軍用毛布を大岩にかけると、小銃を肩にして小環のもとに立ち去った。戻ると大岩は、抜きはらった太刀を見せる。

「二月に先生は、発熱され休んでおられた。儂がゆくと、風邪をこじらせたと起きられた。正座されると巖の如き様子で、別人のようになられる。お顔は近頃すっかり白くなられた。白髪は栄光の冠りですからと申し上げた、報道部の者が数人来ていた。帰るとき、ひと振りの太刀を頂いた。先生は無銘だがよい刀じゃ、役立ててくれと言われた」

物干場に陸兵用の白脚絆が乾していて、監視兵が立っていた。兵卒は軍帽に黒の軍服を着用しているから、夏は暑苦しいことであろう。弁当入れや水筒なども柳の皮と竹を利用し作られたものを、兵は携行している。西欧の軍人と較べて、どうも見劣りがしてならない。

鉄帽は日本軍のみ、無かった。

「秋葉さんは、帰れば良い会社の課長さんだが、雨になるときは合羽を持って跳び出すし、凪の日にはシートを被せに必ず来て下さる」

翌朝、ベルギーの兵四名の無惨な死骸が発見された。

殺害された死体に、清国人は損傷を与える。目を覆うほどであるが、死霊の返報を恐れるあまり、屍に魂が宿れぬようにするのだと、料理係の者が言っていた。

六月二十二日——。

「婦人会長の話は良かった、それに上品だった。飾らず穏やかに、あれこそ淑女なのだ」

「弱い人を助け、親切で笑顔は優しいばかりか、率先して厭な仕事に向かわれる。できないことだ。服装は目立つことはない、黙もくと作業をしている。重い衣服を持ちあげ腰を痛めた」

「人はみな厭なことはしたくないという本能を持っているが、そうした心は超えている」

「尊いことですね。兵隊は危ない前線に不安を持ちながら、それでも出て行く——同じことを邸内で女性はやっている」

「ふんとに世の中にゃ、そうした女がいるのか。俺はポリ公に追いまわされていたから分からなかった。今日は六月も二十日かよ」

「女性は皆だ。偉いものさ、率先して重いものや汚れ物に向かい、清潔にする心は尊いものですよ。嬶《かかあ》に見せてやりたい」

「これだけ人がいてもどこも清潔だ。よごす奴はけつが曲がる。みんな分かったか」

敵は大挙して侵入した。中華銀行を放火し仏軍の哨所に攻撃を集中している、英国公使館の敵は反撃されると、上半身裸のまま、青竜刀や紅槍を持ち団歌を唄い、一斉射撃をして付近を穴だらけにした。

彼らは、近くまで迫ったが夕食のために帰って行った。日本軍なら死を賭しても橋頭堡を守り、占領した所で戦うところである。

職員の日記には、このとき自分は飯を炊いていたが、地震のように部屋が揺れた。十三時すぎ、露清銀行の西にあるオランダ公使館が放火された。敵が侵入しては石油を撒《ま》き放火するので、火災は拡大した。

正陽門に大砲二門を揚げた敵は、各国公使館を砲撃したけれど命中しなかった。おそらく砲術家がいないためだろう。しかし夕刻になると、命中し始め、喚声をあげている。

さらに崇文門方面からも激しく銃声が聴こえ、騒然となった。

原因は不明であったが、密偵は殺害され、義和団と官兵の間に衝突が起こったとのことである。この日よりオーストリヤ海軍中佐トーマンが全軍の指揮をとることになった。放火と猛攻を受けるため、安心は絶対にできぬ状況となった。

「声を出すな、射たれるぞ。敵はそばにいる」

六月二十三日、早朝より正陽門から砲撃してくるので、我われは動揺した。

懼《おそ》れは拡がり、平静に戻ることはできない。皆は時間がたつのを待ったが、とても長かった。

「戦死したら軍人なら誰でも、靖国神社に祀《まつ》ってもらいたいと考えているものだ」

「三太郎のこととなると、大岩は急にお袋のように、口煩《うるさ》くなると皆が言っているんだぜ」

「あんまし儂は、母親らしくなかっぺえよ」

「小環は黄熱病じゃないか。子供とゲームをしていたが倒れた。疲れかも分からん」

「今、小環のおでこを三太郎は冷やしている」

子供が水を持って来ると、美味《うま》そうに飲み再び、眠ってしまった。

「マタハリを捜せという入電が、ウインナから二回あった。三太郎、分かるか」

「インドネシヤ語でしたら、太陽のことです。SPIONかMATAMATAという文字があれば、間諜を消そうと追っていると考えられます。発信者は独か露国の情報部と思います。本部に報《しら》せて下さい。ぼくは単語を少し習っただけですから、自信ありません。本来MATAは眼のことで、HARIは日のことです」

「三太郎は不思議なところがある奴じゃ」


「巡撫だった李乗衡は、二度も暗殺されるところを助かったが、有能な人物という噂だ」

「先輩は穏健派ですか。心配なんです」

「儂は草食の習慣を持つ人種だから、穏やかな精神を持っているが、西欧人は肉食だから厳しいものがある。しかし、同胞を守るためなら儂にしても、野蛮な心情が胸中に起こるかも知れぬ——時としてじゃがな」

「長崎の五島から分遣で来ていた伍長が負傷したと騒いでいます。親父のような人だと言うことです。福江では全島民が天主教の信者だそうですよ」

大岩と三太郎は本部に呼び出され、マタハリの件は今後一切、口外することを禁ずると釘を打たれた。

「儂は結婚は早い時期にするほど良いと言われてきた。なぜ早い方が良いか分からずに。ソクラテスはともかく結婚せよ。そして誰にもそれは良いことだと言った」

「結婚は人類が考えだして二千年以上も続いてきた制度です。正しいかどうかを別としても、最も良い方法でした。世の中をよく知らぬ者が助け合い、働いて暮らすことを、神は望まれたと思われるからです」

広場での中隊行進を眺めている大岩は、

「三太郎は何でも良く知っている、仏教も。お前が入信した天主教を持つことは賛成じゃよ。信仰心がない者は多くの欠点を持つからじゃ。良いと思えば他の人にそれを勧めることは停められぬ。しかし、人はひとと言う言葉もある。儂にも三太郎にも、独自な生き方があるのだから大抵にせい」

「分かりました。今後は注意いたします」

「おそこわくミサ集会によく行くようじゃが、神は実在するか」

「実在しますが、見ることは難しい。体験することはできましょう。でも、誰にでもできるかと問われたら、そうでもない様子です」

「こにゃろ。儂などに分からんと申すのか」

「十誡という神の掟があり、それを守る人だけが経験できることなのです。誠心誠意、努力しなければ無神論者と同じです。信仰を失った者もなお、ご自身に従う者とみなし給うことさえあるのです」

「善人でも、神を信じない人は多くいるか」

「それは多いのです。戒律の中にみだりに神の名を唱うること勿《なか》れとあるのです。この信仰の途に入れば当然のこととして、いずれ要求される生活をする決意を、その人は実行したくないから続けない。信仰生活に入れば神を信じられましょう。善くない暮しをして、自己弁護する人は救われない」

「儂にはまだ欲もあるから、そうはしたくない。はっきりした神さまだと思うが、三太郎からの話によっておよそ知ることができた」

「神を経験するとしても、歩くお姿を見かけるというような方ではありません」

「若くて強壮な身体を持つ者には、教義はよくとも守り貫くことに困難があると思う」

「心が落ちつくのかよ、三太郎は」

「そうです。安堵し、恐れはなくなり満ち足りる」

「そうなるのか、偉いこった」

「この世では、悪人が成功していることを見る場合がありますが、それこそ悪人に下された罰なのです。名誉に心を向けることも、財産の多少で人を測ることも、神父様はいけないとおしゃっております」

「三太郎、以前のことじゃが、死ぬまで金銭と権力に結びついて成功したかに見えた人も、死ねば最後の審判で罰せられると言った。だが、それは単なる慰めではないか」

「死ななければ誰にも、判らないことです」

「度量が狭い者や、悩みごとを持ったことがない者に苦悩は役立つだろう。威張っていた者にも謙譲の心は生まれる。欠点でさえ感謝すべきものになる」

二人は笑った。人はひとだが――

西欧列強がアジアに侵入したのは十七世紀の始めで、植民地支配体制を完了したのは十九世紀である。鎖国から日露戦争までの間、西洋人によるアジヤ支配は続いた。

アジヤの独立国はその頃シャム、中国と我が日本だけであった。

木立の奥で射たれた敵兵が呻《うめ》いている。戦いは続いたが如何に苦しくとも、始めたら、やめることはできなかった。

回　心

「三太郎さんが回心と言った言葉の意味は、どんなことですかい」

「佐山さんから聞いたのですけれど、本当のことはぼくに分かりません。何しろ駈け出しですから。ただ、或る人が天主教に憧れを持つと、それまでこの教義を信じなかった態度を改め、信仰に心を向けるようになる。そうしたことを言います」

「心がまわるとは――」

「サウロはキリストを虐待しましたが、衝撃を路上で受け、その後、回心したのです」

「ショックを受けたのか、いやはや恐ろしい」

「他の人にはショックなどはないでしょう。心に変化が起き、今までの不信な態度を改め、神の道に向かうようになるのです」

「お祈りしていると、そうなるか」

「そう思います。難しいことではありません」

「サウロは後にパウロになった」

「彼はイエズスの弟子を殺害しようとしていたから、イエズスに従う者を捕らえ、エルサレムに連行する考えで、ダマスコの町に近づいたとき突然、天からの光が輝き、彼を包んだのです。サウロの目は眩《くら》み倒れました。

天の声はお前が迫害するイエズスである。サウロよ、なぜ、わたしを迫害するか、立って町に入れ。お前がなすべきことを告げられるであろう、と」

同行者にも、その声は聴こえたが何も見えないので、誰も何も言えずに立っていた。

サウロは起き上がり眼を開いたが、何も見えず、弟子たちは彼の手を引き、ダマスコの町に連れて行った。サウロは、飲食をその日から三日間とることができなかった。

「これは聖書にある有名な話です。その後、サウロの目から鱗《うろこ》のようなものが落ち、再び見えるようになりましたので、新たな心を以て悔悟もし、洗礼を受け食事をとった。サウロはイエズスへの迫害をやめると、ユダヤ人は彼を殺そうとして捕まえました。そして彼が逃亡せぬように看視しました。

弟子は、夜中に彼を秘かに連れ出し、城壁の上から籠に入れ、城門を越え外に吊り降ろした。錠は神が開けておいて下された」

「うまくやれたね。だが、人の心がそう変わるものかね。儂には本当とは思われない」

「だが変わりました。神さまがなさることですから、不可能はないのです」

「まあ良いだろう。鎌倉の浜辺で日蓮さまも斬首されるとき雷鳴になり、役人の刀が折れ、救われなさったのだから」

「何かをする。それが元来その人にそなわったことなのです。胸の裡《うち》に力となるものがあり、それに行動を促《うなが》される。誰も独自のことができる力を持っていると、エマーソンは申しました」

「鎌倉の話と違うけど女が着飾らなかったら町の中は、ぞっとするほど淋しくなる」

「暴れて俺は家をとび出し、平戸の方に行って、そこで女房ができた。村民は全部、切支丹だった。毎日はまるで夢じゃった。心は穏やかになり、不足した銭は働いていると何とか入った。あれから、俺は喧嘩をしなくなったのさ」

「ぼくが尊敬するトマス・ア・ケンピスが遺した書物によれば、イエズスは次の如く語られた。聖徒のすべては私が定め、彼らに栄光を授けた。私は初めから愛すべき人びとを知って、世間から彼らを選びだした。彼らが先に私を選んだのではなく、私が彼らを引きよせたのである。誘惑の間を無事に通り抜けさせ、悦びを注ぎ、苦しみに堪える力を与えた。だが、彼らは世に出ることを避ける人となるのだ――と」


「軍艦で食った飯はうまかった。てんこ盛りとスウプにステーキだった」

「池ん中の鯉は、早いとこ誰かが食ったし、餌の方はダチが食った。猫は皮んとこが脂肪でうまいと言ったら、どこにも歩いちゃいない。鋏み虫にカルシュムあるか何てのは与太話しだね」

「猪助はさすがだ。洗面器と固くなった饅頭で鴉《からす》を捉え、焼くところだ」

「でもよ、鴉の息子なんて、仇討ちに来て猪助兄いの首筋を狙って突きに来ねえのか」

「鴉なら、俺を狙って来ることはない」

「頭をきょろつかせても頭が良いわけない。あいつが啼《な》く時は、誰か死ぬって、本当かい」

「台湾の男が鴉は初めて見たが、両足を揃えて跳び歩くから、憎らしいと言っていた」

「与太郎が飴を食っていたから、どこにあったか尋ねたら、役員のところに行ったとき本棚にあったが、まだあると思うと言うから、その飴を少し齧《かじ》った。甘かったが、マイトだった」

「台湾人の葉乗益が言ってた。あっちじゃ、不倫は耳か鼻を切り取られるそうだ。苛《きび》しいものだが、日本も韓国も重ねて四つにする、しでえもんだね」

「お腹を殴ったら、お前はどかんか」

「確率は高いぜ。爆発したらことだ」

「転ぶなよ。敵はこの頃じゃ毎日侵入する。ダイナマイトがみんなの肚ん中じゃ困るぜ」

「利敵行為になる。あいつは爆発して地獄に行ったと――名を残せし七里が浜かよ」

「歩哨交代の時間だ。秋葉さん、行って下さるか。ご苦労さま、砲撃で崩れたところだ」

シナイ山に十戒の石板を取りに行くモーゼのように、四郎太は城壁に向かった。

「しるし半天を俺ら着ているが、兵隊らしくないと言っただけだ。猪助兄い、もう休戦にしてくれ。睨むなてば、怒るなよ、兄貴」

「中川軍医の陣中日誌を見たが、大層有益であり申した。中川さんは立派な人物だ」

「橋のところに五名くらい暗らがりにいた。爆破でもされると大変だ。そこの三名、調べに行ってくれ。銃を持っているらしいから注意してな。官兵と思う、ものとりではない」

「弾薬を各自三十発、今から渡すとよ」

連合軍は義和団を反キリスト教の結社と考え、清国政府はこの反乱を見逃していると判断している。

「三太郎は主に近づくほど、知恵も増し、幸せになり、心から聖書に求める者は導かれると言ったけど本当かよ」

六月二十五日、愛国者と称する者が宣教師を侵略者として虐殺しているとの恐怖の報告を山西省臨份から密偵がもたらした。

巡察が橋の下で動く者がいるので要心しながら、近づくと用人の趙だった。首を刺され死ぬばかりである。金銭が盗まれている。英軍兵舎に教民が集まり、焼けた建物の中で苦しい生活をしていたが、被害者になったのだ。

池のほとりで馬育文は、三太郎の頭に石鹼をなすりつけ——ビール瓶で剃るところだ。

彼の話というものは、大体ちゃらんぽらんだが、スマトラのメダンあたりから逃亡して来たらしい。盗賊だが、危険が身辺に迫ったので営業を切りあげ、北京に来たと言った。

船中で相棒は食った物が原因で死亡し、独りになったと言っている。

よくない仕事をしていたにしては明るい顔だが、馴れてくると人によれば白眼がちの恐ろしい翳《かげ》のある顔になる。ラギサトウ・カリミンタ・ビチャラ——もう一度言ってくれの歌を、独りで唄っていることもある。相棒はもと日本人だったと笑った。自分や相手をそれがしと呼ぶこともある。

彼のインドネシヤ語は、三太郎も少しだけ勉強したことがあるから、ブラパ・ハルガニャ——いくらですかなどと喋《しゃべ》って愉快そうである。馬育文は三太郎に特に親しみを見せた。三太郎も剃ってもらい、蛸入道になった。テリマカシトアン（ありがとう）。

すがすがしいと笑っている。馬育文がいたことがある古都ジョクジャカルタは、オランダ政府から三百年もの間、刃物を持つことを禁じられていた。政府は暴動を起こさせぬためにこの処置をとっていた。サヤテイダ・トウ（知りません）など思い出して互いに愉し気である。

だが、彼は匕首《あいくち》を使って働いたため手配された。愛なくば恐れるとの言葉も、三太郎には分かるのだった。時折り女性風のみなりをして、

「女言葉を話すが、長十郎は手間をかけたりしない」

「長十郎は別として、犯罪者という者は自分の利益のためなら、あらゆる義務に背《そむ》き、邪魔になる者を犠牲にすることに平気なのさ」

「他人の損害は気にかけんよ」

「死ぬと犯罪者は地獄に直行し歓迎される。痛みは誰もなくなるから快適なのさ」

「幽霊に、お前も死んだのかと訊ねると、逃げ腰になって何か聞かれるのが嫌いなんだ。後について行くと厭《いや》がって黙りこんでしまう」

「そいからそのしとは、おらんことなりすとね」

「仰っしゃる通りだ。生きている俺に付きあうことを嫌い、しょんぼりしているけど、何か飴のようなものをぐしゃぐしゃと食っていた」

「日本語は売春宿の女から習った。それから海賊見習いをして暴れた。そのときの仲間に、お前の日本語は女に教えられたのか、俺が直してやると言われて、押し込みとも海賊とも言えない仕事をしながら習った。日本に憧れていたからさ。長十郎は、女になると艶っぽい。だが背が高いから駄目なんだ。それに声は全然色気ないね。それがしは女になると——何度か臨時になったけど、甲板に赤い服を着込んで政府の船が近づくのを待ち、逃げ回るふりをした。あとは海賊らしく舷側で戦い、船ごと頂いて女は使ってから売った。男は強いのを残し、あとは海に放り込んだ。残った奴は仲間にした。何しろ消耗が激しかったからよ。偉い奴は耳を一つ切り取って家族に金を要求し、応じなけりゃ残りの耳を食わせた。帆柱に逆さに縛り、ぶら下げたが、大概、綱を切るまでに死んだ」

「お前は良い奴だが、感謝の念を知らない」

「俺は妬《ねた》み心を持っている、生まれて来ることを、母親ですら、望んでいなかった。自分のことしか考えない人だった。ここじゃ皆のことを考え、一緒に戦う、稼げることもあり、追いまわす奴も来ない。天国だ」

敵が攻撃してくる噂に、皆の胸は張り裂けるばかり。

「三人の塊りをする、みんな集まれ。一、二の三で、三人の塊りを作る。あまった子供は、この庭をひとまわりする。みんな分かったか。ようい一、二の三。ようくできました。この次は八人の塊りを作る。大変ですぞ。よろしいか。一、二の三」

大騒ぎになった。それから大笑い。でも敵は攻めてくる。戦わねばならない。

石段に腰かけた佐山厚子は、三太郎に、

「信仰心というものは、それを持たぬ人は死がすべての終わりと思いますが、死ぬ時は一番大切な終わりです。永遠の人生の始まりでもあるのです。誰にも例外なく死は訪れるものですから。清い暮らしをしなければなりませんのよ。私たちは困る人々を助けましょうね」

総攻撃される噂を、皆は何よりも警戒した。

「ぼくはそのとき死ぬかも知れない。先輩のように強くないからです。肚は据えましたけど、小環はどうなることか、今は少しよくなったと言いながら、通りゃんせの輪に加わり、笑っている。あの笑顔を、ぼくは涙で拭うのか」

「お前という奴は情けない奴だ。強くなれ」

「ぼくには分配されたライフルがある。小環の命を守らなければならない」

「三太郎、これ分かるかい。WHAT IS WHATだ、儂には判った。何がなんでえってことさ」

笑ったのは金ぴかだけだった。本ものの英語は儂には分からんと言い、巡察に出て行った。

長十郎が板を頭にのせているので、松本が訊ねると、死んだときの練習だと言った。

松本は渋い顔で皆いかれていると笑う。

「この動乱を、大岩は本当に命がけで戦っている。本にあったけど――出合いがしらに頭と頭あいたかったと目に涙てのはどうかね」

六月の二十日以後は激戦の裡に終わろう。だが、敵陣は潮騒の如く動揺している。

戦いの前にインデアンが踊るように、戦意を煽って祈る唄声が聴こえてきた。終われば敵は前進を始める。単調な歌だが、大勢の熱気が伝わってくる。戦闘準備を急げと報せが来た。

七月五日、あれから昨日は大変だった。外交官補の児島正一郎は戦死した。戦闘詳報に、勇敢に戦った状況が述べられてあった。

清国兵は朝から砲撃をし、中院外壁を破壊し侵入を図った。我が軍はこの外壁の破孔に集中して防戦し、決死の働きを続行した。

執拗だった敵は、くそ度胸で攻撃を繰り返したが、気迫に勝る我が方は撃退に成功した。

我われのこの数日というものは死にもの狂いの連続で、どう防戦したかも判らなかった。

衛生材料が欠乏した。連合軍の病院から消毒綿、薬品などを受領して、婦人会が中心になり、テーブルクロースや敷布を活用し、甲斐がいしく働いている。

包帯と三角巾もでき上がった。彼女たちは連日、傷兵の介護に忙殺されている。

「現在は下痢患者が増え、困ったことだ。仙台の第二師団にいた兵卒から聴いたが、下痢どめに小銃弾から火薬を取り、呑むと良い話だった。自信ある様子だったから、弾薬不足の折柄、ためらうところがあったが、腹の虫はごろごろと呼んでいるから、少しの危険があるとしてもやってみようと銃弾の頭部をペンチで動かし、火薬を呑んだ」

ところが、五時間をすぎると、下痢はぴたりと熄《や》んだ。絶対によい——火薬の中で黒胡麻のような物質が効果あると連中は言ったが、あれで自分は助かったのだ。

第二師団は勇猛で、抜群に強いというが、何名かに試してみよう。よいニュースである。

夜は、昏《くら》く砲弾の閃光が僅かな間、周囲を照らすだけだった。連絡人からの情報には、工作員が侵入したから注意をせよとあった。

六月二十四日、シーモア中将の英軍が北京站到着予定だった。待望久しい伝書鳩が来たとか、砲撃が始まるなどの報に我われは一喜一憂していた。

既に動乱は二週間をすぎたが、何の報せもなく、今日も安藤大尉は税務総局南門で苦戦のすえ、義和団を撃破した。

烈風の中で義和拳軍は石油を撒《ま》き、放火している。大岩は安藤大尉とともに戦い、終始彼により添っていた。

十三時になると、敵兵は我が陣営に侵入し、大勢の官兵が安藤隊と斬り結んだ。十四時を過ぎると、隣家の倉庫の屋根からも敵は侵入し、我々は応援に駈けつけてくれた伊軍のパオリーニ大尉ほか十二名と共に、十七時まで悪戦を続け、敵を撃退させた。

伊軍の兵が戻ると、円くなって戦争論議が活発になった。

国民も国家も平和を望み同時に発展し拡大、繁栄を望む本性があり、歴史はそれの繰り返しだと、砲兵中佐は話されたことがある。侮《あなど》りを受けぬ努力は常に必要であろう。軍備の増強は隣国を刺激《しげき》するが、この本性こそ古今東西を問わず戦因となったとされる。これがなくなるであろうか。

「それでもという時、国民はどうすべきか」

「国益を守るため、国防の責任者は直ちに防衛手段を講じ、敵基地を叩くのじゃ。儂も平和を望んでいる。だが、危機迫れば予備役は直ちに前線に赴き、現役兵は国内の治安に任ずる。兵員はたちまち不足し、動員下令となる。その時になって訓練を始めるようでは、戦場で孤立する友軍を扶《たす》け得ない。男の仕事だっぺ。その時に逃げ隠れするのは国民の義務に反する。国民は力を合わせ、お国を守らねばならない、他の誰がやるか」

「軍事に勝る国家が先に開戦すれば、正義とは言えないと思うのですが」

「一刻を争うとき、そんなことを言っていられるか。国の興亡がかかっている。敵をぶっ潰してからじゃよ。平和交渉は――」

大汗で秋葉が駆け込んで来た。

「長十郎がやられた。城壁に当たった砲弾がはじけ、一部は頭に当たった。傷は浅く頭痛で倒れている。吐き気がするらしい。看《み》てくれ」

「眠っているよ。さっき長十郎は目をさまし、食いたいと言った。小環が松葉を炒《い》った茶を飲ませた。ひどい頭痛らしく、じっとしている」

「カナの結婚式にイエズスは水を酒に変えられた。ぼくにできるなら長十郎さんや皆にも呑ませたい」

「そういう話にゃ、咽喉《のど》が欲しがり始めて困るのだ」

傍《かたわ》らで腰を下ろしていた兵隊が、

「三太郎さんの話ですと、一人を聖徒にするには、お恵みが是非必要らしいね」

「パスカルというフランスの科学者で天才の人は、聖徒とは何であるか、人は何であるかも知らないと言った。ぼくは科学者が信仰の話をするのが、珍しいと思ったのです」

「俺にゃ、とても分からないことだ。キリストの話は変わったものだったが良かった」

「お前は良かったと言うから分かったのさ。今に幸せになるぜ。俺も本当によかったと思っている。あの神さまを嫌うのは済まぬことだと思う。だが、山崎は嫌いなんだ。金ぴか山崎のやり方は、町から都会に渡り歩き、賭場に現われ、少しだけ賭け、オルガンを弾き、じっと鴨を待つ。あの雰囲気というものが奴は好きなんだと思う。

気前よく振る舞うが、歌で女たちの注意を惹《ひ》く、良い声なのさ。肚に充分な息を入れているので、中途で声がなくなることはない。だがあれで良いのかね」

「銭は他人に見せる財布にあるだけで、あの銭は使わないから、文なしと同じだよ」

「ボクシングを山崎とした。三回戦だったのを二回戦にしてもらい、俺は二度ダウンした。タオルが入り、朝になると金を持って来てくれた。いいところがある奴さ。ロシア人の女と遊んだと言った。体が翌朝は痛くなって、つらかったので、あとは試合をやめていると、実入りの都合でまた、やることになる。

相手のグローブがでっかく見えた時は、のされた。山崎は老虎組に捉まったが、爪に釘を突っ込まれても、しぶとい奴だと言われたそうだ」

「来たぜ、山崎が。俺ら、奴が好きなんだ」

「大岩に助けられた。頼りになる奴は大岩だけだ。刃物を持った連中に取り囲まれているところに、ずかずかっと入って来て、小生を連れ出し助けてくれた」

長崎から来た爺さんは、皺くちゃの顔をして、

「神父は暴れ者の俺に、激しい傾向の人は善を悪心にかえて、悪を信じます。しかし、温厚な人はすべてを善にかえると教え、金持ちと高貴な人のところに行こうとするな。友は信仰厚い人、素直な人、優しい人と謙遜な人はよい、貴方が目立つことはいけませんと、注意をされた」

「儂は母ちゃまに将棋の駒を、へっついの中に二度も放り込まれた。儂や新しい駒を内緒で買った。大切にしていたが見つかって、将棋盤も火中に投げ込まれた。潔《いさぎよ》くできずに儂は、へっついが、いまいましくて訊ねたところ、母ちゃまはそれまで何も言われなかったが、親の死にめに逢えなくなると言われた。

負けたとき嗤《わら》われると、儂は相手に駒を投げつけたことがあった。それから勝負ごとは全部しなくなった。時間潰しじゃからのう。惜しい気もするが、母ちゃまは儂を賭けごと好きの人間に

したくなかったのだと思う」

「ものの本から知ったが、江戸時代の元和九年の暮れ、高輪の丘陵で切支丹と伴天連が五十三名も焼き殺された。キリスト教は、よい宗教と思っている。こちらにきてみると、一六六九年に天主教禁令は出ていた。人間は善くならぬものだ」

「民衆は、天主教を秘密結社か白蓮教と同様なものと思っている。布教が始まると、別の使命を持った者が来航し、自己の利益のために働くから厭がられたと思う」

「秀吉や家光のときと似て次つぎと問題が起こったから、禁止することになった」

「宣教師は殺害され、布教努力は放火により無となった。国策の犠牲者なのだ」

痩せた男が急に立ちあがり、大声を挙げて、

「兵隊だって同じさ。国家の必要経費に過ぎん。俺たちも国を愛した。だが国から愛されるのは士官だけさ。軍人としてほとんどの苦しみを引き受け、汗と泥の中で命を賭けて働いたが、家族手当はないし、俸給ときたら酒保で安物を買えばなくなっちまう。暮らしに困る兵の家には誰もよりつかない。口先だけさ。片輪になってみろ、乞食をしなけりゃなんねえ」

「そんなこと言うものじゃねえ。国は俺たちをいつかはみてくれる。天皇陛下のために戦ったのは名誉なことだ。遊撃隊だぞ。格式も上がった」

「眠っておけ。明日は長い一日になる」

「やなしとだよ。あんたがそばに来ると、気持が悪くなるの。だって誰もいなくなったら、アンペラの上だって何をするか分かりゃしない」

「お前みてえな女に手を出したら、腐っちまう」

「なによ、こうしている間も、私のお尻に触ったりするのよ」

「いつ兵隊は死んじまうか分からないときだ。お尻くらいさわらせてやんな。それが女の心意気ってもんなのさ」

秋葉、山崎がふらふらで帰って来た。

「伊軍の大砲は修理できた。あれにゃ弾丸もあるし、破壊力は少ないが、緊急事態にゃ心づよい——音はでかいからな」

「松本さんは守銭奴じゃないのかよ。貧欲でさ、歩きまわるサツ入れみたいによ」

「悪口というものは、自分のことを言えば、他人もそう思う。風采がひどく悪ければ、そうした男だと皆も思う。外見が悪いと、人間は立派な人物だとは誰も思わない。陰ぐちも言えば、嗤《わら》われる。人はそうしたものですよ」

「留縄を引っぱると、でっかい音がして、しばらくすると、目標に火柱が上り炸裂音がする」

「小型だがよい働きをする大砲だ」

この日、放火されたところより風しもにあった英国公使館の一部にも、火の手は移り、女性は総出で消火に当たり、公使館を救うことができた。敵は露清銀行にも放火したが、人手不足のため後まわしにされ、その建物は類焼した。熱風のなかでの長時間に渉《わた》る必死の消火活動に、みなは力尽きたのである。

天津から待望の救援軍が到着し重なる不安も取り除かれた。六月二十六日までの集計ができた、戦死者はこれまでの数に六十二名が加えられ、日本軍の負傷兵数は二百二十八名だが、不詳の部分もある報告だった。

「シャワーを浴びる女たちが、くっ喋《ちゃべ》っていたから、俺は帰って来ちまった。けれど二日前に俺は見たんだ。絶景だったぜ」

「そんなに遅くちゃ、暗くて見えたかよ。おっぱいなんかもさ」

「水の音や笑い声は聴こえた。少し待って電柱に登ると、騒ぎしている裸が見えた。高いところにスイッチがあるが、女たちが遠くてよ」

「天国は見えたかい」

「そういった気分だったが大勢で抗議しているから、スイッチを切った」

「今晩は、みたかよ、独りでさ。どうしたい」

「駄目だった。女の声と水の音を聴いたから、そっと行くと——隠れていた女たちに箒で叩かれ、水をぶっかけられた。びっちょりさ」

「松本さんは屋根から辷《すべ》り落ちたんだ。こっちは敵を覗いていたんだ」

「担ぎ込まれたが、腰を打っただけで大丈夫」

三太郎は走馬燈を見るように、鮮烈な浅草でのほうずき市と同日の四万六千日の雑沓を想い浮かべていた——あの時も、ぼくは幸せだった、今だって小環もいるし、戦友も大勢いる。

浴衣を着た人びとと雷門から浅草寺まで、元気な掛け声をかける景気よい参道を歩く。

「嫌だわよ、わたし危ないのよ」
長十郎が来た。不思議な男である。見張り役から暗殺もやりかねないが冷血ではない。

東交民巷の要である王府防衛は、籠城者全員の命にかかわる問題であった。この大役を柴中佐が担い、王府死守の決意を堅めた。

彼こそ籠城中の各国士官に尊敬された人物で、当時は日本人とつきあう欧米人はいなかった。彼は有能で経験も豊かだったが、英語に堪能とは言えなかった。そこでロシヤ語ができる外交官に協力してもらうことにした。彼は英語も普通通訳をしているので、国際会議に加わった。西洋人が日本人を模範として目に映ったものは、その勇気と規律のよさと信頼できる点にあった。

日本人観はそれまでのものを変えた。日本軍の活躍こそ迅速果敢にして彼らの賞讃の的となり、僅かな非難も兵卒に至るまで受けることがなかった。

このことはピーター・フレミングがその著書に述べている。一方、P・C・スミスという女性の著書に、柴中佐が防衛司令官として任命されたのは、彼の実行力と智力によるものである。なぜなら六月中の会議では、誰も彼に意見を求めなかったが、七月二日の会議にはすべてが変わった。

柴中佐は王府での激戦に快腕をふるって、最高の軍人であることを証明したためである。すべての指揮官は、彼の意見を聞き、現在も意見を求められている、日本軍は長時間に渉り困難なバリケードの背後で死守し、勇敢無比に戦った。

英国のパットナム・ウイールは、次の如く日記に述べている。数十名の日本義勇兵は、王府の高い城壁を委ねられ守備していた、五百名の兵士がいなければとうてい守り切れぬところだった。敵の侵入から生ずる混乱に柴中佐は、陣地に色分けした地図を備え、変化する兵力と部署と戦闘能力をよく視ていた。このとき、彼は四十歳だった。会津藩士の父は戊辰の役で政府軍に包囲され、会津の鶴が城を死守した。

藩士の息子らは十四歳で白虎隊に参加し、涙ぐましい働きをしたのち壮烈極まる戦死を遂げた。柴五郎は当時八歳だったため参加できず、叔母に救《たす》けられ秋田に落ちのびた。

落城のとき母と妹は自刃した。父親は戦死し、兄は重傷のうえ意識不明となり捉えられた。柴五郎は十五歳で士官学校に入学した。

苦難の中で育った彼は、立派な軍人となった。彼は清国のよき理解者でもあった。

武家の徹底した教育こそ、我が帝国に経済力なく外敵のため苦節を要するときを超えることができたのである。

この動乱を共に北京城内で暮らしたランスロット・ジャイルズの日記には、六月二十四日の敵の攻撃は余りにも激しかった。柴五郎は指揮をとり、困難をとり除いた。

日本軍は大胆にして勇猛であった。これこそ後年に驚嘆すべき活躍として残るであろうと述べられている。

「貴方が判らないとおっしゃったから、教わって来たのよ。ミサは神のお言葉を聴き、讃美歌は一種の祈りなの。パンはご聖体ですから、信者はおなかにイエズス様が入ったと悦ぶのです」

「人に見せようとして祈るのも偽善的ですから、祈るときは、ドアを閉じて隠れたところにおいでになる神に祈りましょう。神は貴方が祈るまえに、そのことを知っていらっしゃるのですから、くどくどと祈ることは必要ありませんの」

げっそりと、大岩不死男は落ち込んでいた。

この男は常に尋常でないほど剛毅な魂の火を燃やし戦ったが、時として不意に青菜に塩の状態となり、缶詰の如き沈黙をし彼らしくなかった。涸れた声をかけ、

「三太郎よ、儂がまだ赤ん坊のときじゃった。母ちゃまは忙しくて、おっぱいの頭に辛子をなすりつけ、儂が乳房を独占するのを切り上げさせようとされた。この歳になっても舌が驚いたことを忘れない。それからは母乳は飲めなかった。儂のことはよく看て育てて下さった。感謝しているが、孝養を尽くしたことはない」

「先輩も、大変だったのですね」

「また、お前はにやにやしおって。農家は忙しかったからのう。儂は負けず嫌いで、潔くせんとならんと反省した。よその赤子が安神して飲んでいるのを見ると、幸せな坊主だと思うことがあった」

「ぼくが一宿一飯の恩義にあずかった時も、沢山な小遣いを下さった。ぼくは独りが好きですから、親しみにくく、友達も少ないうえ不愛想です。人にも好悪の気持が激しく、頑固でした」

「お前はそいでも、善い奴じゃ」

「お世辞もうまくできません。先輩と似たところはどこにもないのですが、唯の一つだけあるのです――それは無器用なことです」

「悪口は言わず、人を褒《ほ》めることを知っている」

「皮肉は言わないでしょう。女の人は上手です」

「儂や、そうした女性は好きになれん。悪口は言っていた。しかし、お前を見ているうちに、それだけはやめようと思い、実行している」

「笑ってみろと言われたので、練習しました。先輩は笑顔でその人が判ると言われたからでした。小環はその結果を喜んでくれました。鏡に向かい、心から笑うことができたのです」

「大したものじゃ。男も愛嬌じゃ」

「三太郎、アーメンてのはヘブライ語だって」

皆は打鐘を聞いて広場に集まった。前かけ姿の婦人会長がにこやかに出て来た。額に玉の汗が光っている。髪は庇《ひさし》がみである。

「皆さま、連日のお働き本当にご苦労さまです。喜んで下さい、食糧が少なくて困っておりましたが、白米とお砂糖を少々倉庫の中から発見しました。美味《おい》しいお粥を、今朝は皆さんに充分、召し上がって頂けることでしょう」

彼女は少し言い澱《よど》んだのち、

「奥様方や教民の皆さまのご協力を得て、できたものです、神さまのお恵みに感謝いたしましょう。今日はお釜に沢山ございますが、全部の方に行きわたるように、お協力をお願いいたします。

そうですわ、お醬油もございます。温かなうちに召し上がって下さいますように」

大きい拍手に湧いた。女性はどれほど悲惨な時にも、現実的で頼もしかった——零《こぼ》れた米をかき集めたと言ったけど、男が幾ら逆立ちをしても、そうしたことができるはずはなかった。

七月二十一日、仏公使館北門の哨所に侵入した官兵の凶弾に、中村秀次郎なる義勇兵が仆れた。続いて鋭い叫び声を聞き、大岩が駈け出し、三太郎が続いた。壊れた壁の方向から血の匂いが流れてくる。

近づくと義和団の大男が三名立っていて、傍《かたわ》らに清国教民が蒼白な顔で仆《たお》れている——斬ったのは大刀会の男だ。

青竜刀を車輪の如く回転させ、狡《ずる》そうな冷笑で大岩を迎えた。

いつでも、かかって来いとの姿勢である。

紅毛の飾りをつけた短槍を持つ男と、中年太りの男は大岩との格闘を観戦している。男の燃える眼は怪異なものだった。

腕組みしたまま大岩は、ゆっくり男に近づくと、男は青竜刀の回転を疾《はや》めた。微かに、嗤っている——大岩は組んだ腕をほどいて、だらりと両の手を左右に下げた。

間隔が迫る。風を切る青竜刀の音が微かに聴こえた。一瞬の居合い抜きで回転する中心部に、柄もとおれと踏み込んだ大岩は、物凄い早業で傍らの男に斬りつけ、返す刀でたちまち短槍の男をも僵《たお》してしまった。

大岩の表情に感傷はなく、哀しげにさえ見えるのだった。深呼吸すると、剣身を拭い、鞘に収め、三太郎と後続の者が余りの早業に唖然とするなかを、戻って来た。

七月X日、陸戦隊の高田佐太郎は、この日の夕刻、教民を救わんとして檜林に独り踏みとどまり、数名の敵兵と紛戦し、二名を殪《たお》して、壮烈極まる戦死をとげた。

官兵の死骸から佐太郎が持っていた手帖と石鹼が発見され、肌身はなさなかった写真も出たので、親もとに送ることを本部に依頼した。彼の亡骸《なきがら》は、激戦中のこととて持ち帰れず、他の者は重囲を斬り開き帰陣した。

天津城の攻略戦における連合軍の損害は六百二十名で、そのうち日本軍人は二百五十名に達したと報告が届いた。

中国の民衆は、日本軍が軍規厳正で人民を保護したと、その進駐は感謝された。

英国は四度に渉り日本軍の救援を要請したので、遂に政府は重い腰をあげ、出兵を決定した。

「お化けになって分かったけど、恨めしい奴は少ない。蒼ざめて皆は元気がない。挨拶もしない。からかうと紅い目ん玉が光った。よくぶらついているが、呼ぶとぽかんとしているから面白くない。

家族がぼんやり現われることがあった。暗い途を帰宅したら良い女が坐っている。私もあんたも幽霊ねとか言った。触れようとすると、逃げ腰になる。そんとき俺らは死んでいると判ったのさ。行きたかないぜ」

「だけど暮らしに分からないことが起こるのは全部、俺を愛して下さる神様の計画だ。だから運命という言葉は、俺にゃねえんだよ」

「尾崎紅葉の名は芝の増上寺境内にある紅葉山から考えたそうです。男心は増上寺というタイトルの短篇がありますが、五歳のとき、死別された母親の実家が芝神明町にあり、先生はそこで養われたそうです」

「――で生まれたところは分かるか」

「慶応三年、芝中門前で誕生され、本名は徳太郎です。父親は牙彫師の尾崎谷斎でその長男です」

「よく知っているね」

「小説家にぼくはなろうと思い、そのために世の中を見聞したかった。でも、作家の活動は大変だから諦《あきら》めた。先生は出身地の芝の気風をよく書かれた」

「三太郎なら小説を上手に書けると思うが、小説は銭じゃない。書きたいから書くという話は聞いたことがある。だが、あれは女房泣かせじゃ。やめて良かった。収入は極めて少なく、生活は不安定だから。ボードレールの詩は好きなのかい」

「プロの盗っ人に俺いらはなる決心をした。だが、俺を訪ねて来る奴が来たら、二度とそこにゃ戻らないのさ。たまに尾行がついた。それが判ると雲を霞さ。元手はいらないけど」

「教会に行っていたそうだね」

「ぱくられないところなのさ。それまで逃げ歩いていたんだ。あすこで俺は初めて人間の扱いをされた」

「でもさ、悪人は教会じゃ困るだろう」

「皆が親切で教会が好きになっちまった。信者は娑婆の人間とは違っていた。にこにこと挨拶してくれた。まるで夢のような気分だった。あれこそ天国だった、信仰心は感謝の心から生まれる。祈ると、神さまは喜ばれると言われた」

「お前ちゃんには、くすぐったかったろう」

「手がまわったのは、その頃なのか」

「俺らは後悔している、善人に本当になるところまで行ったんだ。心を入れかえるぜ」

七月X日、早朝から数百名の義和団が押しよせて来た、恐れを知らぬ攻撃に、我われは苦戦を続けた。

敵の軍勢は屋根に昇り肉薄し、梯子をかけて、壁から顔を出し何か命令している。撃ち落とすと、代わった顔が出る。そのうち敵は壁の根もとに穴をあけ、毀《こわ》し始めた。

我われは教民を集め、瓦と敷石を割り、突き出した顔を狙い投げつけた。

敵の工事を妨害しつつ持ち耐《こた》えたが、拳軍は増加する一方なので、苦しくなった。

仏兵と伊兵計四十七名が救援にきてくれたので、急を告げる状況だったが、撃退することができた。

ひと息ついたとき英軍から危機が迫ったから、何名でもよい、援兵をよこせとのことである。

安藤大尉は、直ちに七名の兵と駈けつけ、夕暮れに至るまで戦い、これを撃退した。

喇叭手の最後

「喇叭《らっぱ》手の太田がやられた。瀕死の状態だ」

北門城壁で、おびただしい血を停めるため、数名の戦友が包帯を巻きつけている。

太田は戦友の手を摑み、血を拭い、

「一発も射たずに、俺は皆と、お訣《わか》れだ」

その後の言葉は言わずとも、無念さが判る。

太田はドレミの中の高ソ音がうまく吹奏できないと、ぼやいたことがあった。

出血は咽喉《のど》を満たすか、口中が乾くのか、苦痛をこらえ、咳込み、かすれた声となった。

彼の喇叭にどれだけ援けられたことか、ある時は勇壮に、あるときは厳かに。戦友の哀しみの時や疲れ切って眠る時は、快い慰めを与えられた。彼は現役の第一選抜の兵だ。――起こしてくれと太田は言い、最後の力を込め、ともに戦った者への永遠の訣れに、消燈喇叭をゆるやかに吹奏し、戦友の腕の中で眼を閉ざした。内務班では彼は若い兵だったのである。隣りで負傷している兵は、

「俺は刑務所で真面目に働いたから早く出してもらえたし、看守長の芦沢さんから、お別れのと

き日蓮さまの本を頂いた。

　これでちゃんとした人間としてやってゆけると、嬉しかったが、世間は冷たく就職もできなかった。友だちもよそよそしくてやけになった。無銭飲食をした。そんとき助けてくれた奴と稼いで暮らした。俺も三十六になった。

　土方をしていると親方が来て、少し実入りのよい仕事をやってみる気はないかと言われた。それから良い暮らしを二ヶ月ほどした。

　鉄砲玉をしてくれと命じられたが、引き受けないわけにゆかず、一度だけ勤めた。刺したのは元締めだった。急所を外し、浅くやったのさ。殺しはしたくなかった。

　これじゃ駄目になると思い、もらった銭で山海関を越えて自由になった。これからは正業に励むつもりだ。悪事はこりごりさ」

　盛りあがらぬ話になった。

「集会場に洗礼志願者の名前が貼られていた」

　不発弾を猪助が集めてきた。長十郎は火薬を抜き出し、砲弾が数発できると言ったので、皆は集まり作業を始めた。なかには火薬が湿っているのが不発の原因となっているものがあり、太陽の熱で乾燥をすることにして、注意しながら作業している。

「いい女になったと言ってやると、古女房でも美人になるから嬉しいものだよ」

「儂か、空腹で色気はさっぱりだ」

「先輩は失敗を教訓とすると言われたけど、そこの白髪のお爺さんはどうですか」

「勇気あるところに希望あり、頑張るだけさ。皆と一緒で娯しいですよ、苦しいことなどありません」

「わたし、怕《こわ》くないの、勇敢じゃないけど」

「人生とは、できるだけ善いことをする。金儲けは下手だが、銭は必要だ。けれど仕事があるから、心配はくらしにはない。有難いことだ。私の人生は素晴らしいものだった」


七月X日、米兵の一隊はこの深夜、胸壁を乗り越え出撃し、敵屍体より小銃、弾薬を持ち帰り、柴中佐に贈った。王府を死守する日本軍の兵器不足に、列国は提供してくれた。翌夜は伊陣地に敵が忍び入り、放火の上、逃走した。

火　箭

「火を消せ、子供を避難させよ。火箭だ」

「病人を連れ出せ、早くせい」

燃える矢を引き抜く者、火箭に水をかける者など消火班は素早く働いている。子供は母親と安全なところに移って行く。小環は百六十五サンチの体で力も強いから手桶を下げて、再び駈けてゆく頼もしい女性である。

「煙を出すのと音を出す矢がある。ボール紙に管があるのは、薬品が混じっている」

「赤、青と黄色の煙りを出すが炸裂することもあるから、取り扱いに注意することだ」

「あれは船具屋にある。水上で信号に使っているものだ。怖くはないが危ない、火傷《やけど》する」

佐山厚子と三太郎は、傷兵の手当てに追われ、衣服は血液で汚れているし、手は粘っていた。

松本が、のこのこと銃を下げて哨所に戻って来た。暑さで参っている。

「良い話が聴けると言われたから、猪助と洗ったシャツを着て教会に行った。あの中じゃ、ほとんど笑わない。音もたてず、小さい声で話しあう」

「洗礼のリハーサルだった。洗礼志願者に不馴れなところを教えていた。まわりの人は穏やかで、俺もこれには——何かあると思った」

「猪助も間違ったところに行っただけなのさ」

「俺たち終わりまで辛抱した。信者は八分通り女だった。受付係は愛想がよくて親切だった」

「入れものが来ると、順繰りに幾らかでも入れた。俺は文なしだったから、秋葉から少しだけ借りてお金を入れたが、俺にゃ——あそこは向かない。西洋から来た坊さまだから話も本当のところ、分からないことがある。俺の故郷には、身延山久遠寺という大したお寺さまがある。石段はとても高いが、俺は軽々と昇った」

「受洗後に、それまでの罪は全部消えるそうだ」

「それから罪を犯したら、どうなるだ」

「告解というものがあり、半帖敷きの室で、よそから来た神父に懺悔すれば、罪に当たるものは消えさるのだ。神父はその時の話は絶対に他へは喋《しゃべ》らないと言われている」

「奴は綺麗な体になれたと言ったが、それからは何の心配も起こらず、これで清い暮らしができると喜んでいる」

「神父は我が聖油を注がれし者に触れる勿《なか》れと祈り、受洗者の頭に聖水を注ぎ、額に聖油を塗る。この者に悪いことをすると、お咎めがあるというわけなんだぜ。厳粛なものだった」

「それで終わるから、祝福の拍手を受ける。教会ではこの人は神の子供になった。その資格ができたと悦んで下さる」

「先夜のことだが、死んだ女房の夢を見た、紅い唇がよく分かった。顔色は蒼白かったけど、しばらくぶりなので嬉しかった。

さわろうとすると退るのさ。色つきの夢は魂があの世でぶらついているときに見るとさ」

「下士官は兵卒の中から出てともに戦い、何を兵はするか、何を言うべきかを教える。彼らこそ、連隊のほとんどの仕事を仕切っているが、兵とは対等な者である」

「何が対等なものけ、いばりくさってよ」

「煩《うるさ》い奴らだと思っているぜ」

「彼らはお前たちを戦場で役立つ軍人に鍛えるために、強制することもある」

「ビンタを食わすだけさ。国民の税金で造られた兵器だ、大切に扱え。毀《こわ》すな、失くすなと言い、焼きを入れるだけさ」

「てやんでえ殺してえのさ。戦場じゃ手が足りねえから助けてやっているんだ。暗いところに気をつけろい。月夜ばかりはねえんだぜ」

「下士官は士官の代わりに隊を引っぱってゆく。兵卒とは肌合いも同じなのだ」

「だが、することは違う。クタバレ」

「彼らの頑張るところを見れば分かる。皆のためにつらい命令にも服従し、皆の苦情を聴き危急の際にする努力は頼もしいものだ」


「佐山はこの世に偶然はない。それは俺たちの意志に反して起ることが多い。すべては神さまのご意志によるものだと言った」

「受洗される者は、神さまが以前からお待ちになっていた人だから。すべてはご計画によるもので、選ばれた人なのです」

「女性の将来は母親になる人です。幼時を特に四、五歳までは不安を与えず、穏やかに育てることです。子供からの訴えがあるときは、優しくよく聴いてあげ、恐ろしいことは絶対に避けなければなりません」

「そうだ、夫婦喧嘩をしたり、虐待することもいけない、躾《しつ》けが悪いこともね」

「親が悪党なので悪事の手本を覚え、醜い子供だと言われ、自信を失う子供も多い。悪い書物と良くない友だちや、ほっておかれた少年も犯罪者になり易いという訓話の時は、俺らは身を切られるような気持だった」

「監獄で一緒だった親方は五十年の暮らしで、婆婆は八年四ヶ月だと言った。俺は親父の仇を二十六の暮れに返して、ずらかって来た。俺の頭は固くて、ウォッカを呑めば痛くない。殴られても大丈夫だから、一円なら殴っても良いと言ったのさ。だいぶやられた。あれから女に興味がなくなったが、盗魂はあるぜ。店屋に行けば好きな物が食えるから、婆婆に出たかった。ながい暮らしになっちまったが、出て来て本当によかった、これからは真っ当に働くぜ」

「俺らにゃ文字が読めない者もいるし、道理が判らない奴は多いから、困っている」

「松本よ、この間の須貧てのは何のことだね」

「貧乏になるという注意でした。物が安くとも買わぬ。田畠をよく耕やさぬ。娯楽ばかり追い求め、倉庫をよく調べない人のことですよ」

「妾《わたし》ゃね、稼いで倹約し借金もせず、亭主にゃ酒は少し飲ませ、女を近づけなかった。だけど、少し銭が溜まっただけだったわよ」

「よくやったが、食物の贅沢は駄目ですよ。儲《もう》けたらしまい、衣類や家財は大切にする。畠をよく見て種蒔《ま》きの時を守る。そのほか、家計簿はつけたかね。それをすれば銭は溜まる」

「貧乏の方が俺にゃ良い、女も酒もいらん」

「だが貧乏はつらい。借金すれば男はすたるし、もう少し銭があればこの喧嘩もしないで良かったのに、と後悔もするからね」

「田舎から来てくれた母親に小遣いも、あげることができなければ、これほど、つらいこともないのだよ」

四十度に近い熱波が押しよせた。じっとしていても、汗が流れ出てくる。

山西省に外国人の技師が入り、旱魃《かんばつ》になったのは、妖しい測量器を持ち込んだからだと義和団は因縁をつけ、排斥を始めた。

敵軍のクルップ砲による攻撃は、次第に照準も正確になり、正面に布陣する米、露の両軍を悩ませていた。

数日前まで砲弾は初速も遅く、破壊力も少なかったが、昨日からの砲撃は手のほどこしようもないほど危険なものになった。

この他にも別の大砲からの攻撃に悩まされた。粛親王府から仏公使館を狙い榴散弾を放つから、被害は大きくなり、散々である。

「大砲を分捕るか、破壊しよう」

馬育文は猫の肉は案外いけると言ったが、長十郎は笑っている。馬育文の日本語は流暢だが、時おり右、左を誤るから注意しろと警告を出している。

目が醒《さ》めたら、鶏が彼を見下ろしていた。生物は出逢ったとき相手の顔を見て、危ない奴かどうかの確認をするのだ。

「ここにいる馬も鶏も、やがて食われるのだね。哀れな気持になるが、俺たちだってよ」

「この中じゃ、銭はいらないが、モーニングコールの不寝番は必ず来るね、良い習慣だよ」

広場に百日紅《さるすべり》の花と箱馬車が見える。高粱《こうりやん》を担いだ小孩子が廟《びよう》から出て来た。

小雨になった。北京では傘をさす者は少ない。夏季の小雨が快いからであろう。

「軍隊じゃ予定はしばしば変更されるというが、決めたことを変えるのかよ」

「戦場じゃ、どんなことが起こるか分からない。決定した命令も、状況によって直ちに変更せんと、死傷者の山が幾つもできかねないからさ」

ロイテルやハバス通信の記者が五十名の海兵に守られて北門に到着した。

三太郎はこの時の会話が少し判った。聴きなれてきた所為《せい》だと思うのである。

伝書鳩は連絡できず、密使も前哨の外に行けたのは二名だったので、報道に本部は飢えていた。露国はタス通信の記者も来ている。

「大岩は女から手紙を受け取った。若い女だからベッサメ・ムウチョかよ」

七月十九日、十三時に清国軍は砲撃を開き、連合軍もこれに応じたから、何も聞こえなくなった。昏を見て命令を判断するほかなかった。夕刻、各国公使は、残りの食糧と銀器などを持ち、英国公使館庭に移った。

同時に宣教師や露軍の婦人と召使いも移動し超満員で、収容はこれ以上とても無理である。北京城の壁の厚さは二十メートルあるから良い散歩道だったが、現在は崩れて危険なところができた。

高さは十六メートル以上もある。この日、戦闘中に奪った小銃四梃を、柴中佐は贈呈された。

第一分隊が任務に就《つ》いたが、休息と仮眠は雑談に変わった。

「どうしたら良かっぺえ。儂は駄目だと深刻に思うことがある。奇襲するほかない」

「ぼくはそうは思いません。先輩の働きは凄かった。自信こそ成功の秘訣と言われたでしょう」

「大岩さんは完璧だった。温かいごはんと海苔に納豆さえあれば――それが、どれもないから可哀そうだ。動乱が熄《おわ》ったら沢山食べさせたい。ぼくはそれから長城や十三陵にも行きたい。小環はお金もないぼくをその時、何と考えるか、心配でもあるけど」

炎天下に咲く合歓《ねむ》木の花が、荒んだ心を和ませてくれる。今日は稀に銃声が聴こえるだけである。

官兵は近づいて来た。話をしたいらしい。

黄昏《たそがれ》。付近の商人は隠して来た煙草や飴、鶏卵と落花生などを売りに来た。値段は法外なものであるが、我われはこれらを買い求め助けられた。

槐《えんじゅ》の木の下で、松本さんはまたお金の講釈をし始めている。

「お金は足が早い。難しいのは持ち続けることです。買物をせず耐えることが大切ですよ。お金は持ち手による。使わないことです」

「銭が本当にある奴は、金の話はしないもんだ」

「銭がないからって、小さくなっているな。人生は永くない。死ぬことも楽じゃないが。でっかく暮らせ。勇気を出して頑張れ、健康第一さ」

「商売のためなら借金した方が早くて良いが、個人支出のための借金は、絶対に駄目ですぞ」

〈読者の皆様、中国民衆の労苦を深く識《し》ることなく私は筆を進めましたが、彼らも愛国の至情に燃え、祖国発展のために堂々と戦い、有為な若者が次つぎ殪《たお》れていったのであります。

〈謹んでお悔やみを申します〉

炎の中を

「大変です、小環が火の中にいる」

火箭の火は数か処に燃えていた。消火班が手桶の水をかけている。三太郎は、大岩と互いに手桶の水をかけあい走った。

黒煙は、どっと窓枠が外れ落ちたところから噴き出した。家屋の奥で介護していた小環を救出しなければならぬ。急がねば……。

「軍用毛布だ、そして水に漬けるのだ」

絶望かも知れぬ、苦しげな小環が呼ぶ声を幻聴した。どこへ行くのか三太郎は走った。

彼は哀しみのあまり動転し、兎の眼をしてそのまま、炎の中に跳び込みたかった。

黒煙の中に、虫の息になった小環を想った。

担架が走って行く。乗っているのは老女である。衣服は燻《くすぶ》っていたから、あの状態では助かるまい。白髪も焦げて、抱いていた子供の母親は、蒼い死人のような顔をして追ってゆく。

三太郎は躓《つまず》きながら、大岩に毛布を渡した。

「手桶の水を、この毛布にかけろ。儂《わし》がやる。頭から被《かぶ》れ。行くぞ、ついて来い」

扉を二つ蹴破り、奥に近づく。薬品が燃え悪臭が満ちている。炎と白煙のなかから、子供が泣き叫ぶ声が聴こえる。

「熱いよ、早く助けて」

火は音を立て、凪しもに向かい拡がっている。

小環を呼びながら、三太郎は息もつけない煙が充満する幾つかの部屋を探した。教民の子供が二人跳び出して来た。髪の毛は炎で赤く縮んでいる。

焼けた柱がどうと倒れ、瓦が落下した。

「先輩、そっちは危ない。火が廻っています」

「奥に入らにゃならん。三太郎はあっちに行け。そこから小環を早く捜すのじゃ」

黒煙と炎を避け、声を聞きつけた奥の倉庫から客室に大岩が入ると、茫然と立ちすくむ小環の姿が見えた。何かが落下する音が続く。

幼児を抱え、小環は少女を連れて出て来る。

「早く出ろ、安心せい。今ゆくぞ」

手と首に火ぶくれがあり、小環は擦過傷もあったが、濡れ毛布を被せ、手を引きながら灼熱と激しい音響とに揺れる部屋を抜け出た。

小環は煙を吸い、眸も紅く、抱いた乳のみ児が、大声で泣きだすのを見ながら、大岩が扉を踏み破るのを待って、黒く汗で汚れきった頬に悦びを表わし、少女を連れて続いた。

小環は咳込み、破裂する部屋から頭上を見ると、紅蓮の炎が見えたが、院外に脱出した。

蒼空が視えた。三太郎は小孩子の手を牽《ひ》き、白煙の中から出てきた。まるで燃え滓と思われるほどだった。彼を見ると、小環はその首に手をまわし抱きついた。日本人がやらぬ方法である。アンペラに彼らを移し、三太郎は薬品を取りに走った。小環は焦げた衣服の裾に触れていたが、そこで失心した。

こうした場合の女性というものは、タイムリーに眼を回すことができるから、男性より得である。用済みとなった大岩たちは、そうはゆかず、死傷者も運ばれるので介護所の婦人会の人のところに手不足を扶《たす》けに行った。力仕事があったら、それは彼らが適任である。

本部でお茶をご馳走になったあと、焦げ臭い躰のまま皆の輪に加わった。

「この動乱は急激な衝突により始まったが、終局は虚しいことになるであろう。水戸藩は御維新のとき苦しんだ。関西勢による大阪夏の陣、関ヶ原の仕返しをされた気分もした。だが日本帝国は変貌し、大いなる進歩に向かっている。水戸様は大日本史への編纂に資金を費やされ、長い歳月を努力なされた。儂は時代を見る眼に不足していたので、あえて良いと思うことをやってきた。村上先生から、各国の動きは教えられていたからのう」

「生きているうちだ。行った者と死んだ者は当てにはならぬ——月は長辛店の屋根の上よだ」

「俺は八達嶺より芦溝橋が好きだ。永定河はさらさらと流れ、一文字山は近くだった」

「おぬしの舎弟に線香をあげるぜ。もうすぐ終わるだろう。それまで達者でいることだ」

「対了《といら》（そうだ）、あんがとよ、兄い」

「馬育文は何人も刺したことがあるが、それがしはまだ死んだことはないと言っている」

「俺はそのころ無事に暮らしたが、ボスに頼まれ、ようがす、やりましょうと言い切った。はじきを受けて出かけたが、まだ街は眠っている。橋まで行ったけど。頓馬の政は来ていない」

「怪我をして、政の野郎は痛がって哀れだった」

「やばい仕事ばかりで。続かないぜ、命がけさ」

「風も音もなく夜が、もうしばらくで白んでくる。遅れちゃなんねえと急いたけんど、厄介があってよ、少し遅れちまったのさ」

「だちの亡骸《なきがら》を見つけに行ったと思いねえ、いつか俺も殺《や》られるかしんねえ。そう思うと柳の下の溝に拳銃を捨てた。俺を縛っていたけちな悪事の一際をかなぐり捨てると、悩みのない爽やかなものが分かった。もう悪党にゃお訣《わか》れだ。あばよと言ってふけたのさ」

「うぬは、思いきって悪からよく抜け出たよ」

「あたぴん酒だが少しまだある、やれよ。これでも顔が三つに見えるてえことはないぜ」

「あれから豊台站で、半次に遭うまでよかった。奴に良い仕事があると誘われたのが運のつきさ。でも、食らいこまずにすんだ」

「天国にゃ俺は行かねえぜ、仲間は地獄にいるからよ。善人ばかりのところじゃ落ちつけないのさ」

顔色がひどく悪い男が声を張りあげ、

「俺が俺がって奴ばかり地獄に行く。あそこは威張りたくて、争いをする奴ばかりだ」

「そうでもない。愉快にやっているらしい」

「他人を莫迦《ばか》にして、自分は尊敬されたい奴が地獄にゃ、集まってくるって話だぜ」

頬に刺し傷があるのが出てきたが、

「てめえらの話なんて聞きたくねえ。死ななけりゃ分かるもんか。神なんて沢山だ、馬鹿助が」

「不安があるところにゃ、人が恐れるものがある。不安てのは、自己保存本能の表われだそうだ。死んでも不安があるのは厭じゃないかよ」

鉾《ほこ》を杖にして突っ立っているのが、

「肚は空っぽさ。けど日本人なんだ、やるぜ」

「そうだ、大岩と一緒に戦う。大和魂はないが、一生に一度の好機だ。俺も頑張る」

「この世で悪人が好きな奴は、あの世でも悪党だ。地獄に天国からの光明が入ると、隠れたって悪人だと分かるのだ」

「地獄に行くと、初めに悪霊の接待係がやって来て、友好的に迎え歓迎するそうだ」

「悪かないずら、美人なんかよ、接待人は」

「青や赤鬼の娘さんだぜ」

「また、うまいことを言うなってば」

「全部が悪党だから、隠しても無駄さ。悪人はすぐ判っちまう。俺はそういうところは厭《いや》だよ」

「死んでもゆっくりできないなら厭だぜ」

「ぼくは自分を善人だと思い、そのように行動する者は救われると、スエーデンボルグが述べた書物を読んだことがある。天国は分かち合いのところだから、今からでも遅くない。心を善に改めるが良いでしょう」

「天国に直行しよう、そして話題は女だ」

「モンテニューという貴族がフランスにいたが、彼は美人の多くは平凡だが、善良な女性は飽きない。美貌は高慢の種になり易く、贅沢なものを躰につけたがるので、賢い男は美人との結婚を避けるものだとね」

「俺は絶対に飽きないぜ。金欠だけどよ、平凡くらいは、めじゃない」

「だが、そうとばかりも言えないことだからさ、平凡だと言っても、ほんの一部のことだろう」

「悪への途は容易だ。あれこれ悪口される男は羨《うらや》ましがられているからだ。誰でも自信があるなら、何にでも挑戦してみることだ」

介護所では火傷の痛みに耐える小環や子供に、油薬を三太郎はなすりつけたり、泣きだした少女を抱きあげ、間抜けな声をかけている。彼はせかせかと哨所に向かった。

戦線は穏やかな朝を迎えた。庭の隅に松葉茶を温める火が、仄暗いところを明るくしている。

微笑みながら、小環が南の分哨にやって来た。

忙しい三太郎に、何かと用事を拵《こしら》えて現われる。離れて居たくないからだろう。

腕の火傷が落ちついたのか、少しずつ三太郎に顔を寄せてくるのを、息の根が停まるほど三太郎は抱き締め、彼女の左頬にある二つの黒子《ほくろ》に接吻した——哨所にはだれもいない。

それからロシア民謡の黒い眸を低声で唄い始めた。
どれほど　君を愛しているか
どれほど　きみを畏《おそ》れていたか
多分　きみとの出逢いが——

「兄いの家は浄土真宗か、阿弥陀さんかね」
「超自然や心霊について、ぼくは正しい判断を持てなかった。信仰にのめり込んだ者が、本当のことだと言っても、確信するのは無理だった。

パンセを読んだあと、変化が心の裡に始まったことに気づいた。科学者として世界的に認められたパスカルが、キリスト教に心酔していたことによるからでした」

神があることを経験した者でなければ、本当の信仰を得た人とは言えないと、佐山厚子は言ったことがある。儂には疑惑が残ったけれども、と大岩は羞《はず》かしげな表情をした。

七月一日、暗号の密書は周囲網をくぐり、外部に連絡をとるため、教民を僧侶にしたり、女性に頼みもし、二十八通出したが、四通だけは届いた。

援軍についての密書が届いたのは三通だった。その他は敵に捉えられるか、密使が中途で逃亡したか殺害されたと思われる。

書類は帽子や傘の柄に入れたが、見破られた。

返書が届いても正しいものではなかった。

けれど我われはこれを喜び、心配もした。

密偵のなかには、連合軍の情報を敵に漏らす者もいた。情報が金になると分かれば、彼らは色いろな手段を講じて金にしたのである。

仏軍のヘルベルト少尉は屋上から本日十四時、勇敢に敵中に突入し、壮烈な戦死を遂げた。この日は仏公使館への攻撃が激しく、遂に中庭まで敵兵は侵入した。

連合軍側はこれに対し、必死の反撃を繰り返し、十六時に至り敵の撃退に成功した。

「自殺は金持ち思考の現われだとよ本当かね。死にたがりは弱虫なんだ。戦うことを知らない」

七月二日、糧秣が不足し、日に二回だけ粥が支給された。そのため兵士らに厭戦的な気分が拡大した。外科用薬品も欠乏し、再び英軍より分配を受けた。

だが、戦闘は、続行せざるを得なかった。いつ援軍が到着するか、食糧が届くか。弾薬も欠乏し、戦闘能力にきびしく影響するようになった。この日は二十一時より雷雨となり、敵はこの機に乗じ、何度も攻撃をしかけて来た。戦闘は長期化し、始まると皆は狂人と化していった。

我が兵士は終夜、雷鳴と激しい雨中を眠らずに必死の防戦をした、明け方になると敵は不意に退却して行った。実に七時間にわたる死闘だった。

この日は山西省大平市の壽陽教会が、夜中に押しよせた民衆のため放火され掠奪に遭った。

避難時、侍女クームスは虐殺された。スウェーデン人宣教師ら十名は、朔平の荒野で惨殺された。生存者がないため、記録は謎に包まれている。暴徒による虐殺だったということだけが報告されたのは、しばらく後のことだった。

火炎瓶

七月三日、青空は出てきたが、漠とした白雲が拡がり周囲は静まり返っていた。皆は昨夜遅くまで戦い、疲れて睡《ねむ》っている。倉庫わきから洗面器を頭にのせて、頓馬と馬育文が跳びだして叫んだ。

「大変だ、それがしは死んじまった」

「あいつは人を見たら気違いと思えと言っていたのに、白眼になってよ」

皆が注目する中を、酒甕《がめ》を持って来た。

「これを生かし、びん詰めを拵《こしら》えよう。良い火炎瓶ができるだろう」

「六本くらいはできるだろ。だが腹が減った」

「おや、お前ちゃんは碌でなしの兄ちゃんじゃないのかい。手伝っておくれな」

「ようがす、こちとら火炎瓶は兄いと三太郎さんとで造りまさあ」

「いけねえんですかい、水を入れちゃ」

「馬鹿野郎、水を入れるな、てんだ」

「義和団の奴らに、こいつをぶつけようてんですかい。俺ら花でも植えようてのかと思った」

「もたもた城壁を昇って来たら見てやがれ。唸らかしてやるぜ、胆いってるんだ」

「ぼくは宣教師が各地で殺されることに、神の保護はないのかと思った。それがとても不思議だった。神の子であり、宣教のため危険な土地に正しい教義を伝えに来た尊い心の人たちなのですよ」

「儂もその点に疑問がある。神はなぜ助けないか」

「ミサに預かるときのことでした。殉教者が流した血は、新しい信者の種になるものが、そのとき蒔《ま》かれるとお話にありましたが、ラオスでも共産系の男によって神父が撲殺されたのです。朝鮮でも日本にも殉教はありましたが、僅かにその話から、ぼくの疑念は晴れました」

「天国への入場券を、そんとき三太郎は入手できたんだっぺえよ」

「それは、これからでしょう。神に忠実を捧げたが、親をあまり敬わなかった。常に善を行なう人間になりたいのですが、続けられるかどうか分かりません」

「糞ったれめ、三太郎をぶっ殺してやりてえ」

「馬育文との賭《かけ》に負けて銭を取られた」

長十郎の話は船のマストにトイレはないと言い切ったことにある。あの高いところに、それがあると分かったからだった。さる外交官から教えられたそうだ。

「城壁の隅で動哨中に小便をしたことが判ったとき、もの凄いビンタをもらった」

「あんたはもう少しましな奴かと思ったけど、やっぱり足りなわね。いい泥棒にゃなれないわよ」

「俺らは海賊もやった。あれだって年季が必要なのさ。捕虜で体が弱そうな奴は、片脚だけマストに縛りつけて吊るのさ。一人ずつロープを切って、楽にしてやった」

草笛の音が聴こえる。

「そう口をとんがらすなてば。てめえは泳げないいんだろう。そいじゃ海賊にゃなれないぜ。浮輪で攻めて来るなんざ、嗤《わら》わせんな」

「過ぎたことは考えるな。頭はこれから先のことに使え。考えても無駄なことさ」

公使館の内庭は、身動きできぬほどの満員である。

砲撃を受け、皆は頭に血が昇り、混乱していた。

「頭んてっぺんまで歩きまわられちゃ、やりきれん。どこも一杯に混んじまって困っている」

「俺んちは広かった。だからバルコンがほしい」

「本気かよ、お前は、大丈夫かい、頭がさ」

三太郎は厚子の話を反芻《はんすう》していた。彼女は微笑を浮かべ、自分の悪徳には憎しみを持つことですね、と言うのだ。

「この義和拳の兵は、右脚を負傷している。こっちの兵も捕まえたが、逆らうから少しばかりぶん殴ってやった」

「敵だからって、あんまし、しでえことすんなよ。お前らが捉まってみろよ、厭じゃないか」

「俺なら、炙《あぶ》られちまうのさ」

「吐くまで、ぶん殴るだ」

「よせよ、お前はどめつけだ」

「何で私たち、どめつけなのよ。教えて」

「――分かんねえのかよ」

「やなしとだよ。お前さんてしとは。だから隠したって、お里が知れちまうのよ」

「生まれてから俺は悪党さ。だが礼儀は正しいぜ」

長時間、煙を吸った小環は大勢に囲まれ介護を受けている。さぞ疲れたことだろう。今でこそ三太郎は、小環を畏《おそ》れることもなく暮らしているが、続く戦闘で自己の生命がいつ断たれるか自信もなかった。

暗い思いをしているのに、ぼくの言葉すらよく分からぬ小環は、躰をよせてくる。心細いからであろう。このところ、日本語をよく憶えた。

女性は幼な子に、言葉を教える能力を持っているから、覚えも早い。練習をしてはぼくを笑わせるが、口を開いたままにされることもある。

明るく健康で頭の回転も疾いのは、彼女の天性である。そのうえ大きい目玉を持っている。

知識の方は――知らないことは誰にも沢山あるから、一緒に暮らしながら努力してゆくつもりだ。

信仰に強さがあってはならない。神にすべてを委ねれば、強さはなくなると神父は言った。

佐山厚子は何を読んだかではなく、何をしたかを、最後の審判のとき問われると言った。あの人には歯が立たぬ、教えられる。

「お前ときたら走れ、走れとせかし、年寄りを若い衆のようにこき使うが、まだこちとら走っちゃいねえ。あっしの歳になったら、急がない方が身体に良いのさ」

「巡察の帰りだと大岩は言い、三太郎に小環との式を機会をみて挙げ、高砂をそのとき謡《うた》うと言ったからできるのかと笑ったのだ」

「大岩なら、できるかも知んないけど」

「叔母に習ったそうだ。二つだけだが、四海波静かにしての方は、いけないと笑った」

「彼は九月十三夜陣中の作という詩吟は上手だ。分からぬところがあるから、人は面白い」

「俺はボルシチとロシヤンティだ。ウォッカ飲んでハルビンじゃ目をまわした」

「好戦的な人物は、忙しくないと言うものらしい。大将なんて忙しい男だが、仕事はそれをする人に応じて、小さくも、大きくもなるものさ――そう思うかい」

「冴えないつらだ。なめた口をきくな」

まえに鈴木長十郎が通訳をしてくれたとき、小環は六人兄妹の三番目で、学校の成績は良い方でしたが、いたずらっ子だったと笑った。

大岩が来て羅漢さんをやろうと言い、子供たちに手をつながせると輪ができた。

「色いろな羅漢さんに皆はなるぞ。手を挙げたり、顔に手を当てたり、頭を抱えるもの、両手を突き出したりするぞ。前の人のやったことを真似する——できるかい。はい、羅漢さんが揃ったら回そうじゃないかいな。ほら、よいやさの、よいやさ、うまい、よくできました」

小環も笑い出した。次は長い提灯だ。

「儂が長い提灯と申したら、両手を出して短い提灯をする。短い提灯と申したら、長い提灯をつくる。間違えた子供は、輪のまわりを一周するのじゃ。分かったら始める——短い提灯」

みんなは両手の間隔をずっとあけた。ひどく賑やかになった。

「散歩のとき、お祈りをしたのさ、もう叶っちゃった。おいら嬉しくてなんねえよ」

ものごとの片方ばかり三太郎は、看て判断する悪いところがあり、ことにカトリックのしきたりなどは、よく分からなかった。

この間も女を得れば、山のような心配に悩まされると、ギリシヤでは言うと、秋葉に教えられ、彼は少しだけ分かったものである。

三太郎の母親は、若いときから活発な人で、水泳などは、蛙泳ぎなら彼よりずっと上手だったし、高いところから腰巻きを締め直して跳びこんだこともあった。

ドアを押して入ってきた佐山厚子は、

「どうして、うちの人と結婚したかと、大岩さんに尋ねられたの」

そう言って笑い出した。三太郎は、彼女の上唇が何を話すか動くところを心待ちしながら、短いときを眺めている。

「はっきりした理由が見つかりませんの。ただあの人を愛するようになったから——となら答えられるわ。隠しても愛情は現われるから、分かるのよ」

「縁ですね、そうしたものなのか――」

「子供が育ったら、あまり一緒になって笑ったり、遊んだりしないことよ。反対されそうですけれども。気儘にさせると、子供は強情になり、言うことを聞かなくなりますわ。そのうえ弱虫で、あとから直すことは難しいの」

　他のところで三太郎は、子供について別のことを聴いた。両親はすべてを子供に与えるが、子供たちは返してくれない。それを当てにして育てたわけじゃないのに寂しいものよ。でも、それは順繰りなのでしょうね。

　じっとしていても、顎から汗が滴《したた》る。時間が来ると、敵は撃ち始め、着弾地点が近づき、土煙が立ち昇る。

「あんた、東京で何していたのよ」

「――確か、事務の仕事でした」

「食うだけのためなら、何もここまで来ることはなかったのに。ふうてんなんだ」

「皆にお世話になっているから、手つだっている。女性も生き生き働いていて、素晴らしい」

「素晴らしいことはない。みんなで防戦しなけりゃ、破滅する。だから頑張っているだけさ」

「ぼくは好きなことを、やりたい。死ぬことはお断わりだ。生きていたい」

「一人の敵なら、わたしお相手するわ。でも、三人も来たら、厭だわよ、おあいにくさま」

「そうずら。お化けになるにも死ななけりゃ駄目だべな。生きてゆくのも楽じゃない」

「こんなかにゃ、ぽん引きもいるし、身柄を要求されている奴もいる。だが今は戦うのだ」

「兄いはさすがだ、俺らもやるぜと言いたいけど、俺はやらない、悪いけどもよ」

「松本さんは分かるかよ。兄いって言われるのは、弟分に幾らかなりとも経済的支援をしているからなんだ、三太郎が先輩て言うのも同じことなんだ。だから奴は偽善者かも分からない」

「三太郎は、俺たちとは違うぜ。だが、佐山という女は危ない。煩《うるさ》い女だと思っている。偽善者かどうかは二人とも分からない」

「あの人の話は善い話よ。でも、あの女の弟子になる気はないわ。悪い人じゃないと思うけど」

「お前は、巾着切りで引っ張られたのか」

「しとは類をもって集まるものなの。でもね、あんまし生臭い話は聴かないのが良いわよ。こんなかで危なくなるのは、やでしょう」

「佐山からもらった紙だ。捨てるに捨てられないから、持っている。読んでくれるかい」

「なになに君に優しく言ってよかった。ほほえんでよかった。黙っていてよかった、悪口せずによかった。何だって、この文字は、我慢してよかった。お祈りをして善かった」

「良いこと書いてあるじゃんか」

穴がある麦わら帽の義勇兵が、じっと皆の話を聴いている。蟬がまた鳴きはじめた。

「俺ら行っても、大丈夫かよ。おミサにさ」

「集会のときの銭はどうするか、文なしだが」

「泣けるぜ。でも、誠意をもって祈ることだ」

「不思議だったのは、斬り込みにお前がくっついて来たことだが、どんな吹きまわしだい」

「面白そうだからよ。何かしていなけりゃ、やりきれなかった。危ないけど愉快だったぜ」

「指揮官が誰かを見てから行く、確かな隊長ならいつだって命は預ける」

「士官の服部宇之吉という人は、拳銃だけで敵中に跳び込む。奴となら、俺らいつでも斬り込むぜ。大岩もいいが、疾くて疾くて」

「骨は拾ってやると言われたが、死んじまや、それがしどうだっていい。仕様がない、皆くたばるから没法子《めいふあず》だ。魂だけは村に帰って家族の近所に行ってな、時々は救ってやったり、言うこと聞かねえのにゃ、石をぶっつけたりして暮らすぜ」

「神さまに善くして下さったことが判ったから俺はやるぜ。もうなまけずに働くよ」

大広場に涼を求める人が西瓜を食べ、水売りの水を呑む姿が望見された。草も樹木も暑さのために参っている。静寂がやってきたが、どこにも影はなく三十八度である。

猪助が銃眼のところで、義勇兵の話を聴いている。

支那の十戒とで言うものらしい。松本は半眼になっていたが、

「大酒呑むな、暗いところで人を驚かすな。悪口は駄目、女独りの部屋に入るな。他人の手紙を開けるな。暗いところは独りで行くな。悪人とつき合うな。たわむれに他人の物を盗むな。借手に返さぬのはいけない。最後の句は忘れた。国は変わっても似たものですよ」

「日本人の考えも似たもんだが、酒はほどほどにしないと軀《へど》を駄目にする。信仰もそうだ」

「神さまの話をするな。三太郎、忘れんな。俺は大嫌いだ、反吐が出そうになる」

「俺いらも、天主教の話にゃ暴れたくなる。神さまと三太郎は友だちだそうだが、汚れた暮らしの中で俺は育って、裏街道ばかりを歩いて来た。他人に頼る気持は、これっぽっちもない」

「ミサに集まる連中は、有難やばっかりさ」

「ぼくは神の実存を信じます。けれど、汝の信仰の如く成ると言うお言葉もあるのです。神の心はぼくら次第なのです」

「生意気だ、三太郎、てめえをばらしてやる」

「聴いた良いことを、皆のために受け売りしているだけだ。三太郎さんは威張ったりしない」

「やめてくれ。何を三太郎がしたと言うのだ」

「そうだ、訊ねると知っていることなら、丁寧に教えてくれる。いじめたりするな」

「三太郎さんをいじめるなよ」

「やるなら、俺たちが全部で相手になるぜ」

怪我人を担架で介護所にとどけた三太郎は、小環から何やら尋ねられている。彼が女性から教えられる話は佐山厚子以外なら、聴きたくないと言うのである。

「ぼくはスエーデンボルグの書物を読んだとき、天使は死ぬまでは普通の人でした。天国での歓びは皆の悦びとなる、真実と善は特徴的で、なまけ者はいない」

「ボルグてのは、天国に行ったのかい」

「彼は何度も天国と地獄とを行き来しました。彼にはそうした能力がさずかっていたのです。彼が静かにしていると、トランス状態になり、それから気づくと天国か地獄にいた。死ぬまで、彼は慈善の仕事をして暮らしたのです」

「両方を見学してから、俺らは決めるぜ」

「人を救う霊は天使と呼ばれ、人を善に導き、自由を尊重してくれる。勝手は駄目だが、天国じゃつらくなるような仕事はないそうです」

「行けるものなら天国だ。三太郎、頼むぜ」

「地獄は他人を犠牲にし、支配したがる人間が集まり、乱暴といじめに嘘の毎日です」

「俺は生き方を変え、そんで天国に行く」

「作り話じゃねえだろうな。三太郎よ、運がないのは戦ってくたばるが、善人なら天使にもなれるのか。早く心を入れ変えなけりゃ」

そこにがに股の馬育文が、五本の火炎瓶を造ったと言い、腰を下ろした。

「手伝うぜ、必要なら皆でやるよ」

「銃手入れの最後は、銃口を空に向け、引鉄《ひきがね》を引いておく。何度も言うが、バネを休ませる」

シスターと佐山厚子は重態の兵や、教民の呻《うめ》き声を聴いては、濡れ手拭を額に当てたりしながら見廻りをしている。

夜も更《ふ》け森閑としているが、介護所には切迫したものが拡がっていた。

「もう僅かの努力で、籠城もおしまいさ。終わりのない嵐はない。だが、俺は死ぬかも知れない。昨日は介護所から二人が死んで、坊さまと皆で片づけた」

「死ねば、秋風のように自由になれる。北京の秋空は高くて豪快なものだ。他人の懐を狙うような魂胆はいらぬ。俺も人から好かれる人間になれる。天地創造のときなのだ」

「生き残ったら、山盛りのおまんまで、塩鮭かなんかを肚一杯喰べたいね」

「俺らは鮭と煙草だ。死んじまゃ終わりだが、お主はどうするね」

「以前のことだが、懐中にゃ銭があるからホテルに泊まってみようと思ってな、前は通るけど泊まったことがない。受付の奴は、水道屋か錠前直しが来たのかと俺に妙なつらをした」

「偉えところが、お前にゃあるんだ、見直したぜ」

「メニューが読めないからよ、指で報せたのさ。おいでなさったのが、オニオンスープとサンドイッチだった。とにかくうまかった。今食えるならくたばったって良い。トイレもメイドに教わってやったけどよ。出したもんが水と一緒にめぐっていたが、消えてゆくじゃないか」

「信仰もスープも舶来が良いのか。腹は大丈夫かよ。お前は食当たりする顔だかんよ」

「松本さんは、事変が終わったらどうするね」

「内地に帰る。京都の竜安寺に足ることを知る人は、本当の金持ちだと刻んだ石があるそうな。閑になるから見に行く。蓄えは少ないが、使い方は知っている。贅沢せずに暮らす」

「あんたは、正しい働きで作った銭は減らないと言ったね。本気にしているぜ」

「銭は多少もっていれば良いと思っている。金で時間を買うこともできるが、忙しかったからまだ若い。歳を取る閑がなくて良かった。皆と違って酒も女もいらない」

見張り役の猪助が戻って来た。

「商家の出だから、私は銭に煩《うるさ》かった。家内を死なせ、取り替しできないことを悟った。寂しかった家内の人生を思わずに働いたが、あれの骨箱を見ながら、私はひどく利己主義だったことに気がついたよ。遅かったけれど」

「人を年寄り扱いするなって、松本さんはよ」

「だが、他人の身になって暮らせぬ者には、友情も芽生えず、淋しい人生を送るしかない」

「おじやんは、寂しかったのかよ」

「皆は、ここでりっぱな経験をしたから知っているだろう。私も世話になったお国に対して、サービスを提供するつもりです」

担架に乗せられた敵兵が担ぎこまれた。泥まみれである。地下で穴を掘って攻撃路を作っていたのだ。方向でも誤ったのか。

「秋葉さんは、皆を連れて不発弾を捜してくれ。一発だけでも良いぜ。儂は北門の哨所あたりにいるから、何かあったら報せてくれ」

歩哨交代に、松本は北門哨所に向かった。

「俺らミサの集会あとで、松本と話をしたが、母親を大切にしてきた娘は結婚しても、夫を大切にし、家庭での暮らしは最高だそうだ」

「松本はこの頃じゃ人気がある。よく世間を視《み》ているからじゃ。儂も女性のことを聴かせてもらいたいから、哨所に巡察がてら寄って来る。なぜ、みんなは、にやついている」

「妻が頭にきたときは逆らったらいけません。穏やかに待つことが得策です。だが、亭主を尻に敷く人は駄目ですよ。天下大平は女房に委せると成功します。そうする器量が大切です」

「茨城じゃ怒りっぽい男は多いが、女房は外のことに口出しはせん」

「嫌われるからですよ。私は家内のことで苦労しました。女は難しく、分からぬものだった。大体、私は女から好かれるタイプじゃなかった、働くことが好きで、遊山も遊芸も嫌いだった。家内は良くしてくれたが、どうもしっくりしない。善意はあるのに、私を困らせた。普通の男なら、そういうとき悪くなる」

「でも、悪くならなかった。松本さんが女のことで苦労した人とは知らなかった。済まんことでした。だが、良い話を有難う」

肩を入れられ、やっと歩いてきた兵卒は、胸部に血液が拡がっている。

「水を呑ませてくれ。水汲み場はまだか」

と怒鳴っていたが、次第に歩けなくなったが、元気を出せと、励まされ何とか歩いて行った。

「ここにも苦しみつつこの世を去ってゆく若者がいる。可哀そうなことだ」

「水を飲めば死ぬからな」


「水汲み場で働くお蕗さんは、あっしの隣り村から来た人だが、働きもんじゃ」

お蕗は中部地方からやって来て北京で、事変にまきこまれた。翳のある整った容貌を飾ることもなく、遅くまで働いていた。

皆のために働くという思いから、疲労も気にしなかった。二十六歳となったが、彼女が生まれたとき簞笥にするつもりで、父親が桐の苗を植えてくれた。嫁入りのときを待たず、亡父は造ってくれたが、彼女は結婚話を避けていた。

七月も二十二日となった。

「三太郎よ、キリスト教はお前の宗教だ。真似をする気持はないぜ。骨を折っても無駄だ」

「世界の三大宗教は、回教というイスラムと仏教にキリスト教ですが、アラーの神をイスラムとしてマホメットが創った。現代も昔のままだから、古いと言う考えの人もいます」

「塔が見える城壁の歩道を巡察中のことじゃった。前方の空から、巻物状の物体が儂に向かって飛んできた。晴天の青空の中に、その物体は輝いている。長さ四十センチ、太さは四センチくらいだったが、光明する物体は前方二十メートルほどの中空にぴたりと停まり、光りの汗を跳ばせて耀《かがや》いているのじゃ」

「情けない、おかしら、本当ですかい」

「付近に数名の兵がいたが、彼らには分からずに歩いていた。再び光る物体に眼を向けたが消えている。不思議なことなので、信者の古老に尋ねると、信仰が深まった者がそれを見たら、一生の間に再びそれを経験すると言われた。その意味は召命か何かの委託または告知なのだと言う」

「古い信者でも見たことのない人はいますよ。信仰が衰える貴方への自戒勧告でしょう」

「儂は涙するほどの経験をした。それまで不信仰だった儂の魂に、それは忘れ難い光明を発現させた。超自然なるものに、それまでの儂ならば、やがて忘れ去るべき幻影と思われた。だが、儂の魂にこのことは深くかかわることとなったのじゃ」

「大丈夫かよ、大岩は」

「信仰心が薄れると、それを思い神の恵みを推察したが、明らかに儂は回心した。生き残れたらウランバートルやうるむちの方に行き広大な草原を思い切り、馬を走らせたいのじゃ。もちろん、お国のためにも働きたい。子供っぽいか、儂の考えは単純じゃが」

朝焼けで鳥肌が立つような寒い朝である。

「神に頼むような面倒を先輩は、金輪際しないでしょうね」

「くたばれ三太郎、大将がいなけりゃ、後ろ弾丸で好きな天国に送ってやる手筈なんだ」

「この辺にゃ天国嫌いが多い。お前の話で後悔するのは真っ平さ。そっとしておいてくれ」

「キリスト教は立派な教えじゃが、儂は国事に貢献したい。惜しいけれどあの信仰を守ってゆくことは不可能じゃ。儂は日本の夢を実現させることに向かいたい」

「ぼくは、そのような壮大な考えは持てないのです。が、先輩はぼくを育てて下さった」

「郷土を離れてこそ祖国を客観視できる。どれほど泥を浴びようと、儂はのう一生を我が帝国の発展に捧げるつもりじゃ」

「ギリシヤ人は運命だけは、どうすることもできないと考えていたようです。でも先輩はどう考えますか」

「運命など努力と希望さえあればいくらでも変えられる。秀吉もそうじゃった。ギリシヤ人は、狭い考えに固執していると思う」

「小学校では石板をノートブック替わりに、消したり書いたりしていたそうですね」

「そうじゃ、誰でもそうしたものじゃった。昔も今も妻は夫の助け手じゃ。同等かどうか、女性教育も進んだが、すべてを男と同じとすることはできまい。体力の差ではなく夫の代わりをする女は幸福でないものだ」

「そういうものですか」

「法律上、同権となるか分からんが、その方が自然と思われるからだ。夫は社会に出れば良く働き、家庭に戻れば妻にすべてを任せ、穏やかに暮らす。服従は女性の内的要求なのじゃ。よい夫を持った妻は、服従をむしろ当然のことと考える。だから従順じゃ」

「結婚の年齢は少し高くなりましたが」

「夫婦の性格が相手に応じ形成され、調和しやすくなるためにも、若いときの結婚がよいとされる。遅いのは難しいことが増えて、よい相手は減ってゆくからじゃ」

「先輩も早い結婚をされるでしょうね」

「そうとも言えんよ。お前は早かったが、男は結婚すれば自由がない」

「言い訳は男らしくないですよ、先輩」

「悩みは心の病だ。行動すれば消えてゆく」

「神父様も、外国人なら馴れない言葉で、信徒を納得させるように語るのですから大変なのですよ。一生私物を持たず結婚もしないのですからね」

「教会は敷居が高くて、入信も難しいと思う人は多い。友人に連れて行ってもらうほうが良い。日曜日にミサがあるが、都合の悪い者には、別の時間、例えばその前夜にもやっていますよ」

「何度もミサに行くうち、いろいろなことも分かりますわよ。寒くなれば外套を着ていても、立つことがつらい人は、坐っていても構いませんの。献金袋が廻って来ますが、この時のお金はいくらでもよいのです、中途で退出することも自由ですのよ」

「ミサは五十分以内で、普通は終わります。何らの強制もありません」

「パンと言っても、ごく小さいものを神父様から頂ける人は、受洗をして聖名を頂いた人だけです。パンは手の平から直接、口に頂きます」

「そのとき、アーメンと信者は言い、一礼して戻ります。司祭がミサ聖祭を終わると言い、終わりますが、一週に一度のミサで懺悔すると悪心がなくなり、ぼくにもそれが判るので、嬉しくなりました。懺悔は心の裡で黙ってするものです」

集会のときに来る白ひげの爺さんが、

「昔から相馬藩に伝わる親父の小言と申す注意がきを、私めはお知らせしましょう。松本さんのお話とも若干似たところもありますが、良いものですよ。もし誤りがあれば、お許し下さい。

人には腹を立てるな、朝は機嫌よくしろ、働いて儲けてつかえ、判《はん》ごとはきつく断われ、博打は心してやるな、大酒を呑むな、火事を覚悟しておけ、戸締りに気を使え、子供の言うこと八九《やく》きくな、水は絶やすな、怪我と災いは恥と思え、女房は早く持て、何ごとも分相応にせよ、病気は仰山にしろ、人の苦労は助ける、難渋な人にほどこせ、風吹きに遠出するな、神仏はよく拝ませ、貧乏は苦にするな、借りて使うな、産前産後は大切にしろ、老人をいたわれ、小商いの品を値切るな、火を粗末にするな、人には馬鹿にされていろ、家業に精を出せ、家の中は笑って暮らせ。これらの注意は、現代にも通じることだと思います」

「荀子《じゅんし》は、死を軽んじ暴なるは小勇なり。死を重んじ義を持するは、君子の勇なりと申した。儂も命を粗末にせず、分別をもって大勇との言葉を胸に入れておるのじゃ。荀子の言葉じゃが、酒は呑まぬがよし、飲めば破滅に至ると三太郎は申したそうじゃ。儂や手厚くこの手でぶん殴ってやりたい」

「危険な情況になりつつありますから、我が分隊は直ちに戦略的撤退に移り、介護所に向かい退却します」

裏庭では額をくっつけ、三人が密議を凝らし、

「少しだけ待ってな。殺っちまえ」

「皆に迷惑かけたくないが、動乱中のことだ、分からんだろう。小生独りで、魏ともう一人の奴を消す。奴らの動きを報せてくれ」

「手伝うぜ、兄貴。いつでも呼んでくれ」

「彼奴のことは、ずっと考えていた。俺ら義務でした仕事だからよ。全然怕《こわ》いことなんてないぜ。影はおどおどと現われたが、黙って身振りをしてから消えた。殺ってから一年だ」

路地で猪助と秋葉が膝を抱え、喋《しゃべ》っている。

「男は心配があっても、家族に話をせず、苦しくとも顔に出さない。だが、愛情があれば必ず行動する。女房は亭主の外見にうるさい。夫は女房の顔については敏感だけど黙っている」

「俺はよく女房とやり合ったが、女房の意見に従うのは恥だと思ったからだ。女房の意見が如何

に良くとも従わない、厭だからさ」

「俺だって、そうだった」

「女房は俺の言うことに従うことに馴れていて、従って良かったとさえ思うのだ」

「愛情があるから、喧嘩しいしい暮らしてゆく」

そうかも知れぬと二人は笑い出した。

このあと野ねずみは良いぜとか、毒蛇は脂肪が多いから美味いなどと語り合っていたが、ふと、猪助は何かに気づいたらしい。

「待てよ、池の周りに苔が密生していたな、行って見よう。あると良いけれども」

二人は揃って、足早に出て行った。残った連中はこおろぎでも見つけて来るか。焼いて醤油でもかければ食える。ご馳走にゃならないけど——と話していたが、これも出て行った。

しばらくすると、猪助らはバックを膨らませ戻って来た。夜になったら、焚火の熾《おき》でこいつを焙《あぶ》って食わせると言う。

「フランス人は塩で喰べる」

「味噌なら少しあるぜ、食わせろ」

「あら、でんでん虫よ、食べられるの」

「これほどうまい物はない。二個ずつやるぜ」

「知ってっか、小屋に住んでいる野郎は、砲撃が始まったら跳び出してきて、ズボンが見つからんと探している。食い物もないのに、旺盛な奴だと思ったのさ」

長十郎は口をへの字に曲げて嗤《わら》っている。

「お前の思い違いだ。奴は弱虫なんだぜ」

大岩が戻って来た。三太郎はダーリンと小環から呼ばれた。勿体ないような気分だから、やめてもらったと、重大報告するように話した。猪助と秋葉は、にやついている。


さがり眉の丸顔で笑っているように見える松本が、夜明けに熱い茶を持って来てくれた。右脚は以前から少し跛行《はこう》する。

「曲がった釘を、三太郎さんが何本も叩いていたので訊ねると、オルガンの片足が板をぶつけなけりゃ、いけないということだった。多分、小環が弾《ひ》くのでしょう、音はよいらしい」

腹が減った話が続けられた。

「伝書鳩はうまいから、飛び立つと鳶や鷹に狙われる。今は餌もないが、どうせ食われちまうなら大空でなく、俺たちが食うのはどんなもんかね」

「あと一羽だけ残っているが、白鳩だから味は最高なのさ。食欲だってあるうちが華だぜ。今に食う力もなくなると、人は終わりなんだ」

「鳩だって、もう食い物はないのだ、やろう」

古池のほとりで大岩に訊ねられ答えた。

「ぼくは福音書では、ヨハネのものが好きです。彼はイエスに愛され、よくその膝に頭をのせて休んだと伝えられ、マリヤの最後を見とどけ、バトモス島で死亡したそうです」

胸を張って大岩は我が意を得た如く、

「国防をなおざりにした国が他国に攻められ、苦い思いをするのは当然のことだ。他国に頼んでも、青年の血を流すことは思うようにゆかず、それを他国のせいにするのは論外である」

日夕点呼が始まった。五ヶ条の奉誦の声が聞こえてきた。

七月二十四日、ポーリー・スミスの日記に楢原陳政書記官は逝去したと述べられ、陸軍中将西郷従道は娘と結婚した彼が、清国に抜群の知識をもつ者として伊藤博文の特使を勤め、活躍したため、特別の考慮がなされていた。

楢原夫人も献身的に働き、二人の赤子を抱え、介護所でも眠ることなく働いた。

中川十全夫人は子供はなく、医者の家の出身だったから、負傷兵の取り扱いに慣れていたので立派な働きをした。

ほかにも多数の婦人がたが半ば病人になりながらも、傷病兵のために働き続けた。ロシヤ公使ド・ギールス夫人は、大半を病棟で過ごし、傷病兵を助けた。実に大変な仕事だった。

露国はこの動乱を利用し、満州と朝鮮への進出を計り、決して油断できぬものだった。この六月に彼らは、アムール河畔のブラゴエシチェンスクで、清国人四千五百名を虐殺し、七月は牛《にゅう》荘《ちゃん》を、八月に営口を占領した。

レーニンは、コミンテルンの創立を急ぎ、南下を意図していた。

タイムス誌は、この危機に日本の出兵を反対する国があれば、人道上の敵であると社説に述べた。

司令部のソールズベリーは、日本だけが北京の籠城を救いうる唯一の国で、出兵が遅れたなら、その責は重く日本政府にかかるであろうと打電している。

遂に日本陸軍の第五師団は、山口素臣中将以下に沿道を埋めた市民が、打ち振るう日章旗の波をうけ宇品港より出発した。

「あの女は事変にまき込まれた。着飾った衣服も痛み、パラソルの色も褪《あ》せたが、傷兵を介護している。煙草は吸わないが、ワインを少し飲むらしい」

「話相手はいない。コルネリーナは美人だが優しい。呼ばれると、踊りや縫い物もするしピアノも弾《ひ》くが、女性同志の関係となると問題があるようだ」

「鞄の中にモーゼルの小型ガンを入れているが多分、護身用と思うけど」

「そんなら俺の営業を妨害することはない」

「安心したのか、馬鹿だよ、お前とは違う」

「彼女は五ヶ国の言葉ができるらしい」

「我々は島国育ちだから日本語だけで暮らしたが、主婦はどこの国でも自国語のみを語るけど、亭主という字引きに助けられるから」

「女は粘り強い。どこからその力がでるのか」

「人の暮らしは、幸福への願いですよ。求める者にはすべて与えられる」

「それは、神父の約束かね」

「苦しみ多い人ほど、神から試煉されているのです。トルストイは善こそ人間の目的で、そのための努力こそ意義があると言った」

「日本人は、充分な信仰心を持っているのです。しかし、どうすべきかということは教えられていないように思われる」

「三太郎、負けても殺されても、心の持ち方かね。俺らにはよく判らない」

「人が動物のように、この世を僅かに生き、使命を持たないなら、苦しい戦いをする気分になれないでしょう。神を信じなければ、自力で生き抜かねばならないから不安ですよ」

「お前の考えは変わったものだが、ものごとをしっかりと摑んでいる」

涼風を浴び、金ぴか山崎がギターを抱え唄っている。傍らにコルネリーナと秋葉が聴いている。ひとり離れて坂崎きみが腕を組み、槐《えんじゅ》によりかかり、見ているところに大岩が通りかかり、皆のところで聞きなさいとでも言ったらしい。

きみは微笑をうかべ、ゆっくり輪の中に坐った
去りにし人の面影を、歌に忍びて今宵も
聴けよと思い、うち震るう
か細き糸のヴィオロン

「あれがコルネリーナか、淑《しと》やかそうだね」

「中尉を追って、ブカレストから遙かに来たが、そのとき中尉は病死していた」

「独りで三千浬もよく来た。できぬことじゃ」

「中国語は船内で、コック長から習ったばかりなので、この方は流暢じゃない」

「暮らしのため、何か働かなければ困るだろうが、細腕にできることと言えば、スパイに似たことか。官憲に追われたこともあったと言うことだ」

「女は強い。男にできぬことだが哀れだ」

「笑えば愛嬌が滾《こぼ》れる。日本語の挨拶はできるし、文字は華のようだ、読めないよ」

「彼女には十歳になる楊《やん》という友だちがいるが、この少年をよく連れている。帰国の費用がないのは、気の毒なことだ」

「金ぴか山崎にも助けられた。ソフィアで生まれたということです。長い旅路の果てに、ここまで来たのでしょう」

「伊軍の士官と親しげにしている時もあり、英国人の織物商と喋《しゃべ》ったり、ドイツ人に笑いかけている。良い女性も、じゃれつくと男に馬鹿にされるから、少しだけつんとした方がよいと思うことがある」

「儂はのう、あの人は凛とした心を持った女性だと、前から思うていた。だが、経済的な悩みを持っているとは思わなかった。故郷から数千浬も離れた土地で、独り生きるのは心細かろう。女でなければ、できぬことじゃ。危険も多く、誘惑もあるだろうからね」

「みんなで元気づけることを考えましょう。先輩の考えを生かす方法で」

「先生から聴いたことじゃが、たびたび純潔を口にする女性はあやしい。本当に気高い女性なら、そうしたことは口にせんものだ。性教育を受けた少年の多くは、西洋では男らしい徳行をせず、倒錯におちいり、退廃的な青年となり易いと言うことだった。母親は誇りを失い、女性は香りのない花のようになる。よい家庭を、も早や築くことは不可能だとおっしゃった」

髭を刈り込むに、大岩は苦心している。

「男が女に参るのは、何のせいか分かるか。儂は少し経験があるから、諸君に報せたい」

擽《くすぐ》ったい顔で、数人が拝聴している。

「優しくて、親切で、明るい気性の女性じゃよ。こうした女に、儂ゃ参ったことがある」

「そがんくらいの女ごに逢うてみたかもんたい」

「銭を持っているときだけ思いやりがあるけど、なくなりゃ口もきかんですよ」

「俺も大岩の言うような良い女に逢ってみたい」

「賢くて円満、そしてナイーブな女性が最高さ」

「スマイルで女の器量がきまる。女は愛嬌さ」

「けんど、女の恐ろしさは忘れ難く、皮肉がうまいのは情けない。較べると男は、悪党でもたかが知れている」

「分隊長どの、結構なお話の中でありますが、自分は切羽つまっているのであります。憚《はばか》りに行って良くありますか」

頭部に包帯を巻いた男が、にやにやしながらやって来た。

「この手紙をロビンフッドの大岩さんに届けてくれと頼まれた。断わったが、重ねて届けろと言うから持って来た。色気が着物を引っかけている感じの良い女だった」

「受け取るが、あの女は皆が働いていても知らぬ顔じゃ。だが、近頃はよくなったらしい」

「話によれば、セレベスに放浪し、ジャワ海の物資輸送の発動機船で暮らした。坂崎きみはスラバヤ生まれで、北京に来たのは昨年秋のことだそうだ。言葉も悪く、体力の弱い人を助けることもない。頑健で頭は悪くないらしいが、誰からも好かれない。男を莫迦《ばか》にしている」

「敵意を持ち、薄笑いが婀娜《あだ》っぽい。眼つき鋭く、盗みをする噂もある。松本は知っているだろう、あの女は誰とも寝るそうだ」

「盗みはしないでしょう。本当の姿はつきあってこそ分かるものさ。眼は心にあるものを表わす。人の心は善悪いずれにも向かうことができる。心がけ次第ですよ。あの人は愛情を経験したことがないのだと思います。可哀そうに」

「あの女がいるところじゃ、喧嘩の種ばかりで男友だちはよく変わる。不幸だったのだ」

「お洒落をし、働いているところに現われる。衣服はぐちゃぐちゃで滑稽さ。胸や大腿《ふともも》が見えるので、やくざな男に人気がある」

「中国人の少女を連れ歩いているが、最近はきちんとしている」

「言葉は通じるし、敵意もないならよかっぺえ。落ち込んだ時に儂はな、ちいさくとも善いことをすると、元気が戻る」

「先輩、山崎さんがモーゼルのガンを持っていましたね。三種の大きさがあるのですよ。手の中に入る小型と大型で木箱入りの長距離用、そして中型は使い良いのに、ドイツから余り入荷してこない」

「三太郎、天主教のお祈りを教えてくれ。幾つもあるだろうが、やさしくて一般的なのがよい」
「嬉しいです。では主の祈りを――」
天におられる私たちの父よ、
み名が聖とされますように。
み国が来ますように。
み心が天に行なわれるとおり
地にも行なわれますように。
私たちの日ごとの糧《かて》を
今日もお与え下さい。
私たちの罪をおゆるし下さい。
私たちも人をゆるします。
私たちを誘惑におちいらせず、
悪からお救いください。　アーメン

水兵が南門まで聞こえる声で、連絡している。

「行くときは、儂はぽっくりと行きたいのじゃよ。こんな具合じゃ長生きは難しいがね」

「幕になるまで、大岩と一緒に戦うぜ」

「お力落としでござんしょう、たあ言わんよ」

爆発の音が遙かな暗闇に続き、閃光が光った。

「運命は生きるも、死ぬも先輩と一緒です」

三太郎は瞼を膨らませているが、人生はどうもならぬものじゃと言われ、納得しかねて困った顔が、泣いていた子供のように見えた。

「以前おまいさんは神を信じるが、神父が殺されることが分からないと言った。こちとらはものが分かる方の人間じゃないが、天主教を信仰した。お祈りをする者を、神さまは助けてくれると信じている。それまで鎮守さまを祈った。北京に来てみると中国人は、家内安全と銭が入ることをお寺さまに祈っている」

「俺だって同じさ」

「天主教は違っていた。信仰心は神からの賜である。選ばれた者にのみ与えられると、佐山さんに言われたのだ」

「それならなぜ、宣教師が殺されるか」

「だから、俺は判らなくて、三太郎に訊ねた」

「あの人は何と言わしたとね」

「何とも。信仰心を与えられた者は仕合わせだが、パンセにはマホメットが始めた回教と較べてみたが、予言はなく、読書ですら禁じていると述べている」

「天主教、回教には読書を命じ、予言と奇跡も行なった。マホメットの教えに奇跡はなく、そのうえ殺人も犯していると言われている」

彼は真剣な眼を向けた。

「だが、自分の信徒を一部だが殺したのはイエスだったと伝えられている。直接ではなく殺させたという話だが、イエスらしくない。おそらく将来のためにそうされた方が良いとお考えなされたからと思われるが、やはりなぜなのかとする疑問は残される」

「ぼくが考えついたことは、誤りか分からぬけど」

そこまで言うと、三太郎は深く息を吐いた。

「話が長くなるから天草の乱に手を焼いた幕府はキリスト教を禁じ、一人残らず信者を殺し尽くした。神父のあとから――商人が来て商売をし、そのあと軍船が来航した。

そこで国内の信者と呼応し、その国を乗っ取ろうとする。そうした心配があったからだ」

木蔭で大岩は逮捕術を教えている。手を出す者を、あっというまに縛って見せた。

後年に日中戦争の原因ともなった芦溝橋事件は、宛平縣一文字山付近から始まった。当時約束された権利により、日本軍は駐屯し、在留日本人の保護をしていた軍人と、中国軍の誤認による不幸なる衝突が、原因とされている。

服部宇之吉に触れるが、彼は明治二十三年商大を卒業し、文部大臣秘書官から帝国大学助教授を経て同三十二年、ドイツから中国に留学中、北京籠城に加わることになり、安藤大尉の義勇兵と法学士の正金銀行員小貫慶治と共に防戦の最後まで働いた。

「ぼくはへなちょこといまも言われたが、仕方のないことですよ。弱いからです」

「金ぴか山崎は、あれで善いところがある。大岩は良い男だ。鋼鉄のようだが気持は温かい。何でもやり抜く。軍隊じゃ兵卒などいくらも集まると言う人物もいるが、大岩は人を大切にする」

「そうだ、頼もしい男だ。人徳がある。本当に使える兵士は、少なくも三年の実戦を体験しなければならんと思う。二年ならまあまあだ」

「士官で手柄を挙げようと、強引に前進させる者がいるが、兵隊は無理な攻撃のおかげで、戦死傷をする。士官も大変だけどね」

「先だっての戦闘のときなど、山崎は負傷兵を連れ戻すために、弾丸が雨のように来るなかを、捜しまわって背負って来たが、小生は命知らずではないと言った。でこ助を救出したのはさすがだった」

「異状の有無を尋ねてから前線に再度ゆき、兵隊を助けた。そんじ禰宜《ねぎ》さまは儂を祈禱し、母ちゃまはお百度を踏み、無事を祈って下さる。心配など儂にはない、前線で暴れるだけじゃとね」

「祈っても願っても、戦争のときは大勢が死ぬものさ。神さまにしても、こんなに弾丸が来ると見切れないのさ」

「だから、死ぬときは死んじまう」

交代して来た山崎を見つけた眼が悪い男は、

「婦人狙撃隊ができるらしい。お前が教えろと言われたが、まなこが俺は駄目だと、遠慮した」

「射撃は薄のろに見える兵が確かだ。もた射撃と軍隊じゃ褒《ほ》めている。女に教えるのは別の者にする。お前はまじめだから適任と思ったのに、残念だった」

「お国のために命を捧げたのだ。せめても彼が希望していた靖国神社に祀ってあげたい。皆もそう思っているのだ」

「三太郎さんは駄目だろう。あの人は殺人の指導はできないと言うし、射撃の方法がよく判らないと言うんですよ。やりたくないのだ」

「けんど、山崎は女に危ないからね」

「あの男は大丈夫だ。儂はあれの良いところをよく知っている。安心して委せられる」

「松本さんは奉公袋を持ち、連隊で若いとき射撃訓練を受けたと言っていたよ」

「助手になってもらえば良いじゃん、協力する心意気こそ勇気というものですよ」

「婦人狙撃隊志願者は十五名ほどいるぜ」

助教となる山崎と松本孫右衛門は、小銃の分解結合や射撃姿勢などの特訓を近日中に始めることにした。

「最初は十六名だった。うちの一名は眼の具合も悪かったから、総員十五名で編成される」

「お蕗さんは、年齢の点からも専任を務め、学課を午前中に、実課は午後に木蔭を選んで、実戦的射撃に力を注ぐ」

本部では弾薬を、訓練が終わるとき各自に五発だけ実射させるにとどめると通告してきたと大岩は言った。弾薬は節約し、敵が切迫せる時にのみ射撃を行なうことと決められた。

射撃音を恐れる娘もいたが、助教も決まった。山崎と松本は愉《たの》しそうなので、皆から小突かれている。お蕗は予行演習を男たちに見られていたので、落ち着かなかった。

大岩は、彼女たちの体験を頼もしいとねぎらった。

「市民のいるところで、兵卒を並べ士官が殴っていた。心ないやり方だ、他に方法があろう。気の毒に彼らは死を超えて同胞のために戦ってくれるのだ」

「清く正しくは俺たち、はみだし者にゃ夢だ。そんじゃ生きちゃゆけない」

「そいつはお見透しだ、信ずる者は救われると言われたから、信じなけりゃならん。神さまから見たら、人はみな罪人だ、気にするな」

「大岩がグループを作り助け合って戦えば、損害はずっと少なくなると煩《うるさ》く言っているぜ」

「西洋じゃ支那を地の果てと思っているが、この国は世界の中心と考えている」

「政治が好きな国ですよ。清国は人が多いから。人の価値は低い」

「香港じゃ夕方になると、清国人だけが通行証と提灯がなけりゃ歩くことは駄目なんだ」

「してえもんだ。北京の万引き、それに引ったくりは多すぎる。見つかれば盗品を投げ返し、それで終わりさ。少年犯罪が多いわけだ。この国は新しいものに権威がない。将来のことは不確かだからと言い、話にならない」

「そうだ、すべては過去から求められる」

「そんなわけで、記録が重視される」

「国家政局の記録は、大昔からのものだから値打ちがありますよ」

「不可思議な話に、興味をこの国の人は持つ」

「そう言えば、三国志や西遊記とか、エロチックな紅楼夢、金瓶梅などの悪い女に人気があるし、水滸伝のような現実離れの物語に夢中だ」

「現実が思うような暮らしでないから、想像に人々は向かうのだ」

歩哨係がやって来たが、敵は撃つだけ射つと退却して行ったと言っている。

三太郎は、夜も更《ふ》けた広場を眺めると仄かな灯が見え、静寂を保ち、暗黒の空に黒雲がたなびいている。毎晩この時間に何かしら騒動があり、安眠できることは少なかった。

耳に残るのは、佐山厚子が言ったことである。

「一緒に暮らす男性のために、女は大概変わってゆくのよ、少しずつで分からないくらいゆっくりとね。男の性格は一緒にいるようになって、その本性が分かるのよ。だから、結婚する前に善良な人を選ばなくてはなりませんの」

「そういうことならば、ぼくは怕《こわ》いな」

「でもね、結婚したら性格はそのままに受けとることなの、ね、私いつもそう思うの」

「男を直してやろうと考えるのはいけないことよ。男女ともそれは同じことよ」

「直そうとして喧嘩になったら困るでしょう。結婚は、フランス人が言うように忍耐なのよ」

七月二十六日、総理衙門《がもん》から、ねぎらいの意味で各国公使あて、野菜と果物、牛肉などが届けられた。これらは病人や婦人のために配られた。こうしたことは戦争中の行為としては他国で経験されぬものだった。

公務室では、軍人の息子が軍人になるなら、それが最高の軍人となるであろうと話をしている。

このことは医者も、教師にしても、そういう結論を得るであろうということだった。

今回の動乱は、看護卒が少ないため戦闘間、兵卒は心細い思いをしていた。前線で活動する看護卒を看るとき、兵はどれほど安堵したことであろうか。

戦場では負傷者が出た場合、常に疾《はや》い処置が得られるのは、士官ついで下士官であり、兵卒はそのあとの処置となったからである。

弓と射撃の達人の久保田猪助は、投石も上手だった。彼は寄居から甲府の連隊に徴収された看護卒である。父親は狩人だと誇らしげに語ったが、水蜜桃の皮剥きはたったの二秒ほどの早業だった。

「大変だ、産婆はいないのか。軍医殿はどこか、中庭まで連れて来てくれ」

「それからお湯だ。女の人にどうすればいいか、手伝ってもらいたい。死にそうに苦しんでいる。助けてくれ」

「お前を助けるのじゃなかっぺよ」

「猪助を呼べ、突っ立っているな」

「俺らが生むわけじゃないが、石鹸水を作るんだ。コップ三杯くらいだ」

「猪助は経験があるか、確か猪の妊娠のとき、やったが女はやっていないと思う。小環はできるぞ、呼べ」

「嬉しいが心配なものだ。待つことだよ。俺は十二回も待たされたから分かってるよ」

「楊柳の樹の下で、小環は腕まくりをしながら男は不要だと言ったが、頼もしい女子じゃな」

四郎太が松葉茶を持って来た。男は全部そこから離れて木立に移った。

「こちらの湯呑みは、摑むところがどれにもついているから熱くない。すし屋の湯呑みは昔からの形だから、熱い茶が入ると持つことができないことがある。改良したらどうかね」

「木蔭に食卓と椅子で飲食するのは大陸らしくて、儂は好きだ。けんど囲炉裏を囲んでな、一杯皆でやる。煙が目にしみたり、衣服に穴をあけることもあるけんど、あれだって良い」

「この数日は、擲弾兵が敵に加わった。榴散弾で殺られた兵も増えている」

「敵の攻撃法を注意しなければ危ない」

「こちらは天井板がない家屋が多いから、食物に何かが落ちてこないか、俺は気持が悪い」

「お前がいた石太線は駄目だ。脱走した敵兵が、危ないと言っている。どうなることか」

「それから小生は、松本さんを好きになった。あの人の奥さんは死んだのじゃなくてな、重い口から若い男とお宝を持って駈け落ちしたと嗤《わら》った。明るい人柄だけに、そうしたことがあったとは考えられなかった」

「遊撃隊で働くのが最後の望みだと、彼は言った。俺は懐疑的になっている」

「先輩の顔は大きい。清国では、そのような顔の人は古代から一生を幸せに暮らせるといわれております。良いじゃないですか」

小環が白湯を持ってやって来た。よいおな子じゃと大岩が褒《ほ》めたのを、三太郎は通訳した。

小環は黒い眸を大きく開いて嬉しげである。

「軍拡競争は費用もかかるので、耐えきれず戦端を開くのだ。困ったことになってゆく」

「年寄りは危険を避けようとする。彼らは古い習慣や国家民衆の安全を守り、戦争を避ける方法を考えるものだから、司令官はどの国にせよ、老練な軍人を決定する。決して、若者のように急ぎはしないとする利点がある」

「良い話じゃ、三太郎はよく知っておる。老人にできない働きは、若者が前線に赴き、生命を賭して戦っておる。儂は先生から軍人の名誉とは、良心のことじゃと言われたことがある。そのときの訓練で分かってきた」

教民の間に衛生状態が極度に悪化し、赤痢が遂に流行を始めた。

城壁の外郭に、清国正規兵が配置を終わり待機している。思いがけぬ時に死はやって来るものじゃ、充分に注意せよと大岩は呼びかけている。

昨晩のことだが、三太郎に大岩が語ったことは――先生の言葉に従い、儂は名もない武人として死を遂げるであろうと。

救援部隊は、敵からの総攻撃以前に到着するだろうか。攻撃はあと幾日で始まるのか。これを遅らせるには、我われは何をすれば良いか。待つほどに困難は増す。先制攻撃をしようと大岩は考えた末、本部に具申した。

三太郎は、小環と洗った包帯を巻いている。

黄昏は皆の顔をも、輝くばかりに照らしていた。

婦人達は衣服を裂き、土嚢造りを始めた。

「特攻こそ、籠城の成否を決する最重要なる策戦である。大岩君の努力に、我われは惜しみない声援を送っている。頼みますぞ」

暗い路を通りながら、本部での期待の言葉が忘れられず、彼は他のことはうわの空だった。

哨所では、皆が休息し、雑談が盛り上がっている。

「いまな、堅い男ほど女の深切に弱いという講義を聴いていたところだ。身勝手な言い分だが、女心が籠もっていないこともある。深切は或るときの女の手口だとすれば、こちとらあっさり参っているわけにもゆかないという者もいるが、可哀そうな奴だ。人の親切を」

三太郎が立ち上がって、信仰の話を始めた。

「三位一体という言葉は、神は一つでも父と子（イエズス）と精霊のことです。これが信仰の奥義とされ、説明されても理解はできない。けれど信じることはできる。キリスト教には、運命というものはありません。ぼくたちを心配して下さる神がおられるだけです。イエズスは人間になられた神なのです」

「村上先生が警告されたことは的中しておる。安土桃山時代も、元禄時代と同じように現在の日本に再来する。文化は進み、芸術も隆盛になるのは結構じゃが、男は気力を失い、一部の女性は男を見下すようになる。平和が長く続くと困ったことが起こる」

「起こるとしても、戦争で苦しむより遙かに良いとは思いませんか。ぼくは戦争は厭です」

「西太后は国防をなおざりにして、頤和園《いわえん》を建設し、国費を注ぎ、贅沢を文明と思い込んでいたが、若者は閑暇が増え、悪徳にはしった」

「日本は違う、緊張していますよ」

「そんじ、我が国をローマの如く衰亡させてはならぬ。官職にある者も交代が長びけば腐敗し、根本から改革せねばならん」

「おい、泣き声が聴こえた。どうやら生まれたらしい」

「よおくやった。小環のお手柄じゃ。女性は人間の生命まで創《つく》る。素晴らしいことだ」

「男にゃできぬことだ。女性に万歳！」

「旧約とはイエス様が生まれる前のことなのでしょうね」

「よく新約とかいうけれど、牧師の方がそれで、旧約がカトリックで神父と言うらしいが、三太郎は、その辺のところはよく分かっているか」

「ぼくは、そういうことがまだまだ分かりませんから、誤っているかも分かりませんけど、ぼくなりに言えば、神父さまと言っている方は昔からあるカトリックで、一般的と言われている方です。

ぼくは偶然、カトリックの信者となりましたが、神父は一生独身を貫きます。家庭は持ちません。神は優しい方だと教えます。洗礼名も頂けるし、困った時には相談にものって下さる。カトリックの聖書にだけ註釈があります。マリヤ様は、ぼくらの願いごとを神さまに対して取りなして下さるのです。プロテスタントの方は、カトリックを批判的な考えから始めたと言われますが、その辺の詳しいことは、ぼくは判りませんし、介入したくありません」

「でけんことじゃな、立派な尊いことじゃ」

「新約はイエスが誕生してからのことです」

特別攻撃隊

「あれがもしも、弾薬庫でなく他の物資倉庫なら特攻班は失敗する」

「官兵が一日に数回行き来しているから、まず間違いあるまい」

「監視兵は見えますか。丁重に物資を扱っていますか」

「立哨一、動哨二、司令と思われる者が椅子に坐っているか、内部にいる時がある」

「それが長で歩哨係と控兵などは分からないが、一時間で交代し、食事は室内でとっていると考えられる。先日、女が入ったが、儂の眼鏡では確かなことは分からん。紅い衣服だったから、そう思ったに過ぎぬ。動哨は五十分くらいで、ゆっくりとその周囲を二周している」

「爆破の手筈と歩哨線突破の方法は――」

「導火線のエキスパートがいないから、一メートルを何秒で点火から爆発するか分からない。自爆の可能性があるから、火炎瓶にする考えである。爆破後は速やかに帰営する。遅れたら一巻の終わりである。この先に堆土がある、それが目標だ。そこまで戻り、城門を開いてもらう。我らの任務は、そこで終了する」

「だけど、月が出なけりゃ味方にも撃たれる」

「心配するな。司令部に呼ばれ儂は抹茶を頂いた。まるで木村長門守重成になった気分である」

「何も持たず身軽に行くが、任務上の物は忘れるな。命を賭し、儂らは成功する」

「へますんなよ、な。協力して生還するぜ」

「尊敬する松陰先生のことじゃが、留魂録に遺された和歌が、儂の胸から離れぬ。三十歳の若さで逝去された先生の真似はでけんが、死は潔く受けるつもりじゃ」

　身はたとえ　武蔵の野辺に朽ちぬとも
　とどめ置かまじ　大和魂

「良い教育者とは芸術家の性格を持ち、教育を科学と捉えず、若者を褒《ほ》めながら、良いものを引き出すことを、芸術と心得ている」

「死に惹《ひ》かれる先輩が心配です」

「儂は一兵卒に過ぎぬ。葉がくれには、犬死を恐れて何ができるかと問うておる」

「強い考えですが、生命を軽視しています」

「話は変わるけんど、清国では天主教の布教は条約に認められていた。国情を知らぬ宣教師がいたから、悲劇の原因となったとされる」

「バスク人ザビエルは、たとえ全世界を儲《もう》けても魂を失わば、何の得があろうかとの聖書の言葉に啓発され、宣教に初めて来日したと、背の高い神父が申しましたが、彼の日本語は流暢だったと言われている」

「孔子は困難こそ生の証拠だ。困難がないところは、墓の中だけだと申しておる」

「士官を兵卒は選べません、どんな士官が良いのですか。百の言より一の模範ですね」

「兵卒はそうした話をせんことだ。だが、我われは本来の軍人ではないから言える。狎《な》れなれしく、兵卒に気づかいする士官は嫌われる」

「そういうものでしょうか」

「兵卒とは一線を画している方が良い」

先輩が士官は孤独な暮らしをし、悪口されても、すり込む者がいても毅然としている。狎れたらできない。指揮し、兵隊を一人の人間の如く行動させることだ。死を恐れぬところを示さねばならない、難しいことなのだ。

「兵卒は較べると、気楽なところがある。色んな心配をする方が楽じゃない」

暗雲は、鮮明な縞の光明の上に輝いていた。

「軍人には命令必ず行なわれる。これ軍紀振作の実証となすとした規範があり、直ちに実行されぬは軍人精神の欠如なんじゃ」

七月二十六日、遊撃隊の久保田猪助は、弓を持ち、特攻に行くらしいと、秘かな噂があった。

「猪助さんが行くなら、ぼくも行きたい」

「変わったな、三太郎も行くのか。水汲みの方が良いのじゃないかね」

「近く敵は総攻撃をする、それを遅らせ、救援部隊の到着を待つ。これが儂の考えじゃ。持ちこたえるのも、儂らの任務じゃ」

「先制攻撃で弾薬庫を爆破するのかよ」

「外部に任務がもれぬよう口止めする。双眼鏡で捜し、野天の積荷や煉瓦の倉庫に注視し、正規兵の出入りが多いところを見つけた」

「それが廟《びょう》だったのですね。火薬がどうしてそこにあると考えたんですか」

「抱えて出てくる樽を、注意深く受け渡ししているところだ、重量もあるし」

「財政上の困難と露軍の反対があったため、第五師団は動けなかった。だが、派遣を決めたのは七月中旬である。この部隊が総攻撃をされる前に到着すれば完結する」

「みんなは助かるのですね。やりましょう」

炎天下で大岩は、隊員を教育している。ズボンまで汗が滲《にじ》み出していた。

「右向けでお前だけ左に向くから後の者と睨めっこになる。右はこっちである。判ったか。箸を持つ手が右で、左手は茶碗を持つ方だ。しばらくの間、左右の代わりに茶碗、箸とする」

「俺は人に嗤《わら》われながら、訓練をうけるのは厭だ。始まったら、それがしは立派に戦って見せるぜ」

「あっしも人に見られない方が良い。仕事はいつも夜中だった。判っているかよ」

訓練は夜中に変更された。連中は営業活動の時間帯になると、機敏に行動をすることが分かったからである。

志願者は二日間を匍匐《ほふく》前進と銃剣術の訓練をしたが、夜半過ぎるも眠る者はいなかった。

「もう駄目だ。腹は減るし、かったるくて無駄なこった。やるなら早くしてくれ。すぐ明るくなる。盗っ人なら帰宅する時刻だ」

「もういけません、兄貴やめようぜ、気は確かよ」

「ぶう太も与太郎も、何を文句つける。特攻班の目的達成には訓練が必要である。お前の命を守るためである。だが、諸君が夜間の作業に適した人材であることは認めた。訓練を終わる」

「盗人の昼寝をしようぜ」

「――で、大岩さんよ、俺たち訓練の成績は、どんな按配でござんした」

「短時間にしては、諸士は良くやった」

粥《かゆ》が来た。分配を待つため皆は円くなって坐る。敵陣で行動する人数が多ければ目立つが、少なければ目的達成は困難となる。

「誰かが外されるが、潔く出発しよう」

「出撃の時は、ハンカチを振ってもらいてえ」

「秘密の作戦だ、儂には分からぬことも多い。この件は口外してはならん。変更もあるじゃろう。世話人から説明がある、聴いてくれ」

威厳ある風貌の人物が立っている。

「夜間の攻撃に関する適切な訓練を受けた諸士の話を、頼もしく聴いた。お国のためにお願いする。危険をともなうことだ、強制はせん。この特攻に協力する者は一歩前に出よ。

この作戦こそ困難中の困難と言えよう。だが、大岩隊長は諸士と共に必ずや、特攻をやり遂げるであろう。勇者でなければ、この使命の達成は至難である。詳細については別室で説明する。志願されることを期待しておる」

「そんじゃ、一番に俺ら志願する。それがしの取り分は、幾らになるんですかい」

「その話は別室で改めて受ける——七名か、よし。他の者は解散せよ。あとの者は事務室に集合せよ。特別な任務であるから、希望する者に若干のボーナスを内緒じゃが与える。隊員は大岩分隊長以下七名で編成される。この特攻班は、二名の中国語を話す者が含まれる」

「いよいよ俺たちもお国のために働くのか。運が良いけど、一名多い」

「個人的なことだが、諸士のこれまでの職業について何をやってきたか訊ねてよいか」

「ようがす。あっしなら、倉庫荒らしと追剝でして。ほかは全部、お堅い仕事でござんすよ」

「頼もしいが、度胸の方はどんなものか」

「俺なら、いつおっちんでも泣く者はないでがんす」

「喧嘩や刃傷沙汰ときたら、相当なもんでざんすよ。恐いなんてこたあ、全くの話がねえでがんす。そんなわけでして、心配は無用でござんす」

「七名だけ五分後に石廊下に集合のこと、必要な衣服を、そこで支給する。兵器は後刻、大岩分隊長から渡される、しばらくここで待機する。実に諸士は立派な兵である、頼んだぞ」

「三太郎は、あの壁にＰＤＱと書いてあるが、何のことか分かるか。さっき秋葉が、ぴいどんきゆうじゃないかと笑ったが」

こうしたことを考えるのは、三太郎には娯《たの》しかった。

「あれは多分、プリーズ・ダイ・クイックリーと思います。早く死なせろでしょうか」

「よく分かる男じゃ、誰でも臆する虫を持っている。儂も恐ろしい。だが、やるのじゃ」

「自己を捨てて、皆は同胞を守るために働きます。戦争という強壮剤がなければ、不可能なことでしょう」

「三太郎は立派になった。人の考えは論争でも変えられぬ。儂は茨城県人じゃ、強情で意地っぱりだが、利己的でない生き方は判る」

「今、着ている印し半纏を着がえるのだ」

特攻班は新品の戎衣《じゅうい》を着用して戻って来た。

皆は固唾を飲んで見詰めた。兵器はいずれ支給される。立派に任務を果たすことだ。

「終わって街に出たら俺ら、テンガロンハットを被ってお見せするぜ」

「軍服を着ると、兵隊らしく戦い、死ねることもはっきり判った。頑張るぜ」

「俺たち眠るから、不寝番にコールしておいてくれ。二十二時だ、頼む」

「まだ明るいが、遠足した頃を思い出して眠れ」

連合軍の守備に有利なことがあった。義和団は、命令に意見の統一がなく、夕方を過ぎるとほとんどの者は、食事を攝《と》るため攻撃をやめ、陣地に戻ってしまうからだった。

指揮する者も、夜分には占拠した橋頭堡を放棄し、彼らの陣地に戻るから、翌日そこで攻撃の続行はできなかった。

日本軍は婦人も総がかりで夜を徹して、陣地を復旧したからである。

「あそこに電話線が下がっている。何て言っているか聴こえるかよ。助けてくれだとさ」

「カレーライスの大盛りを七人前、注文しておいてくれよ。空腹でほかのことなんざ、それがしにゃ分かるかよ。食わせろい」

「爆弾にあのコードを使えんか。さっきの爆薬も悪くないけど、信管にはも少し短い方が早く爆発するから良いんだ」

「札つきの悪党は俺だけだが、敵さんは同国人だから少しつらいのさ」

「ぶう太は事務室から帰された。今回は満員だと言われたらしい。皆はズボンも鞋《わらじ》も新品をもらった。履物でその人が分かるんだとさ」

「笑っても構いませんかてんだ。新しい服を着ても、良い鞋《しえ》を履いてもさ、お前ちゃんはお前ちゃんさ、やっぱしね」

「口に蓋をしておけ。尻は椅子にくっつけているんだ。皆はお国のために晴れて大仕事をする。力の限り戦い生還するんじゃ」

「出発まで少し時間があるから、私物を埋めたいと思っているんだ。つきがあるんだぜ」

「お前の習慣かよ、情けない。やめるんだ、もしかすると帰れないぜ」

「ちゃんとそれがしはな、分け前をいただく。まるで翔《と》んでいる気分さ。ここで銭が溜まるようになるとは思わなかった。有難いぜ、松本さんよ」

「お前は集合に遅れた。泥棒も遅れるのは使えん。松本はな、遅れて来る奴には、銭を貸さなかった。返済がだらしないからだ」

「三太郎が読んでいた本は、アンナ・カレーライスとか言っていたぜ。不倫の話らしい」

「出発の時はトンカチを持って行く。敵の歩哨をそいつで、ぶっ殺す」

「盗っとの評判を落としちゃなんねえから言わなかったが、俺らお袋からいつも怒鳴り散らされて、毎日万引きをやってきた」

「俺だって、変わりはなかった」

「家の中はひどかった。まるでごみ溜めさ。夕方には買物にやられた。男が来るんだ。ある晩、僅かな銭を握って放浪の旅に出た。日本人の家じゃ使ってくれたが、俺は長く続かなかったのさ。給金も倍以上くれたし、日本語も覚えたけど、すぐ飽きてしまう。ことに給料をもらうと翌日の仕事をしたくなかった」

「お前の過去に、儂は遠慮して何もいわん。今は軍人じゃ、そのつもりで働いてくれ。それからな、この御奉公が無事に終わったら、馬育文は、まっとうな人間になってくれ。これが儂の頼みじゃ」

「あんとき、偉いのに要望があるかと訊ねられた。行く前に腹一杯食わせろと言ったら、パンとてんこ盛りの飯を持って来た。そんで今は食えない者が大勢いるし、自分も食っていない。感謝して食べろ。皆には少ないが、各自三個の握り飯を用意したと言われた」

「長十郎はどうしたい」

「俺たち水を飲んでいたら、髭を生したのが祝い酒じゃと、皆についてくれたじゃん。お国のために働くのかと思うと、胸の底から熱くなったのさ。俺はやるぜ」

「婆婆との訣《わか》れに、握り飯とは有難いのう」

「二個だけ食って、一個は持って行こう」

綺麗な賛美歌が流れてくる。三太郎は駈けつけた小環と水汲みをしながら、老婦人と話を交わしている。

カテドラルでは、数十名の信者が司祭とキャンドルの光明のもとに荘厳なるミサをとり行なっていた。

馬育文は、軍用毛布を被りながら、

「死ぬかも分からんところに皆が行くのは、家族との暮らしが幸せだったからと判った。そうじゃなけりゃ、本当の勇気は持つことはできまい。だが、それがしは犯行現場に戻るような気分なんだ」

「命は粗末にするな。馬育文よ、お前がいなくなれば、寂しいのは俺だけじゃないからな」

「泣かせんな。良くしてもらったから、俺は一緒に行くだけさ。天子さまのために行くと皆は言っている。俺らは危ないところにすすんで出て行く日本人が羨ましい」

「大岩が隊長だ。誰も死ぬものか」

「長十郎、お前と密使に行ったが痛快だった。なんも怕《こわ》くないが、皆と死に訣《わか》れるかしんない。そいつが怖いだけだ」

「不吉は言うな。元気で頑張るのだ、三十分だけ眠っておけ」

それから蹴られても分からぬ睡眠の世界に、みんなは入ってしまった。

野戦療養所の軍医はどこにいるかと、叫び声が聴こえる。三十分ののちに整列すると大岩は、

「今夜の特攻出陣に成功を期し敵地に潜入するが、困難のなかでの生還は確実とは申せん。諸士の安全と作戦の成功のために儂は懸命に努力することを約束する。二十三時に英軍は砲撃を聞く、そのあと出番となる。闇に紛れ、二重の歩哨線を突破し、弾薬庫を爆破する。分隊は二十二時三十分、再びここに集合する。解散」

「食って、それから寝ておくことだ」

「あの枝で啼《な》いていた鵲《かささぎ》は、わしをじいっと見ていたが、図体が大きい奴は少し足りんわいと啼いていたようじゃ。だから片目じゃった」

「物騒な顔の男が叫んでいるぜ」

「大変だ、俺が死んでいる」

「あんたも、自殺なんで」

「奴は舎弟を税金の戻りだと、ぶん殴った」

「盗っ人の評判を落とす奴だ。二、三日動けぬくらい、尻をけっ跳ばしてやれよ」

「お古いけれど、花は散りぎわ男は度胸、命ひとつの捨てどころだね」

「屋根に下がった電線が、何て言っているか分かるかよ——たまにゃ悪さもしたのかい」

「ぶつはどこだ、嘘つけとな。そいつを開けて、てめえの口は閉じろとさ」

「俺らにゃ運び屋、客引きって聴こえた」

「三太郎さんよ、天国に行きたいから善行をするってのは可笑《おか》しい。道徳的じゃないと思う」

「そう言われると、ぼくは言葉もない。言う通りかもね。けれど、人はみな弱いものですから、天国に行けるなら善行をした方が、しないよりも良いことだと思います」

「独り笑って暮らそうよりも二人涙で暮らしたいっての、古いけどよ」

「整列したか、諸士が使用する兵器を受領した。ライフル四梃、松本さんには拳銃がよい。使い馴れた兵器がよければ、それを使用してよろしい。帯剣四、匕首一である。弾薬はこの箱にある」

「思いもしなかった。これが運命なんだ。俺ら一生に一度の武勇伝をするんだぜ」

「いま儂は、徒然草にあった黄門様のことを思い出した。黄門とは唐の名で中納言のことだが、四条中納言の藤原隆資は、のちに大納言となり、正平七年に男山で戦死なされた」

「悠長なことを喋《しゃべ》っているな」

「猪助は弓術にたけているが、投石の技術も凄い。儂や良い仲間が多くて嬉しい。縄梯子は矯風会と小環が拵《こしら》えてくれた。試してみたが大丈夫だった」

「時間まで休息する。離れてはならん。弾薬、洋火《やんほう》、ローソクは持っているか」

「忘れものは、ありません」

「今日の会報に義和団は西洋人を一名殺せば銀五十両を、女は四十両の賞金を与えると、衙門からの通告がのっていた。しでえもんだ」

修羅場に行く時刻になった。三太郎は皆の装具を点検した。大岩は、神を当てにするような心を断わった。宮本武蔵の決闘の日の心境を想ったからである。胸の中は澄み切っていた。

「これから、我われは城壁外に出て英軍の砲撃を合図に出撃する。軀から装具を放してはならん。火炎瓶は全部持ったか」

「五本だけ持ちました」

「宜《よろ》しい、みなの命は預かった。郷里では北京の特攻に成功した勇士と諸士の行動を末代まで語り継ぐであろう。出発する、合わせ前へ」

「英軍は砲撃の火蓋を開いた。ぴったりだ」

同時に敵軍からも短い閃光と轟音が大地を揺るがせた。

城壁の折れ目に縄梯子をかけ、猪助が先頭で弓を持ち降りて行き、三太郎が続いた。最後に大岩が地上に立った。英軍陣地からの砲撃が終わると静寂に戻り、深い暗黒が蔽《おお》った。

特攻班は二列に分かれ、低い姿勢で前進した。星雲は蒼く光っている。

彼らの侵入は、遅かれ早かれ前線の敵は感知するはずだが、遅いほど良かった。

各自五メートルほどの間隔をとり、広場を抜け、敵の第二歩哨線に達した。

「目標に近づいた。あと二百メートルほど前方だが、少し左に外れているか知れん。余りに暗い。敵中だから射撃は儂の命令を待て。敵の前哨は、我われに気づいていない。ライトがこちらを照らしている——動くな、伏せていろ」

東側の友軍は、小火器の射撃を始め、喊声を挙げているが、射ち合いにならなかった。凪になった。待機するうち銃声は途絶え、閑寂が戻った。

「ライトで捜しているから動くな」

微かに鼾《いびき》をかき始める者がいる。その後、分隊は匍匐《ほふく》前進をし、黒い建造物に取りついた。天祐である。目標の弾薬庫になった廟は、左方に五十メートルほどそれていた。

やっと前方に廟が見えるところに到着した。たて続けに松本がくさめをした。

「成功したら飲茶《やむちゃ》をやりながら、麻雀をやりたいよ。損した分を取り返すぜ」

「負けたままじゃ眠れんのか、焼売《しゅうまい》が食いたい」

左まわりの敵の動哨が来たが、付近の歩哨と立ち話を始めたので離れるのを待つが、暗闇から忍びよって馬育文は、無言で跳びつくと、胃袋あたりを深く突き刺す。左手は歩哨の口を塞いでいる。

「ライフルを秋葉に持たせろ。弾薬を取れ」

「屍体は路地に引きずり込め、動哨が来るぞ」

「射ってはならん。周囲は敵ばかりだ。儂は右回りの動哨を殺す」

太刀を抜いた大岩は、ゆっくり歩んで来た動哨に背後から近づくと、たちまち一閃する。歩哨は低く呻《うめ》き、どうと仆《たお》れた。

「銃と弾薬を取れ。弾薬庫になった廟はすぐそこだ。歩哨係と控兵が居るはずだ。注意して行け、音をたてるな。猪助、弓は使えるか。暗いが、あれを狙え、歩哨係だ」

「も少し近づかなくては駄目だ。月が出れば良いが、雲があるから見にくい」

「猪助よ、あすこに衛兵司令らしい奴が頭を垂れて坐っている。見えるか、近づいて殺れ」

矢音が空を切った。胸深く矢は立っている。

やがて司令は前方に崩れ、椅子から転げ落ちた。

「待て、誰か来る。まずい」

「扉は全然、動きません。鍵もないし」

「上部に空気孔が左右にある、小さいがあれだ。火炎瓶を投げ込め、素早く退避する」

「導火線を短くしてきました」

「あっしが、やりまさあ。だが点火しても、消えたら駄目だ。肩車になれ、点火よし」

「投げ込んでもよくありますか」

「よし、やれ。誰か来る、声をかけるぞ」

官兵が駆けよったところに、小銃を逆手にした長十郎が後頭部を一撃する。

「その男は路地に運べ、絶命した」

「やるわよ。私、足を持つ方が良いの」

特攻班は退避を急ぎ、敵陣を迂回して歩哨線付近まで戻った——が、爆発はしない
「火炎瓶は全部投げ込んでしまったか」

「三太郎さんが予備を一本だけ持っているが、戻るのじゃないでしょうね。そばまで行ったらドカンじゃ、やだよ。敵に八つ割きにされる」

「焼肉にされるのはご免だ。早く帰ろうぜ」

「爆破せずに帰れるか」

落ちつかぬまま、暗い薬種屋の角を曲がると、三名の官兵が立ち話をしている。

「何の話か、いつまでも待つわけにゆかぬ。馬育文が言うには、大同からきた手紙に母親が怪我をしたが、今は少しよくなったと言うのだ」

彼の背後に、生命を狙う馬育文がいるとは思わずに、官兵が覗きに来て、路地をじいっと見詰めている。

野犬が吠え始め、あちこちで吠える。

「儂が向こうの二名を殺すから、一名は猪助か長十郎が殺《や》れ、秋葉は逃がすな」

大岩は太刀風鋭く無言で斬りつけ、返す刀で惶《あわ》てる兵を突き刺した。

長十郎は逃げようとする兵を捕らえ、口を塞ぐと、匕首を脇肚に突き立てた。

「殺しは仕方ないことじゃった。儂らは生還せねばならんからのう。戦《いく》さなんじゃ」

「爆破は不成功だが、これから――」

この時、大音響が起こり、周囲に爆発し、耳も聾せんばかり。たちまち爆風が木片を吹き跳ばせ、誘爆がこれに続いた。民家数軒は飛び散った。

高熱の突風が吹きつけ、猛火の中を多数の人影が叫び声をあげ、走っている。

「遅れたら死ぬ、近づく者は撃て」

蜂の巣を突いた騒擾をあとに、特攻班は走った。成功した。胸中のつかえは爽快なものに変わった。本部は成功を祈っているだろう。

疾風は天空に音をたてて走る。頭上に燃えかすを浴びた秋葉、松本も、やったとばかり白い歯を見せる。火焔と熱風が火柱となるとき、暗い荒野を彼らは一斉に走った。

「成功だ。終わりよければ総《すべ》て良し。敵はすぐ追って来るから、城門下まで散開し突っ走れ」

「もそっと、先輩、歩いたら。如何ですか」

「冗談言っている時か、止まってはならん」

「早くしないと危ないわよ、わたし嫌い」

炎は音をたてて追って来る。再び爆裂の音が大気を震動させる。敵の呼び声が続く。

「何が起ころうと構わず走れ、目標は城門だ」

背後から射撃が始まった。暗澹たる広場に出た。耳もとに銃弾が掠める。彼奴らを全部殺せと叫び、義和拳軍は青竜刀をかざし肉薄する。馬育文がつんのめった。

「やられた。分け前は皆にやるぜ。商売ができると思ったが、駄目だった。アディオスアミーゴス」

「馬育文よ、全部うまくいったのだ。元気を出せ」

三太郎と長十郎が肩入れして、再び走った。

「松本さんが遅れちまった。待つぜ」

「大勢の跫音《あしあと》が来る。固まるな、やられる」

「城門は近いぞ、橋までもうひと息だ」

猪助は肉薄する大刀会の先頭を狙い、矢を放った。後ろ向きになった大岩は、折り敷きの構えで拳銃が一名を倒した。

躓《つまず》いた三太郎は、関節を痛めた様子である。

「馬育文は死んだ。気の毒だが置いて行く」

矢音が空を走ると官兵が殪《たお》れた。独り遅れた松本を、秋葉四郎太が連れ戻った。大岩も三太郎を肩入れして、続いて駈ける。駈ける。

青竜刀の男を猪助が仆《たお》した。いきなり現われた義和拳は、叫びながら長十郎に斬りかかったが、摑み合いとなり、二人は横倒しとなった。

義和拳は、側腹を押さえ立ち上ったが倒れた。長十郎も立ちあがったが、右手には血液がついた匕首を握っている。

堆土近くでは振り向いた秋葉と猪助は蛮刀を抜き、官兵を殴り倒したが、さらに一閃すると後むきに男は仆れた。肩先に衝撃を浴びせた。秋葉は、その兵に銃剣を突き刺した。

あとの二名を大岩が斬り捨てて叫んだ。

「開門せい、特攻班が戻った。敵が迫って来る早くせい。大岩じゃ」

松明《たいまつ》が城門の上を走った。後続の義和拳の戦士と特攻班は再び入り乱れ、白兵戦となった。さらに官兵の黒影が迫り、その数はやがて数倍となった。

大岩は背後に回られたら全滅すると、狭い橋より後方に退がり、反撃に出た。分捕り品のライフルと彼らが捨てた青竜刀を振るい、応戦奮闘し、発砲と怒号の中で大門が開かれるのを待った。誰かが負傷した。

やっとのことに、大門は軋《きし》りながら開かれた。

門内には折り敷きに構えた三ヶ分隊が、今や遅しと射撃命令を待っている。特攻班は手傷を負った者を先頭に、門内に雪崩《なだれ》こんだ。

「大岩さんがやられた！」

悲痛な絞るような声である。よろけながら、立ちあがった大岩に、折れた短槍の先端が背中に突き刺さっている。力なく彼は蹲《うずくま》った。

「射て」

力強い一斉射撃である。苦痛を耐える大岩のもとに、皆は駈けよった。

「モルヒネだ、英軍司令部からもらってこい。三太郎が良いが、行けるか。膝か、困ったな」

「担架も頼む、急いでくれ」

怖《おそ》れたことが現実となった。居合わせた者は背筋を流れる冷たいものを感じ、三太郎は目頭をおさえてよたよたと走った。

義和拳と打ち合った際に、大岩を刺したと見られた男を長十郎は追い詰め、村田銃を逆か手にして、男の頭部を殴りつけた。

断末魔に喘ぐ様子を見た他の拳民は、後ずりし逃散してゆく。

「抜いたら駄目だ、少しずつ静かに抜く。血が噴きだしたら終わりだぞ。中庭まで運んでからにしよう」

「大岩に死なれたら、事だ」

「でっかい躰だから、こうなると四名で運ばなくては動かせない。死体のように重くなる」

「長十郎よ、シャッポだ、息が止まった」

「まるで虎だ、駄目かよ」

「おや、まあ欠伸《あくび》をしたじゃないの。どうでも、大岩さんは連れて帰るわよ。大丈夫よ」

「ゆっくりだ。もう急ぐこともない」

一斉射撃、ついで後列は立ち撃ちをし、弾丸込めすると、前列に出て再び射ち、敵を仆した。義和団が群がるところに、小貫慶治郎は小隊を率い、喊声をあげて斬り込んだ。血汐が跳ぶ中での決死の奮闘である。

「わては、もう、がってしもうた。動けない」

「父っつあまは良くやってくれた」

黄菊と白百合が、可憐な姿で松本さんに負けじと頑張っている。躰をくっつけ三太郎は、大岩の腕を擦《こす》っていたが、泣き声をあげた。

「手が温かくなった。先輩は死なない、動いた」

「駄目かと思った。冷たかったから」

英国公使館庭のアンペラの上で小環と佐山厚子に守られ、大岩は大きい瞳を見開いた。まるで夢から醒めた幼児のようである。彼は冷水をごくごくと呑んだあと、大きい口に粥《かゆ》を受け、一口食うと笑顔になった。

それから、頂きあんすと言い、粥をまた口に受けると、鼾をかき始めた。

「今晩中に神様に逢うぜ。堅信式を受けるのさ、碌でなしだったけど、俺はこんで神様の子供になれるんだ」

「夢ん中でマリヤ様が手を振り、俺らについて来いと言っていなさったんだよ。何で笑うだ」

「二人だけ俺より可笑《おか》しい奴が、こん中にいるってことが判ったぜ。だから滑稽なのさ」

「とっつあまよ。貴方は滑稽じゃなかんべ」

「家内が逃げたと分かった夜は、一生賭けてきたものと、家内を失ったのだ。悔やしく、可笑しくて真っ暗な部屋に座って独りで嗤《わら》った。


あれも以前は心を合わせ、努力してくれた。急に部屋が広くなってな、私は大柄な弾力ある、あれの躰を想った。丈夫な良い女だった。人は悪には全く無力なものだ。信頼していた家内に裏切られ、あの若い男のことなど忘れたいだけだった。わいは亭主としては落第だった。あれが引っかけられたことに気づかなかったのだ。あれの柔らかな胸を抱いて泣きたかった。人は愛し合わなければならぬことが、その時になって判った。家内はその後、ひどい生活をしたらしい。私はすべてを忘れるために、懸命の努力をした」

「ブラボウー、とっつあまはやったね」

「環境や、社会が悪いという者はあるが、決してそうじゃない。親から伝わった性格によるものだ。生涯それは良くも悪くも誰にもついてくる。今の私は年をとって役立たずだ。けれども皆と一緒になって働き愉快ですよ。あれを責める気持はありません。十年も一緒に暮らしたのですから」

「雑草は、どうしたって雑草以外にゃなれない。不公平と思うが、神さまは真摯に働き、そして祈る者のことは忘れはしません。幼児を過ぎたら松本さんよ、環境が大切なんですよ」

傍らで、ずっと聴いていた痩せた男が、

「歩きながら、ぶつくさ言っていると、女に嗤われた。神戸で倉庫の労働者になったら、療《なお》った。悪い癖なんて働けばなおる」

「俺が働いていると、傍らに来てよく喋る奴がいた。哀れな服を着ているのによ。経済のことや労働問題まで何時間も喋るんだ。

大臣にお前はなれるぜと言ったらよ、そこまではと言った。身の上ばなしが好きでよく話した。聞いちゃいなかったが。妙な歌を唄うから訊ねたら、嬉しげに難破船の歌だとよ。大風のとき奴は死んだ。看板がぶつかって。新聞に出してもらいてえと言っていた。望みは叶えられたのさ」

友人の高木曹長は、日本刀の切れ味を語り、

「大岩の日本刀は、よく斬れるから注意しろ。部隊の敬礼のとき剣を右肩に立てたら、首筋に汗かと思うものが流れた。拭って分かったが血だった。耳に刀が触れただけだった。高木はそう言った。一度だけ茂原で泊まった時のことだった」

「小環が儂の衣類を洗ってくれた。今日は快適で、背中の痛みも少なくなった。死ぬかと思った。先生は本当の恋愛なら、心を高める力を持つと言われた。三太郎は言葉が通じない異国の娘と結ばれたが、動乱中だから、式を挙げることも待たねばならない。良い娘さんだ、生まれから差が儂たちにはあるが、当人の努力次第で向上する。才能とは、好きなことに心が向かうから努力できることだと思う。使命とはそうしたものではなかっぺえか。導びくものはここの中に在ると寄

居の鈴木という人は言っていたぜ」

大岩は自己の胸を指した。三太郎は、

「佐山さんは、先輩のように生いきした面白い人こそ前途有為というのです。誰が自分の娘を狡《ずる》そうな、何をするか分からぬ人に、やりたいと思うでしょうか。ぼくは面白い人間じゃありませんし、酒も煙草もやりません。でも、生き生きと暮らしたいのです」

「すっ込んでいろ、糞やろう。三太郎の莫迦《ばか》たれめ、平ったくしてやるぜ」


「煙草なら、英仏の公使館にまだあるぜ。けれど用件で行った時ならまあ良いが、日本人が盗んだと言われたら、皆の恥だからな」

「若い者は老人の考えなど必要じゃないが、年を取ってから分かることは多いものだよ」

「死ねばすべての義務から解放されるが、その時はもう生きていたいとも思わないであろう。儂には、キリスト教は分からぬところが多い。御復活されることを、生き返ると申す言葉と解すならば、それこそ、あり得ない」

「そうかも知りません。長生きすることも、先輩のように、やるべきことのためでしょう」

「長生きは目的とは言えまい。お金もそうでないとするなら、残るはこの世のために働くことだけと思う。身体を鍛えるのは、そのためじゃ。儂はそう思っておる」

「ぼくは教えられたことに反した生き方をすると思うのです。先輩はぼくをまるで蟋蟀《こおろぎ》のようだと言われましたが」

「虫との違いは儂らは理性を持ってこの世界に出た。有意義に、やり抜くだけじゃ」

頭皮を引っ掻きながら、大岩は小声になり、

「恋愛の目的は良い子を育てながら暮らすことじゃから、結婚したら、恋愛から訣《わか》れなければならん。結婚しても、その目的から外れた行為をすると、長続きできぬ」

「結婚した男は、他の女性に近づかず、よく働き元気に暮らすことなのでしょう」

「その通り、離婚をし、また結婚するのは一種の病気じゃ。この世を独りで暮らすことは難しい。協力して暮らすことじゃ。金銭は当てにならん、沢山持った人は、常に利己的な考えから離れられぬ。老人になると、親族や友人もこの世から去ってゆく。躰も健康ではない」

「心細くなりますね。ぼくも生活については判らぬことも多いのですから」

「人倫を守る者は落ち着きがある。守らない人には、不安と嫉妬が残る、だから不倫をするのは賢いとは言えんのじゃ」

保定百三十キロの地にある教会は掠奪され、壊滅したが、義和団がやったと判明した。

「厠《かわや》の紙のことだが、露軍は木の葉を使っている。ないから仕方ないが、厠の中は木枯らしのような具合だったよ」

「俺ら高級志向だから、ウンチングペーパーがないと出なくなる。この頃じゃ新聞紙や古ノートに代えた。本部に行くと、古い書類を懐中にしてくるのさ」

「大岩が可笑しい。黙っているが元気もない。賑やかな奴なのにじっと動かないのだ」

「気楽にしろ、くよくよするなと言ってやれ」

「髭の中からやっと言ったが、人はできると思えば本当にできるとさ。奴らしい」

「彼は懼《おそ》れない、が背中を刺され、虞《おそ》れを知った。負け戦さを経験した兵士は、勇敢にそこで戦い、切り抜けて来たから、そのことをよく知っている。歴戦の勇士で知らぬ者はあるまい。彼らは自己の力を信じている数少ない勇者なのだ」

「大岩は任務に忠実だが、戦闘は恐れない。人殺しは避けているし、傷ついた敵兵を奴は助けている」

「儂は戦場で死ぬつもりじゃ、招魂社に祀ってもらいたい。死んでも戦友と一緒に居たいのじゃと大岩は言っていた」

「大岩さんは、武士の心を持った人ですよ」

善い性質は、親が残すことが出来る最高のたまものであろう。親にも色いろあるが、彼らが努力して得た品性というものは、子供にすべて伝わると言われている。

「自慢じゃないが、教育を受けたのは小学校だけだった。だが、教育と人生には忍耐が必要だ。結婚も同じさ。俺は良いと言われた書物を読み漁《あさ》って、ものごとを少し憶《おぼ》えることができた」

介護所では、女形の松原という男の踊りの先生が扇を持ったり、奴さんや、景気のよいさのさ節を踊って見せるから、病人も元気になったと言われ、大岩は芸は薬物より良いと喜んでいる。

「フランスじゃ忍耐が重要だそうだ。女も変わってきたから、時には扱いにくいときがある。一体教育ってのは何だろう。煩《うるさ》い女になって、世間を知らない女は、何でも思い込んだことが良いものだと思うのさ。まあ女のことだけは難しいから、近づかないのが一番だけど」

「女性に親密にするなということと思います。でも少し淋しくないですか」

「俺は大連にいた。軍司令部も満鉄もあったし、街は清潔だった。おそらく現在も砲撃など受けていない。槐の並木もそのままに静かなことだろう。俺にゃ運がなかった。帰りたい」

「カール・ヒルテイは、次のように述べている。最初にある想念が起こるとき、悪いものなら悪の強い想像と邪悪な誘いがくる。次に悪への同意が起こるのだから、始めの裡に抵抗しなけれ、悪性の敵はおもむろに侵入してくるので、それに抵抗せず、これを許せば、自己の力は弱り、心の裡に入った敵は勢力を増し、貴方の思考は悪に染められる。そして悪を善に反したものとした意志は、負けてしまうのです」

郷愁の水府

「七月一日は、儂の郷里では、地獄の釜の蓋が開くと言われ、その音が聞こえるそうじゃった。冥土を出たご先祖さまが、家まで戻るに十三日かかるという言い伝えがあったのじゃよ」

「お盆の時は、どこの店も東京は休みました」

「七夕もあるし、子供が喜ぶことが多いのじゃ。旧の七月十五日には酒と芋、柿に栗、大根、それに月見団子を、おはぎと並べ月が見える縁側にお供えした」

「娯しかったのでしょうね」

「子供は先をとがらせた棒を作り、近所のお供えの団子を刺して盗んだ。見つからなければ、豊作とされていたのじゃよ」

「先輩も刺しに行ったのでしょうね」

「悪いことは大体やった。土用の丑の日は袋田の方からは、柿の葉に包んだ土用餅をお貰い申したが、これがうまかった」

「お墓には、お参りされましたか」

「線香の香りが、儂は好きなのじゃ。涅槃経にいう法によりて人に依らざれの文と、無量義経には、法華経以前に釈迦は真実を説いていないとし、法華経のみを大切にする信仰ができあがったとされるが、いやはや」

「ぼくは仏教のことは、全然わかりません」

「儂の方では、浄土真宗、天台宗と真言宗があり申した。儂は丸暗記で習わぬ経を読み、少しだけ覚えた。信仰心もなかったし、判らない」

「暗記されたとは、偉いものですね」

「宗旨も言葉にしろ、儂は判らなかった。棒暗記に過ぎん。難しい語句ばかりで、有難みは少なかったのじゃ。なぜ誰にも分かるように書かれなかったのか、儂には謎じゃった。江戸から二十九里十九丁約百二十キロだ。千波湖、偕楽園に一万の梅が並び、観梅時は賑わう」

「佳いところですね。水戸を見たい」

「黄門さまは太田の瑞竜山に造られた西山荘で、大日本史の編纂構想を練られた」

「識《し》りたいことが多く、魅力に満ちています」

「これに豊田、藤田、青山など水戸学の学者が中核をなし、全三十九巻になった。長い歳月がかけられ、集まった学者は、全国の憧れの的じゃった。水戸城や講道館にも招かれた」

「立派な事業でしたね」

「郷土の話は愉《たの》しいが、三太郎にはいつか、お騒ぎと茨城で言われた事件について話をしたい。大祖母は行軍し、北上する藩の武士のために路上に酒樽を置いて呑ませたそうじゃ」

この夜、拳軍は波状攻撃を我が軍に加えた。

敵からの執拗なる攻撃に六時間に渉《わた》る防戦を遂げた原大尉は、僅か一個小隊で応戦し、日没時に至って、ようやく敵を撃退させた。

夕刻よりこの日は、フランス軍の厩《うまや》が焼失した。

我が軍にマラリヤ熱が発生し、下痢患者まで増加した。しかし、昼夜休むことなく応戦し、半病人の兵卒まで反撃に活動させた。隊長は遂に力尽き、昏倒する兵卒を、叱り励ましつつ、なお防戦のため戦闘の続行を図らねばならなかった。


この日の戦闘は正規兵の大砲二門による砲撃に始まり、その被害は次第に拡大した。

この砲を奪取するため特攻隊をつくり、連合軍は伊軍大尉を隊長とし、三十五名は北門に出撃し、我が兵十五名は東門より出撃した。

伊兵は清国側の胸壁に妨げられ、集中射撃を受け、戦死傷二十一名を出し、作戦は失敗に終わったと隊長服部宇之吉は苦渋とともに語った。

我が兵は、桑藏陸戦隊員以下八名の戦死傷を数え、勇敢なる義勇兵を失った。無念の極みであった。

七月X日、敵は早朝より砲撃を加え、大軍を以て攻撃して来たので、城門を開き出撃した。

安藤、守田の大尉以下は防戦につとめたが、十三時にはとうてい陣地を保てなくなり、第二線の檜林まで後退を余儀なくされた。

悲痛な戦闘を続け戦死者の遺体を収容することもできなかったのは、やむを得ぬことであった。

夜襲を連続した兵士らは不眠の活躍に限度があることを知る困難な状況となった。

敵は各所に侵入し、新手と交代し、石油を撒《ま》き、放火して歩いた。そして夜が白むころ、戻って行った。

彼らの攻撃に関する問題の一つは、実にのんびりしたところがあり、そのため幸いにも攻撃を断つことができたと言えよう。

介護所の病人と傷兵は増加する一方だった。

七月三日、降雨のため油断した敵の幕営を安藤大尉以下二十四名は、胸壁を越え、坑道を利用し、敵陣に迫り、白刃をもって敵味方入り交じり接戦し、大岩もまた鬼神の活躍をした。

死闘は繰り返され、三十六名の敵兵を殪《たお》した。我が軍も戦死三、負傷六名、他に米兵二名が負傷した。

さらに皇城の外れにある清国軍バリケードを破壊し、攻撃するという話も出たが、今は敵を刺激することを避けようとして攻撃は終わった。

独兵はドイツ公使館に侵入した敵と白兵戦の末に三十二名を斃《たお》し、三十梃の小銃と弾丸を得たので、柴中佐にこれを移管してくれた。

官兵らが王府に攻め込みたがっているのだから、彼らをなかに入れ、そこで誘いにのった敵兵を全滅させようと、柴中佐は提案した。

翌日は大岩は正規兵が王府の壁を砲撃し、侵入しはじめたのを待ち、一斉射撃をもって官兵らを全滅させた。

だが、我が隊も負傷十一、戦死六名を出した。

このとき二度の負傷をした兵もいたが、よくこの大役を果たした。日本軍には唯一、伊軍よりうけた小型の大砲があったが、既に弾丸はなかった。柴中佐は、これを手製の砲弾で再度使用することにした。

ガラス、釘、皿やビンなどを用い、七十発の弾丸ができ上がった時に満足した皆は、

「でかいつらをした官兵や、義和団の連中の泣きつらが見られるぜ」

「北門歩哨の交代が遅れたのは、三太郎のデートがもとだってよ。でれついていたからだ」

三太郎は、八歳くらいの女の子が牛若丸に似た髪をしているので尋ねているが、お稚児という髪形だった。

可愛いらしいので佐山厚子に訊ねると、よく存じませんが、と言い髪形について、

「桃割れは十四歳までのようね。マーガレットは十六歳までかしら。おさげをリボンで結び、後にさげるのよ。女性の髪形も時代とともに変わってきたのよ」

「姐さんは島田で、町家の娘さんが結うのは何でしたか。髪は女性の命だそうですね」

「あれは結い綿と言うの。廂《ひさし》がみ、花月巻きなどは流行のモデルよ。夜会巻という髪形は特別な女性のファッションですわ。母からは、髪の乱れは心の乱れと戒められました」

小孩太太の厚子は思い出して微笑《ほほえ》んだ。小環はと見ると、ずっと以前から編んで一本たらした髪を続けている。

「告解しない人は、悪いことをやめたくないのですよ、三太郎さん」

小環は髪を編み、頭上に蛇のように巻くことがあった。それを三太郎は美しいと思った。

一緒になった女性が眩しいほど快かったが論評は避けていた。

日本婦人矯風会とキリスト教婦人矯風会は明治二十六年に創立し、二年後には軍人遺族扶助のため、募金を実施して、立派な事業となった。

当時、東北地方に飢饉が続き、農村は収入の減少甚《はなは》だしく、苦難の歳月は流れた、が祖国のためにと、すべてを抛《なげう》ち、兵士らは戦場に赴いた。家族は働き手を失い、悲嘆の底にあった。兵士らは砲火のもとで人知れず、哀しい想いをしていた。

民衆は木の根を食いつつ暮らさねばならず、後顧の愁いなど幾らもあった。けれども兵士が生死分からぬ戦場で心配したとて、何の足しになろうか。彼らは故郷への思いを断念し奮戦してい

た。

村にも町にも、廃兵という名の兵士は増えていった。彼らもまた君国の将来を思いつつ勇敢に戦ったのだ。

「お前はそこで銃を持ち立っている。二時間近くもそこで、にやついているが」

「面白い咄しをしているからだ。俺の人生はもうすぐ終わるだろう。不安を抱いて暮らしたが、死んだ方が俺には良いのだ。悪人二人を殺して来た。更生など望んでも無駄だ。事変のおかげで、今は独りじゃない。

食物は少ないが、分け合って食う仲間もできた。人間らしく死んでゆくことができる。思い残すことはない。君国の為に一生の最後を戦って死ねる。仕合わせだ」

「どう死ぬかは神さまが知っていなさるだ」

「一心に俺は戦うだけで良い」

笑いながら小環がやって来た。二本のおさげを三太郎に見せ、佐山さんに編んでもらったという。女は他愛ないところがある。

そうしたことが慰めになると、三太郎は思った。中国語を話せるならぼくはもっと幸せなのに。言葉など本当はなくとも心は通じるのだ。小環のことを思うとき、可愛ゆくてならなかった。

「どうも秋葉さんが言う通りらしい。ぼくには仏教は、人生を泡沫のようなものだと、教えるように思われた。無に等しく、諦念とか無常というが、この世を生き、そして死ぬだけのような気持になる。もしも、それだけならばこの一生は余りにも苦しみに満ちている」

「そうかも、ね」

「だが、天主教は人生の価値を教えてくれ、苦しみのなかをまっしぐらに生きてきた者にとって、それは神からの試煉だったのだ」

「それぞれの人間性に関することだから、三太郎、軽々しく意見は申せぬ。仏教も神道とも、儂とてよく知らぬことじゃからのう」

「三太郎さんは、切支丹の広告塔じゃないわよ」

炊事場に長十郎はたびたび働き、そこで働くチッタゴンから来た難民のオイモという中国語を話す女性と知り合った。この幸せを酒もなく悪童連中は、祝ってくれた。彼女は故郷の踊りを披露し、詩を朗読した。皆も唄った。

連合軍司令官柴中佐

耶蘇教民は防禦線内に保護されたが、移転先なく三千余名の者は粛親王府の庭と西阿門の並木広場に生活していた。しかし、日本人から保護を受けたことから、よく命令に従い働いてくれた。彼らは少数の武器を持ち、白布の鉢巻をし、我が兵と共に戦い、日本兵を少しでも休息させようとした。

教民はこの他にも消火や土木工事に協力し、敵に対し石を投げつけて戦った。負傷者の救護も受けもち、義勇兵三十名を派遣し、我が軍を援《たす》けた。

教民の戦死者十九名、傷者はこれまでに百六名である。

彼らの援助がなければ、少数の日本軍の防禦は不可能だったと思われる。

長十郎は、俺の本名はダンナだが、将来二人でラーメン屋を始めようと言い、彼女にダンナと呼ばせて悦に入っていた。

オイモはダンナの本来の意味は知らなかったので、彼を見ればダンナと呼んでいる。

明治初年まで我が国に切支丹信仰の自由はなく、これをすることは命がけだった。

神道、仏教は問題なかったが、切支丹禁制の高札を撤去したのは、明治六年二月二十一日のことだった。信教の自由をもたらしたものは、筑前の国、大入村住職長男二川一騰が受けた迫害が国際問題になったからである。

岩倉具視らが欧米使節として明治四年十一月に不平等条約を改正する予定で出発し、大久保利通、伊藤博文と留学生はロンドンに到着したとき、切支丹の二川なる者をなぜ、今まで投獄しているかと問われ、彼は浮浪者だが治安に害あるため投獄されていると答えた。

ところが、英国のマスコミは天主教が原因で投獄されたものだと答えた。

証拠を並べて報じられたから、岩倉は二川の釈放を政府に打電し、同五年八月十一日に彼は解放された。国内でも同情され、同十一月に駐米日本公使の森有礼は、日本における信教の自由を著作したところ、キリスト教の禁制は撤去された。二川は神戸で勝海舟の塾に入り、田中正哲から外国が日本を簒奪《さんだつ》する計画に、武力による方法と、宗教をもって巧みに人心を得る方法があるから、切支丹を学び、その陰謀を探らねばならぬという話を聴《き》いた。

彼は長崎で天主教会の用人として働き、次いで英国領事館に行き聖公会に於てキリスト教を学んだ。

田中の話は誤解であったことをそこで知ったが、非情にも結婚式を挙げた翌日、官憲に逮捕された。その後、東京まで護送されて粗末な食事と苛酷な取り調べを開け暮れ受けたので、新妻は彼が死んだと思い墓を建立し、のちに再婚した。

その後、彼は東京の中津藩邸内の牢に入れられたが、福沢諭吉らの藩主への上告により放免され、北海道、東京、長崎などを伝道したのち、天よりの使命を全うした。

七月X日、王府で信号弾を数個みつけた猪助と秋葉は、その弾丸を分解し、火薬と釘などを充分に詰め、包囲軍が蝟集《いしゅう》する地点に投げ込んだ。

この弾丸の炸裂音は大きく、清国軍はびっくりし、これを恐れた。敵兵は呻《うめ》き声をあげ、そこここに殪《たお》れたが、この時、楢原は大腿部の骨折と出血が止まらず今夜限りと報された。

彼は中国語、英語とも流暢で、早朝より北大門で教民を指導し、各種の作業に当たらせていた。木板の運搬や銃眼を造る間にも、敵からの砲弾が何発も飛び来る中を指導し、ノルマを与えていた。楢原は教民から主任を選出し、組織づくりもしたといわれるが、このほか、幼児に玩具を与え、教民には避難所を造り、彼らを見捨てぬことを確認させたので、それまで実意がなかった可哀そうな教民は一致協力し、楢原の信頼に答えることを表明した。誰かが言っていた。忠義の心は育てられたものだ。押しつけても駄目さ。

七月X日、プント大尉が胸と腹に負傷した。腹の負傷は苦しみ抜いて、ほとんどが死ぬのだ。

「子供には努力を覚えさせるために、必要な躾《しつ》けをすることよ」

「有難う、いつも感謝しております」

「籠城が終われば、夫が来ますから私は天津に戻ることでしょう。来春に夫は、定年で引退しますわ」

「訣《わか》れるのは夢のようですが、頑張ります」

「お祈りをしますわ。三太郎さんと大岩さんのために。とわの光もて、照らし給え。苦しみの涙を拭い給え。若くして同胞のために戦う魂を守り給え。アーメン」

「孤立したときも、毅然として敵中に斬り込み、何度も戦った。そして名前の通り、見事に生還した。実に偉い人です。怕《おそ》れたこともないのです」

「大岩は、自己の命より同胞と国のため、信ずることをやってきた。いつもそうだった」

「ぼくの知る限り、聖書の中に恐れるなと書かれたところは十七個所もあり、ぼくたちを勇気づけているのです」

「この動乱を、司令部じゃすでに八百名の戦死傷が出たと発表した」

「このゆえに汝らに告ぐ、およそ祈りて願うことは既に得たりと信ぜよ。さらば得べし。この言葉は、教民のミサを覗いたとき聴いたが、欲張りの願いは駄目らしい。心を鎮め、独りのとき真剣にお祈りをするのが善いのですよと、或る御婦人からも教えられました」

破傷風を気にしてか、しきりに左腕の傷を舐《な》めていた兵士が、よたよたと来て、

「でもよ、お祈りはみんな願いごとだから、欲張っちゃいるんだろ。感謝するのは別だが」

この日、敵の砲撃は熾烈《しれつ》で、オイモは彼のシャツを洗濯中に砲弾の破片を腹部に受け、幾度かダンナと呼びながら逝ってしまった。

城壁から戻った長十郎は知らされた。

「可哀そうな奴だ。できたって悦んだばかりで」

「涙をこぼすんじゃない。元気を出すんだ」


英国人看護婦ジェーン・ランサムは、その著書で日本兵は負傷にくじけず、病棟で互いにいたわり合い、同胞もよく介護に当たっていた。

柴中佐はじめ、婦人もよく見舞いに来訪していた。なかでも若い僧侶は毎日訪れ、常に傷兵を介護していたが、彼は非常なインテリで英語も流暢だったので、通訳としても役立った。彼こそ西本願寺の留学僧、川上貞信である。

後に彼は日露の戦役では、第三軍総司令官乃木大将の従軍僧として、重要なる任務に任じた。

一等水兵の負傷者は、粛親王府より見つけてきたオルガンを修理して演奏をし、笑い話に興じている。

西洋人はこの少しも惨めさがない傷兵の心の裡を思いつつ、感嘆したものであった。負傷した老婆を、猪助が背負って来た。

七月八日の日記には、子供が、猩紅熱とジフテリヤに罹《かか》り、患者となったと述べてあった。

大岩は昨夜から震えと発熱による苦痛に耐えていたと四郎太が訴えているが、現在やや発熱はおさまった。戦友の心配も、やがて杞憂となるであろう。

「天下一強いのは熊本の六師団か福岡の二十三師団だと言う者がいたが、どう較べても、もの凄いのは九州か仙台の第二師団に、屯田兵のいる旭川あたりじゃないかって」

「他の強い師団の兵士は怒るよ。較べっこするな」

三太郎は神父から、天草の乱は長崎奉行の虐政による農民の反乱であった。益田四郎時貞を首領にして原城に立てこもり、食糧が尽きて落城したが、この峰起はキリスト教によるものではなかったと聞かされたばかりであった。

安藤大尉戦死

七月六日、塀を乗り越え角を曲がると、そこはまさに煉瓦の筒であった。我われは敵の砲を奪取するため、敵陣に秘かに入った。

左右に曲がることができると思っていたが、小路はすぐ止まりになった。

見馴れたところからはすべてが見えず、辛苦の末に侵入したが、周囲から銃弾の雨を浴び、三名の水兵は一時、陰に入っていた。十三時に、我が義勇兵の急襲に遭い、大砲を置き去りにして敵軍は退却した。

三十メートル先の高地に砲はあった。誰もいないので、守田、安藤の大尉らは相談のうえ、英公使に援兵を十名依頼し、伊、仏、墺国の兵との陽動作戦により、敵の注意を北山よりFの地点を廊下伝いに敵の裏口の穴に突入する案を立て、伊兵に喇叭を吹き鳴らし、喊声を挙げさせた。

安藤、守田の両大尉は、先頭に立って走り、勇敢な三田、朽木ほかの水兵三名は真っ先に穴にもぐり込んだ。すぐに陛下万歳という叫び声が聴こえた。砲に手が届くところまで行ったが、縄を掛けようと登る時、周囲から猛射を浴び伊軍水兵は殪《たお》れ、これを救わんとした安藤大尉もまた、倒れた。

胸に弾丸を受けて、軍刀を杖に戻ろうとした安藤大尉は、刀を握り締めたまま、うつ伏せになり動かなかった。文字通り袋のねずみとなった大岩は、銃弾が雨下するなかを跳び出し、大尉を担ぎ、一秒も疾《はや》く、そこから離脱しようとし、塀のかげに入った。

大尉の胸部からは、血液がゆるやかに流出し呻いた。大尉は生きている。急がねばならぬと、大岩は再びこれを担ぎ、友軍の陣地に向かい、走り続け、敵からの射弾は、これを追うが如く彼の前後に跳ね返った。

交代すると言い、肩を貸した者がいる。三太郎であった。大岩は大きく吐息した。

二人は、何とか安全な突出部のかげに入ることができ、互いに眼を見合わせた。

「先輩は下瞼がひどく腫《は》れ、変な顔です」

荒い吐息をしているが、大岩は嬉しげに、

「三太郎、よくここまで来てくれたな」

「皆は疲れて朦朧としていた。ぼくは行ったままの先輩を訪ねようとして来たのです」

「見えぬところに敵は待っていた。儂にはそのことが分からなかった。皆は殺られた。負傷せん者も多分、死んでいる。大砲を分捕ることはできなかった。二度目に大尉は砲に届くところまで昇られたが、神わざだった。信念がさせたことだ。二名が射たれ、安藤大尉が伸ばした腕は、砲に三十センチまで届いたが、それが一杯で、散々に射たれた。死なぬが不思議だった」

「大尉を、介護所まで早く届けましょう」

「今は危ない。敵からの射撃が途切れるのを待ち、一気に跳び出そう。少し待った方が良い。死なせてはならない」

「分りました。そうします」

「大尉を担いで出るから、儂が行ったら、ゆっくりと二十数えてお前も跳び出せ。暗いから大丈夫だっぺえ。走れるか、膝は痛いか。ようし、お前も一人前じゃ。行くからな」

「ぼくは足を洗いたい。こんなことになるとは思わなかった。だが、行くより仕方ない」

「皆のところに行ってからにせい。泣きごとを言えば、よくなるものと思うのか」

大岩は駈け出し、遅れて三太郎も走った。

「担架があるか。安藤大尉こそ、軍人のなかの軍人じゃった。儂はこの人を助けたいだけじゃ」

「ぼくは軍人じゃなくて良かった」

「滾せば事態はよくなると思うのか」

「ぼくは駄目ですが、猪助さんが来ます」

安藤大尉は、胸部盲貫銃創により、夜明け前に逝去された。実に替え難き損害だった。

「退却するとき、伊兵が脚をやられ、安藤大尉はそれを連れ戻そうとして射たれた」

或るとき三太郎が佐山厚子に、どういうことから結婚の話が出たのかと訊ねたが、笑いながら答えたのは次のようなことだった。

「主人とは私の友人宅で何度か逢ったことから話が出たのよ。何故選ばれるところに生まれ育ち、逢うことができたかを考えると不思議なことですね。縁でしょうかしら」

三太郎は切迫している時なのに、佐山厚子のことを想っていた。大岩は安藤大尉はこれまでだと心に諦めて、

「儂が背中から担架に移すとき、春になったら昆明湖の花を見に行かんですかと手を握ったら、力は弱かったが、僅かに握り返し、微笑された」

伝令が来た。本日十四時、連合軍は安藤大尉とのお訣れを、敵が来なければ、中院で行なう予定でありますから、支障のない方は参集されたしとある。

大尉は真に日本武人の誉れであり、沈着にして温情を持つ勇敢なる人柄を、連合軍将兵も感服したのである。屍体は胸に日本刀を摑んでいた。つぎつぎと将兵が僵《たお》れてゆく。三太郎は、両の手に手桶を提げたまま考え込んでいた。

幸い小環は元気になった。事変が終わったら、小環を連れて、済南という街に行きたい。こうしてぼくは、自分のことばかり考える人間なのだ。浅間しい。だがぼくは変わるまい。何と言われようが、人生を始めたばかりだから、死にたくはない。命を大切に使いたい。かごめ、かごめと、小環の歌が遠くから聴こえた。

マイエルス大尉が重傷を負った。この日は露軍より十名、英軍より二十名の加勢を受け、夜更けに至るまで、遊撃隊も大岩の指揮下に激戦を交えた。

翌朝は夜明け前より敵兵は叫喚しながら、乱射しつつ肉迫した。防戦はかろうじて成功したか

に見えたが、十四時には猛烈な砲撃を受け、仏公使館とホテルが大破した。

華麗なホテルの二階まで大穴があき、絶望的な形相である。ホテルの主人シャモウは、夫人と召使いを励まし、パンと食物を調整し、皆に供給してくれた。夫人は馬車にパンを満載し、車上に弾丸よけの亜鉛板を立て、小銃で武装し、英公使館にも運び込んだ。

この日は再度の攻撃で、敵は火箭を発射したので、消火班は命がけの活躍をした。中でも婦人たちが応じて発見は疾く、衣服に火がつくこともあったが、災害は少なくすんだ。食糧が乏しくなり、敵弾に斃《たお》れた軍馬を使用した。

「頓馬は黙っていろ。呆《ぼ》けるほど生きたんだ。莫迦《ばか》にするな。俺は稼ぎは少なかったが、そいでも自由で幸福だった」

「松本のとっつあまは、どうした按配かよ」

「いい具合に、私はあくせくしながら暮らした。水清ければ魚住まずと言ってな、清く正しくとは言えなかったが、良く働き蓄えたので、呑気に暮らした。人は肚一杯喰べるだけなら、大したものはいらない。安気《あんき》に働き、健康じゃった。これが一番によいことだ。この国に来ると、必富という言葉がある」

「教えてくれ。俺ら、そんで苦労している」

「稼いで倹約する。広く学び、酒色に溺れず、衣服や家財を大切にする。よく働き儲《もう》けたら、蓄える。日本にも似たものはある。もとになるのは、欲望を減らすことですよ」

「銭はできても、使わないのじゃ文なしと同じだ。そんじゃ、面白くないぜ。人なみに使わなくちゃ苦労の甲斐がない」

「そんなことじゃ、溜まるものも溜まるまい」

その夜半に一年志願の正金銀行員小貫慶治郎の隊と大岩の遊撃隊は、敵の幕舎に壮絶な斬り込みを敢行した。

義和拳は、彼らを怖れ、退却喇叭を吹くと、屍体を残し逃走した。

ともに敵陣に突入した大岩は、彼らの携行食を見つけ、空腹で死ぬところだったので、これで何とか保つだろうと全部を食べてしまった。

「蠍《さそり》なら大きいのを二匹捉えた。焼けばうまいぜ。空腹でトイレに行ったら、草むらの中から溜息が聴こえ、肚にゃ何もないから、俺は死ぬと言っている奴がいた。楽じゃないな」

英陣地に応援に行った秋葉は、任務が終わり帰るとき、路地で残敵と格闘して頬の上部に負傷した。幸い交代に来た英兵に助けられた。

軽傷のはずの四郎太が、英軍療養所から顔を包帯して戻ったので、皆は驚いた。

「ぼこぼこかよ。四郎太、大丈夫かね」

「やられたが大丈夫さ。馬育文に習ったナイフを教えると、長十郎が言った。乱暴なんだ」

「命を落とすようなことはするな。じきに終わる」

七月六日、ほぼ十センチの紙にぎっしりとモリソンは書き込み、その密書を安相世という少年にわたし、バリケードで囲んだところから、暗闇に紛れ出発させた。

密書は油づけにし、粥を入れた器の中に隠し携行させた。安相世は乞食に変装し、危険な任務を自ら引き受け、城壁を、お祈りをして綱で降りた。

翌朝早く、彼は疲れ果てて戻ってきた。敵の歩哨線を通過できず、水門をくぐって帰ったと言う。

安相世が持ち帰った書翰には、天津関税長ドリュー氏に、この手紙をお届け下さい。そしてドリュー氏は、これをロンドン・タイムスに打電して下さい。代金は充分お支払い致しますと書いてあった。

「七夕団子を、腹一杯たべたいな」

「矯風会の別嬪は、巴里での話をしていた」

厚子を始めとする婦人会の人びとも、心細かったにせよ、皆が同じ気持なので耐えていた。同胞を守り、増援軍の到着を待つことだけであった。

危急を救う方法は敵からの攻撃を弱らせるか、遅らせるかすることにある。食糧も弾薬も薬品も欠乏していたが、敵愾心《てきがいしん》だけは旺盛だった。

大岩先輩は、アンペラの上で鼾《いびき》をかいている。

午後に仏公使館跡に侵入した官兵十六名を殺したが、そのとき二名を捕虜にした。訊問の末に判明したことは、敵は外部より坑道を掘っているということだった。我われにこれと対抗する手段はなかった。人手も工事用具もなく、地下からの爆発がいつ起こるか判らなかった。

敵は或る日、地下から出現し、我われを急襲するであろう。それはいつ、どこに——考えた結果、敵への準備は断念するほかなかった。

我われは地上の敵を防ぐ人員も不足し、駈け歩くことで一杯だった。

この他、捕虜から知ったことは大沽は連合軍に占拠され、軍船が港内一杯に停泊しているとのことだった。援軍の消息は、未確認とはいえ確定したも同様なこととなった。思い煩《わずら》うな。すべては明日のことであり、明日に委せた。

仏公使館で、地雷の爆発が二度あった。それは外部から下水溝に沿って坑道を掘ったものである。仏軍もまた、予防の不可能を認めたが、応戦に急なため、問題を知りながら、反撃の手段を諦めていたのである。

仏公使館の本館は全壊し、何名かの軍人も埋没したと伝えられた。

仏軍司令官ダルシイ大尉は、爆発があったとき負傷した。仏、墺の両軍は防衛を退き、第二防禦線で敵が進出する途をくい止めた。

露、独の軍はワーデン大尉が率い反撃し、官兵を白兵戦のすえ押し返した。

この日、敵は三十余の屍体を残し逃げ去った。我が軍は協力し、奪取した兵器を受け、大岩の遊撃隊に支給したと報告があった。

既に数十日を胸壁によって戦った我が将兵は、炎熱と風雨に晒《さら》され、毎日三時間の休息もままならず、洗濯もできなかった。

食事の量は半分とされた。そのうえほとんどの兵士が負傷し、或る者は再度の負傷をしたが、休息は許されなかった。

みな昏睡状態のなかで、数十メートル先に対峙する敵と毎日厳しい戦闘を続けていた。

「みんな喜んでくれ。大岩先輩の熱は下がった。先ほど躰を拭い、体操を軽くした」

心配は遊撃隊から消えて行った。三太郎は、婦人会に下痢患者のために腹巻きの製作を依頼しに行ったが、布が不足しているので、軍用毛布ではどうかと言われ承諾してきた。

兵士のために柴中佐は、英軍司令部に一日だけ休息をとり、睡眠と洗濯を与えたいので、助勢を頼みたいと申し出たところ、直ちに交代兵をよこしてくれた。

この一日の休養は、後日どれほどの力をつけたか計り知れなかった。

将兵は安堵して、泥の如く眠り続けた。

日本政府は、救援軍の派遣に経費がかさみ、さらに中国の民衆から反感を持たれることを怖れていた。しかし、状況は一刻の猶予もできなくなり、出兵に応じることとなった。

上海からの入電によれば、北京城内の各国守備隊が全滅したという不気味なニュースが信じられていたのである。

露軍はこの動乱のとき、満州のアムール河と鉄道の沿線に軍事支配権を固めようとしていた。貪欲な露国の要求は、鉱山採掘権と鉄道の新設をも得ようとした。清国と露国の協定は秘密にされていたが、列国が知るところとなった。露国は列強の利権拡大策に頑として反対した。日本は小村、末松、西の三男爵を派遣するが、清国に対して寛大な処置をとることを決定した。

我が国はこの時から将来必ず露国との間に対決することになると予測した。日本国民は清国の抵抗に同情し、列強による清国への支配が拡大することを望まず、露国と同盟関係にあった仏国だけが僅かに協力をした。

英独は同じ考えであり、華北で露国が強大となることは避けたかった。

ドイツは清国を信ぜず、報復の鬼となった。欧米では白人優位を得るためには、その国の土民多数を殺戮することが通念だったので厳しかった。

彼らはこの時を捉え、清国に対し、脅迫しながら交渉することにしていた。

そのうえで自国の方針を軍事力の圧迫が効果的と確信し、各国とも国益のため忠実に働いた。

各国の意見がまとまらぬことがあったが、戦う前に会議をたびたびすると碌なことがない。大抵悪い結果を招き、女の軍隊のように臆病になるものだと言って、会議は打ち切られた。

婦人会の活躍

補助担架は、三組だけ夕刻までに造られた。

不足した毛布の代用に、手拭や色物の布切れまで使用し、婦人会は賑やかに活動した。

敷布を持ちよった婦人は、組分けをして包帯づくりに専念した。

「まあ、良くできましたこと。これを着て演芸会をしたいわ。よい時をみて、どう」

夕刻までに、包帯は百十個も集まった。

これが不足する事態にならぬことをお祈りしましょうと、副会長は言われた。

彼女の問題は、消火用手桶や館内の用具を少しなりとも増やすことだった。すべての器具を満たしたが、それでもまだ不足である。

食事準備は大変なことになった。人員の増加と病人が増えてゆき、日増しに食糧は不足し、本当にお手あげの状況だった。

「おや、綺麗なコーラスですわ。ね」

中院に澄んだ聖歌が流れ、皆は手を休めて、聴きいった。

「皆さまと、あの讃美歌は唄ったことがあるわよ。ガリラヤの風がおる丘でしょう、ね」

「俺いらも唄った、神さまに届けとばかり大声を張りあげて謳い、明るく作業をしたものだった。周りの人たちが、また良い人ばかりなのさ」

午後の皆はグレートで、つらい時なのに笑顔は溢れ、作業も順調だった。

棕梠の葉を手に持ちて救いの主を迎えよ
歓びのほめ歌を　ホザンナと声たかく

「あのラバルト神父が来て、奥さんの意見に従わぬ亭主なら、まだ呆けてはおりません。安心なさるがよいと言われましたのよ、ほほほ」

三太郎は、エルサレムにも登る気分だった。

婦人会は昼夜を問わず働いた。彼女たちの努力に、皆は頭が下る想いがした。

「亡命するなら、日本が最も良いとさ。外国人は全部そう言っている。日本の女性は慎しみぶかく淑やかで世界一よいとね。俺たちは身勝手だが気をつけようぜ、世界中から女を取られちまう」

「そうでもあんめえが嬉しいぜ。箒で追いまくられる時もあるからよ。こちらの女性だって同じさ。厄介を起こすのはうまいし危ない。だけど、腫れものとは違うのさ」

「貴様は女の良いところを知らない。悪いのと付き合ったからだ。婦人会の人を見なせえ。ふんとに善良な心の持ち主ばかりだ。少し勉強しなけりゃ、分かりっこないけれど」

「三太郎さんと小環《しょうふわん》は紅い糸に結ばれちゃいめえ。生まれた国も、言葉だって違うからな」

「ぼくは判らない。外国人と結ばれるとは思わなかった。だが、今は仕合わせです」

「いいか、三太郎、女にゃ逆らうなよ。女の怖さを、お前は知らねえからよ」

「嬶《かかあ》とは茶色の糸につながれちまった。自由の日は一日だってないぜ。うんざりだが、松本さんは、どんな具合式だったのかよ」

「結婚は成人した二人が決めたことですよ。神さまがまとめて下さった二人を訣れさせることもありますが、如何に善意によることでも、神の御意志に反したことになるものです。男は家庭を持ってこそ一人前です。家庭を大切にし、笑って暮らすのが人生最高の歓びなのです。だが、若い二人に将来的に心配すべきことが分かったら、私なら疾い処置を講じるでしょう」

委員会は児島氏の愛馬を徴発し、婦人と子供に食糧として使った。教民の衛生は名状し難いものだった。赤痢は蔓延し、宣教師は働き続けたが、介護は困難を極めた。

「偶然ということはないと侍女に言われた。偶然と見られることとは、神が善い人にだけお恵みを給う方法なのです。貴方が意志に反することに遭ったとするなら、それも同じです」

「尋ねていいかい。なぜ清国人は男女とも、一本だけ髪の毛を編んでおさげにするんだ」

「ありゃ、満州人が清国に朝廷を造った時から強制した風俗だ。北方の人がそうした習俗だったからだ。弁髪と呼ばれている」

「隠していた米を猫ばばされたが、お前がやったのかい。それなら、可愛がってやるぜ。その棒を貸せ」

「よしてくれ、兄貴。偶然見つけたんだ、兄いのぶつとは知らなかった、堪忍してくれ」

七月九日、教民の梁という男が柴中佐のためなら、火の中にも行くと申し、命がけで城外へ敵情偵察に出た。彼は辛苦の末、本日戻ったが、その報告は有益なものであった。

彼はさらに天津の父親の家に行ってみると申し、金銭の要求は全くしなかった
七月十日、午前九時、突如として官兵は一団となり、厨坊東側の門を破り侵入した。我々は必死の反撃をしこれに堪えて撃退した。

壘壁に膝をかかえた大岩が、

「三太郎がルソーの言葉と言ったのは、瑣末のことだが面白いことじゃったな」

「男は知っていることを話す。女はひとを悦ばすことを喋《しゃべ》ると言ったのですよ」

臍の西北方面を引っ掻きながら三太郎は、

「神の愛を信じられず、絶えず不平を申し、神の前に行くことを嫌い、罪を確信している人を、神さまは好かれるでしょうか」

笛のような音をたて砲弾が飛んで行った。

「ぼくの働きなどごく小さいが、先輩の働きは、新たな日本を創るため、身命を捨てている」

「俺ら大連港にいたことがある。懐かしいのは船の汽笛だ。あの音を聞いて、俺は田舎に帰りたかった。大広場、ホテル、それにアカシヤ並木だ」

砲を奪いに

秘かに独り大岩は、敵が大砲をすえた陣地の仄暗い砲塁の下に近づいた。

あの砲のためどれほど、苦しめられたことか。しばらく待機すれば、真の闇夜となろう。独りだったため、敵は大岩が接近したことに気づかなかった。頭上十五メートルほどのところに砲身は突きだしている。

あれを盗むことは不可能と思われるが、使用不能にすることはできる。縄はあるのだ。

敵陣の灯は細くなり、手もとは暗くなった。

「投げ縄に自信はあったのにすでに五回試したが、砲身に当たっただけである。引っかけることができない。急がず粘ることだ。

小雨になった。今の北京は梅雨の季節である。びっしょりと濡れた。縄の状態は良くなり、六回目に投げた縄はうまくひっかかった。

砲身には五十サンチおきに節の輪があり、巻きついた縄を強く引くと、手応えはあるが、びくとも動じない。

五名ほどの手があれば砲身を盗めようが、人手ができたとしても、高所にあるから足場のない現在、施す方法がない。

大岩は援兵を求めに戻った。敵は射ってくるだろう。三名の兵と綱を引いたが動じない。渾身の力を込めると、砲身は僅かに動いた。

発見され死者が出れば責任を問われよう、まえに勝手に実施して苦汁を舐《な》めたことがある。二名の兵を戻し、鞍をつけた馬を引いて来てもらいたいと頼んだ。

猪助はこれしか居ないと隊長の乗馬を引いてきた。この馬が射たれたら、責任は重いに違いない。

闇と小雨が敵の警戒を緩めた。三太郎がいたら助かるが、給水場か小環のもとで働いているのだろう。今が好機なのだ。

乗馬は物を挽《ひ》く力は弱いが、他の馬は食事のために消えた。この馬とて、遂には同じ運命を辿るのだ。許可なく隊長の愛馬を連れ出したことで、死なせたら面倒になるが、彼のこれまでしたことを誰が停められようか。賭けるのだ。覚悟のうえだ。

彼は馬の尻がいに、綱をしっかりと結んだ。

馬は草食動物だから、気持も穏やかなものがある。猪助は手綱を取り、馬が安堵するように首すじを叩いてやった。だが、乗馬は暗がりと寂しさから嘶《いなな》いた。

たちまち頭上は騒然となり、周囲は明るくなった。

大岩は馬の尻を、剣鞘《けんざや》で強く殴った。敵は眼下に侵入した日本兵を、闇雲に撃ち捲《まく》った。乗馬は蹄《ひづめ》を辷《すべ》らせ、力を振り絞った、馬が殺られたら叶わぬから拳銃で応戦し、乱射されながらも、彼は剣鞘で馬の腰かどを幾度か殴った。僅かに馬は前進した。

この時が馬力の限界であった。三太郎と秋葉が勢いよくそこに駈け込んで来たので、遂にずるずると馬は前進し、砲身は音響を発して落下した。やったぞ全部よし。大砲の綱を弾雨下で切り放した。泥に埋まった砲を、敵は直ちに使用できまい。連日ここの砲撃に、どれほど皆は悩まされたことか。呪ってもいたが、陣営に戻ると爽やかだった。

幸い負傷は一名である。大岩は本部に報告するため急行した。この日陸戦隊の二等兵曹河内三吉は、指揮官を救助するため敵中に突入し、鬼神の働きをなし、壮烈極まる戦死を遂げた。

彼の手には、敵兵の剣が握られていた。

仏公使館北門がいま砲撃を受け大破したが、まだ敵はそのことを知らない。知れば侵入しようと大挙して押しよせるだろう。一刻も早く防衛手段をとらねばならぬ。

今のところ、東阿司門は大丈夫である。スペイン公使館は半分は残り、現在延焼中である。

「三太郎、どがんしたとね、肋骨でん折ったとね」

「ヨシユアの壁が崩れ、我々は敗北に向かっているのかと悲観していたところです」

「旧約の読み過ぎだ。砲撃は下手でも弾着を修正すれば四発目にゃ命中する。気にするな。もっとも修正能力がなけりゃ駄目だがね、早く固めないと堰《せき》を切ったように、軍勢が侵入するから、押さえなければならん」


「奴は九州で坑夫をやっていた。やくざになり傷害も二件あるそうだ。家が貧乏なため反社会的にそだったが、優しいところもあった。死んじまうまで、女を見詰めていた。はな向けに水を持ってきたよ」

気持が悪い暗闇の夜が更けてゆくとき、

「こんちくしょう、くたばれ」

叫び声が聞こえ、男の背後から近づいた者が、首筋にナイフを突き刺すと、跳び出して来たチャーリー魏の弟分に三名が跳びかかった。

互いに無言で匕首を揮《ふる》い、摑み合った、大岩は離れたところに隠れ、暗いので、よく分からない。殪《たお》れたのはYシャツ姿の魏の舎弟である。

暗殺者は、四方に分かれて消えた。僅か数分のことである。魏の身体は前後と脇腹に損傷があり絶命していた。大岩は嘆息し、これも黙って歩哨溜まりの方向にゆっくりと去った。

誰もいなくなったところに、盗賊が現われ、その二人連れは屍体の胸に深く手を入れると、何やら引き出し、これまた黙《だ》んまりのまま消えてしまった。

夜は暗く、それからは何も見えなかった。

七月十三日、官兵は一時的に夜襲をやめた。だが、早朝から潜伏していた集落より、不意に山門北方の囲壁で戦端を開き、多数をもって我が陣地一帯を突破する勢いで進撃してきた。力を合わせ連合軍はこれに反撃し、五時間に渉る激闘のすえ、辛くもこれを撃退した。

「今夜から巴里《パリ》ではカトルーズ・ヂュイエと称する革命記念日です。民衆の不満が爆発しパステイーユの牢獄を襲った。これがフランス革命の始まりで、七月十四日と名づけられたのです」

七月十四日から十六日の間、全戦線は静穏になった。慶親王の使者は白旗を掲げ英公使を訪れ、休戦を提案した書翰を持参した。

敵からの攻撃を、気力により我が方は耐えてきた。困憊はその極に達していたけれど、この日だけは充分な休息を得ることができた。

矯風会の婦人は、麦饅頭と茶を工面してくれたので、志気も大いにあがった。

「おそらく、御婦人方は食べていないだろう、すまぬことだ」

七月十六日、苦力《くーりー》に託し、こよりに記した密書は、第五師団長のもとに届いたことが判明した。この日は早朝から砲撃が続き、伊軍の哨所は破られ、日本軍も応援に駆けつけ第二火線まで退がり、防戦に徹した。実に長い一日となった、夕方になると、全戦線で敵からの攻撃は熄《や》んだ。

それまでにない静寂が訪れると、次に敵は何をしてくるであろうかと、皆は不安になった。

やがて敵兵は兵器を持たず、続ぞくと我が胸壁に近づき、話しかけてきた。

敵意がない様子なので尋ねると、昨夜遅く休戦命令が下り、射撃は禁じられているとのことである。この日、英政府は日本政府に対し今事変に援兵を促すため、出兵にかかる財政援助は辞さぬ方針であるとの言明をした。

天津からの特電によれば、連合軍は七月十四日、天津城と砲台を攻撃したが、清国兵の防戦は接近することも叶わず、翌十五日の早暁、日本軍が先鋒となり、決死の突撃を敢行し、遂に天津城を占領したと報告された。

英軍指揮官ストラウス海軍大尉と柴中佐、モリソン博士らは、最前線を巡視したところ、帰途を狙撃され、ストラウス大尉は絶命し、タイムス誌のモリソン博士も負傷した。

柴中佐は、このとき軍服の袖を貫かれた。我が軍は陣地の再構築を続行した。英軍は最高の士官を失ったが、告別式は簡易に行なわれた。

七月十七日、清国官兵は我が胸壁に接近し、付近の住宅にも侵入して掠奪を行なった。

夕刻になると、清国の商人は密かに鶏卵や野菜、果物などを携行し販売した。

義勇兵はこれを購入し、三百個の鶏卵を英軍と負傷兵のために届けた。

「問題は弾薬、食糧の欠乏と傷病兵が激増するなか、いつまで防戦できるかにある」

「既に救援軍は、宇品港を出帆している」

「儂《わし》は万歳と日章旗が波のように振られる港に、勇敢無双と言われた広島第五師団が乗船する夢ともつかぬものを見たのじゃ」

「秋葉四郎太は来ていないが、同じ希望を持っていますよ」

「一刻も早い到着を、私だって待ちきれんのです」

「連合軍全部の将兵が待っているのじゃ」

七月十七日の朝は、敵軍からの砲撃はぴたりと停まった。敵兵は武器を持たず我が胸壁に来て、天津城を連合軍は落としたと言った。

三太郎は腹中に隠していたことで、砲撃があと十日も続けば全滅すると考えていたから、このニュースは吉報だった。

途中の安全は保証する、外国人は速刻、天津に引き揚げられよと再び、衙門は勧めてきた。敵軍の前線からは、犬の首につけた手紙や矢文も届いたが、降参すれば、命だけは助けてやるから早く天津に出て行け、立ちのかねば皆殺しにするぞと、脅迫する内容の矢文も届いた。

我われは衙門とこの件につき交渉中なので、その結果を静かに待てと、矢文で射ち返した。

「俺らが信心するお坊さまは、過ぎたことを苦にするな。今が大切なのじゃと言われた」

「東京の増上寺さまの近くに、生まれたそうだが、三太郎さんの方のお祭りは、よく雨になるそうですね」

「懐かしいですよ。でも大岩さんが背中を刺されたので、とてもショックでした。何も他のことなど考えられなかったのです」

「私には判らないことがあるのですよ。損得を考えず、善業や奉仕をしなさいと、天主教では申しますね。たとえば施しをする時は右手でしていることを、左手にさえも知らせぬようにせよ。それは貴方がする施しを隠すためであると言われていることなどですけれど」

いそいそと小環がやってきた。笑っている。

「三太郎さんを好きかよ」

「大好きよ」

「三太郎のどんなところが気にいった」

「全部なの」

「聞いとられんたい」

「俺にゃ、どうして二人が一緒になったのか。その原因が知りたい」

「貧乏で困る人は、信者にはいません。神さまはよく知っていて、天国に宝を積む人に助けをして下さるのです。幼児の時にした体験は、その人の一生に残るそうです」

信者の或る母親は、子供はね、と哀しげな笑い顔を向けた。

「お寺では、胸の裡に仏がおられるのじゃと申します。でも、不安なこともありますわ」

「そういう時って、苦しくて悩まされることでしょうね」

「私の言うことを聞いてくれませんし、たまに子供が訪ねてくると、つらい暮らしのことで、お金がほしいという話なの。小額の要求なら愉《たの》しく聞けますが、大金ともなれば困るの」

「貴女にはそうしたことはないと思いたいのですが」

「神さまはいつでも助けて下さるわ。でも、自分の力で解決すべきことは、やらなければなりませんの。その人にしたことは私にしたことであると言うお言葉を心に入れておりますのよ」

「日本人は聖書を読む人が多いけど正しく理解できる者は少ないそうです。新訳聖書を読む人は特別の考えで、聖書研究会にでも行かなければ難しいことでしょう。それに読めたとしても、日本人が天主教の信徒になるのは、御先祖さまのこともあり、菩提寺との問題もありますから、とても難しいと思います」

「先夜のことでした、佐山さんは心に浮かんだことを、何より大切にせよと言われました。心に浮かんだ考えこそ、神さまの命令なのですよ。見えない方ですから――困ることもありますが、天国は確実にあるのです。それは色いろな研究でよく判っております。言葉は命ということも、憶えていて下さい。言葉次第で或る人を元気づけ、生かすこともできますが、悪い言葉を聞いた者が傷つけられ死ぬこともあるのですからね」

「軍隊は拙速を尊ぶところだ。誤りは許されるが、やらなかったら問題になるところだ」

「大将の詞は良いぜ。やっぱし教えてくれ」

お蕗には、兄の友人で励ましてくれた松崎という恋しい男がいた。生きる力を与えてくれたあの人は、松本の歩兵第五十連隊での兵役が終わると出国して行った。松崎は、華北の大同方面に数名の友人と向かったが、生活が落ちついたら報せるとの便りが来たことがある。

一度、大同からお蕗に帯留が届けられたことがある。松崎からの消息が絶えて久しかったので、お蕗を喜ばせた。愛の証しだった。どこで、どのような苦労をしているのか、彼の安否が気づかわれるとき、帯留をとり出しては、彼の愛が確かなものと思った。この動乱が終われば行きますわ。北支での暮らしが良ければ、一度必ず帰ってくると言い残した、大同まで行けば消息は分かると思うの。私はそこに行って調べます。どんな苦労があっても、そこまで行きますわ。

松崎との訣れの時がお蕗の脳裡に焼きついていた。つらい仕事を彼女は働き通してきた。一心に思い続け、毎朝給水場に行くと、夕方までこの力仕事をしていた。いくら叫んでも、母親から知らん顔をされている子供と同じような気持だった。

けれども、お蕗には諦めきれぬことであった。

七月十八日、銃声が稀に聞こえる静かな朝を迎えた。官兵が前線に近づき、親しげに話を交わし、つぎに何やら食物などから煙草、酒に至るまで、隠し持った品物を、数倍の高値で売りつけた。

各国の食糧係は、毎日数十個の果物、鶏卵、野菜を購入し、婦女子と傷兵のために分配することとした。

密偵はこの日、森海軍中佐よりの信書を持ち帰ったが、シーモア中将の救援軍は六月二十六日、天津城に引き揚げたことが判明した。

さらに天津城は福島少将の四千名と連合軍一万三千名が七月十四日以後、交戦した結果、これを陥落させたことも明確となった。

広島の第五師団からは七月下旬に大挙して、北京城の救援に向かうとの報があり、待望していたこの報告ほど、我われを喜ばせたものはなかった。

七月二十一日、山東省では外国人の殺害は袁世凱の内命により、これまでなかったにかかわらずドイツ人神父二名が殺害された。

ドイツ軍にとって、言いがかりをつけるためのよい口実となった。

この日、東モンゴルでも司祭は焼き殺され、教民に人気があったハーマー司祭も殺された。

七月二十二日、麗水で伝道会の八名と児童三名が義和団の手により惨殺された。

コンガー北京公使の電文を受けた国務省は、連合軍は包囲されているが、なお抗戦中であるから、至急に救援すべきであるとの決議をした。

「ギリシヤじゃ正しい人生感を持った青年は、神に愛され、夭折すると言っている」

「よおせったあ、何のことだよ」

「わか死にすることだ。その人は仕合わせだとよ」

「よせやい、そんじゃ俺、愛されたくないぜ」

「信仰は研究のためでなく魂のためです。先輩のためにはくつろぐ場所を、天国に神さまは取っておいて下さることでしょう」

「狭くはならないかね」

「大丈夫ですよ。沢山おかねを稼ぎ、有名人になったとしても、神さまのおそばで暮らすような善いことはありません」

伝令が駈けつけた。首筋まで油汗で濡れて光っているが、黒く汚れ、心配をも抱いている。

「広場に砲車が到着し、射撃準備をしていますから、三十分以内に砲撃を開くと警戒し、皆を避難させてくれとのことであります」

「皆に猪助と秋葉は、この件を報《しら》せてくれ」

「他の者は陣地を守れ、一歩も退《さが》るな」

「幕にしたいよ、空腹と疲れで参っている」

「戦闘準備完了しました」

「兵乱のあとは、誰も平穏な生活を求めるが、長い平和が続きすぎれば、やわな男の時代を招く。その方が幸せかも知れぬが、今は陣地を死守せねばならぬ」

砲弾の破片を頭部に受けた墺軍の艦長トーマン中佐は、十六時すぎ逝去された。

仏公使館は、再度激しい砲撃を受け炎上している。

アンペラの上で眠っていた長十郎が聴いた話を猪助、秋葉に報せると、危ない奴だと少しだけ話をしてから、小銃をとり、憂愁に満ちた前線に出て行った。

「俺たちを追跡するような奴がいたら、ブロックしてくれ。日本軍だけ鉄兜がないからよ」

長十郎はそう言ってから、片一方の瞼を閉じて見せた。魏たちはなにか分からんが、悪事を企んでいる——もっと話が分かれば良いのだが。

金ぴか山崎がやって来た。足どりはふらふらと安定感に欠けている。顔色も悪い。

「ゆうべ遅く、桜の木のところを曲がろうとしたとき、背後から裸か締めを食い首を折るところだった。何も言わず、力がこもるから足を開き、肱でそいつの胃を突いたら、奴は逃げた。凄い力だった」

「危なかったな、山崎の」

「何でやられたか、少し解けてきたが、正月すぎの寒い晩に魏とやり合ったことがあった。多分、その時のことだろう。怖ろしい奴だ。銃は音が出るので、腕力ある手下を使った。殺られるところだった――腕が太い奴に注意してくれ。金色の毛が腕に生えていたんだ」

「金ぴかが殺られたら、ギターが聴けない」

「しばらくの間、みんな山崎に付いていろ。独り歩きと夜遅く出歩くな。分かったか」

「俺たち、夜の商売だけど、そうしよう」

「小生は注意しましょう。みんな有難う」

「殺ればいい。チャーリー魏を。五人くらいで踏み込めば、片づくことだ」

「うしろ弾丸がいい。騒ぎが始まったら殺す」

「魏のことは独りで小生がやるから、心配せんでくれ」

「危なけりゃ報せろ。片づけてやる」

「動乱が終わったら、小生は更生するつもりだ。神父たちの真摯な姿を見て決心した」

「山崎は変わった。世の中にゃ科学で計れぬものもある。それを知るには、信仰によるのだ」

「チャーリー魏が時折英語で仲間と話をしていると秋葉が言うので、三太郎も注意していた。アンペラを敷き詰めたところにチャーリー魏が寝ころんでいた。行ってみたが、何を話しているのか判らなかった。

そこには、子供と負傷者が休息していた。

長十郎の話によると、介護に行く小環の腰に触れたりする者がいる。香港の者である。小環はトイレに友人と明るいうちに行く。夜は佐山厚子と他の友人の三名で行っている。先夜は清国教民の女性が、危なかったと訴えている。

眠った様子をして三太郎は、連中の傍らに横になった。本当に眠たくなったときに、LEAKとBefore it is to lateと言うのを聴いた。

これが判らないので、佐山厚子に訊ねると、秘密を故意に漏らすことで、あとの言葉は、足もとが明るい裡にと言うことらしい。

「明日も暑いぜ、空が燃えている」

「神を信じるには、よく祈ることだと、奴は言っている。厭だぜ、坊さま臭くなってよ」

「いま、死人が池に半分漬《つか》ったまま発見された」

「軍医が死因は首を刺したナイフだ。昨夜の二時か、遅くも三時と思うと言っている」

「誰が殺ったか分からないが、チャーリー魏かも知れないという噂もある。ああいう奴を収容したから、厄介が始まるのだ」

「俺は、あのもみあげが馬鹿長い奴を知っている。以前、あの兄弟は公安委員を殺したと、仲間にもらしたことがある」

「前があっても調べりゃ判るが、香港の事件じゃ難しい。騒々しさは悪徳なんだ。締め出した方が良いと言っているのに」

「敵が侵入した時のことだった。そばに居た二、三人が、ごそごそやっている。悪事を企んでいるらしい、俺の背後にきたから危険を感じた」

三太郎は、粥の夕食を始めた。戦闘がない時くらい、ゆっくりと喰べることにしている。

帰るとき三太郎は、神父に逢った。二、三の話のあと神父が、もしも貴方に悪い想いが起こるなら、貴方は神に対する信頼が足りないからでしょうと言われた。

大岩にどう思うかと訊ねると、彼は口を閉ざしていたが、僅かにこう言った。

「儂はのう、考えたくないのじゃ体は大きくとも、自分はちんちゃい人間だと思うからじゃよ」

翌朝、教民の一人が殺害され、金品を盗《と》られていた。年齢四十五歳くらい、商人風の男性で顔つき尋常、衣服から裕福な人物と考えられた。彼は下腹部に損傷を受けていた。

竹林の柔らかな土の上に、血の匂いが残る哀れな屍体である。夕刻、女の悲鳴があがって皆を驚かせたが、その女性は無事だった。

彼女は劇場で舞踊をする芸能人だった。年齢は四十歳を超えている。

彼女は恐ろしさのあまり、眼がしらを拭いながら訴えたことは、ナイフで狙われ、トイレで衣服を引っ張られたので、することもせず跳び出した。声は恐怖のあまり出せなかったと、長十郎に泣きつく始末である。

義和拳民による攻撃に堪えるという事態もあるし、捜査は行き詰まった。女性用トイレに近づくことは、男にはできぬことだった。

公使館づきの一部女性以外は、扉なしトイレを使用するとき、裾で身体を隠したが、大岩といえど離れた壁によって警戒する。

藪蚊をかわしながら、夜更けまで交代で監視することも楽ではなかった。

一晩は無事だった。警戒を厳にしたから良かったと秋葉も喜んだ、垂れ込みがあったので、大岩は注意している。

月明かりのなかで、トイレに行く女性を竹藪から見詰める男を発見して、何かある、と長十郎を呼んだ。

夜も更け、銃声も絶え、恐ろしい闇だけがすべてを支配している。

斧を持ったでこと呼ばれる男が不意に立ち上がった。薬物常習者なのだ。再びアンペラに倒れ、静かになった。


「神さまを信頼すれば、心配など、すぐ消えますすよ。それから悪人に逆らってはいけない。復讐は神さまがして下さるから、私たちは、働くこととお祈りをすることだけでよいのです。独りでお祈りをすると、すべてが善くなります」

「有難う、元気が出てきた」

「先だってのニーチェのことですが、彼は神の愛を知らなかった。或る人を道徳のお化けなどと言い、疑っていたので、心に不安を持っていた。神への不信は精神障害の原因となり、不幸な死を招く結果となったと思う」

「彼の頭脳は優れていただけに惜しい」

「結婚は早くする方が良いと、儂の国じゃ言われているが、歳をとってから寂しくならぬために、そうすることがよいと思われる」

「俺は女房につらく当たって困らせた」

「嫁さがし三年と言って、早くから始めなければならんが、動乱のときなど、ことに難しい」

「なぜ三年なんですか」

「女性の方に、支度の費用なども負担は重くかかるからだが、相手を絞り、自分に良い人かどうかは付き合ってこそ判るのじゃ。だが分からぬままもある」

「世間には結婚したのに、もっと良い人に逢ったら、取り替えたいとする男がいるのは問題だ。そうした男は駄目な奴だ。一生に一度の結婚相手を忠実に守り、女房が歳を取った時こそ大切にする。大体、女は男とあまり変わっちゃおらんのだ。結婚した男は、他の女性と親密になることを避けるのが良いとされているが、親密というものは、何によらず避けるのが善いのだ」

「女の中には最も善い男を超える人がいるというのは、本当のことですよ。実に女は偉いところがある」

「お前を愛して下さる女性で、清い人と一緒になるのが良いのじゃ」

「その人こそ、神がお選び給わった女なのだ」

「後年になって、この女性こそ運命の人だと分かるものでのう。そうした男は仕合わせじゃ」

「でも、善い人かどうか分からないから困る」

「一緒にいると愉しい人なら良いと言う」

「一緒になったら、あれこれ言わず大切にすることだ。別の女性と較《くら》べる男がいるが、嘆かわしい。男らしくない。亭主たる男は生活の費を稼ぎ、決して妻を別の女性にしようと考えるな。男は変わるが、女性はほとんど変わらないものじゃよ。だが、女のことは儂には分からぬことばかり、難しくて可愛らしい。神父が申したように、妻は夫の真珠なんじゃ」

「ぼくは小環に対し、責任を深く感じます。これも先輩からのお話のおかげでしょう」

「一緒になった人を仕合わせにできるかどうかは、お前次第だ。責任を感じるのは当然じゃ」

「佐山さんは、妻を自分の躰のように愛しなさい。我が儘から離婚を考えるなどは、神さまのお恵みに反します。神の前に誓った通り、妻に忠実にすることです。妻は夫の仕合わせのために専念するのですと」

「佐山と申すおなごは、立派なものじゃ。俺はキリスト教のそうしたところが好きなんじゃよ」

「夫は幸福なら善良な人物になろうと、努力する。だが、しばらくすると、あれほど愛したのにと色褪せた想いに迷う時があります。それこそ互いに体験するものですが、家庭生活に成功した人々は、仕合わせな暮らしをしております」

「佐山がそう申したのか」

「神に誓ったことは約束を守り、忍耐し合って暮らします。そのうち、この人でなければならなかったと思うようになるそうです」

「女はそこまで分かっている。よい話を三太郎は聴かせてくれた。偉い女性じゃな」

「古い妻を離別するのは、その女性の努力に反することです。ぼくは心の裡に働くものに導かれ、協力して暮らし、仕合わせです。神父さまは愛を与えた者は、愛を取り入れるものだと申しました」

「三太郎さんも、大岩の大将も善い人だから、お恵みに預かることでしょう。俺はいつも祈るようにしていますよ」

「祈りが通じぬときもあるでしょうね」

「それが本当のことですよ。正しく暮らした人にだけ、よいお答が必ず来ることでしょう」

「ふんとに、そんじゃ皆は教えられたわけさ」

「小環、このごろ嫁入りしたではないかいな」

火箭に殺された少女を抱き締め、泣き濡れている教民の母親がいる。周囲の者は埋めることもできず、困り果てている。

「ああして親は生きているうちは、死んだ子供の代わりをしたいと思い、自分が死んだあとも、子供だけは守ろうと天から見詰めている。親ほど有難い者はいない。俺らは親不幸ばかりして、心配をかけた。それなのにおっ母ぁは、いつも元気づけ、心配してくれた。この戦争が終わったら田舎に帰り、おっ母ぁを安心させるつもりだよ。俺は六男坊なんだ」

「伊公使ラギー伯爵は三十六歳だが、美人の女房と、いつも長椅子で、お喋りしている。不思議な生きものさ。彼のことをまあらかぴいと言っている奴がいた」

「皆の努力で、心配なく暮らせるとは考えまい」

「俺ら生まれてから今まで、ずっと貧乏人さ」

「哀れな話だが、お前だけじゃない、俺だって」

「あいつは馬肉だけの夕食のときも、正装して現われる。少しいかれているよ」

「あの時は競馬場を走った馬肉だけで、家鴨も鶏も食っちまい、料理人は困っていた」

食料係は書記官の石井菊次郎が中川十全軍医夫人と、北京電影公司技師の小川量平夫人に炊事係を代わった。

だが、何の御馳走も作れず、麦と馬肉少しの料理なので、つらい仕事だった。材料がないので、誰が替わっても同じことだった」

七月二十四日、食糧はさらに半減し、水がゆを配給するにとどまった。

「肚を空かせ、天安門で寝ていた時だ。神父が来て俺を親方と呼び食い物をくれたが、俺はふて腐り、面白くなくて食ってやると答えた。今は皆の話も聴いたので、ここを出たら堅気になるぜ」

「イエスを信ずる者は、この世を明るくする役目を背負っていると言うことだ」

「そいじゃ、まるで電灯じゃないかよ」

空を引き裂く音をたてて、砲弾が通り抜けた。

「死体を数えているのは撫順の男だ。露天掘りで東洋一さ。凄え炭坑だった。だが、遺棄死体なら灼熱ですぐ臭くなる」

「奴さんの二本の指は、ごみ箱の上にあった。すぐそばで破裂したんだ」

「流民が溢れ、教民もここに来れば、何とか無料で食わしてくれると言っちゃ集まるのだ」

「三本杭の付近じゃ、義和団が拳法の猛練習をしている。大衆運動も盛んだ」

「けど社会不安は、全国的に拡大している」

「老人が国に役立つ仕事があるなら、何でもやらせてくれと言って、大勢、集まっている話だ」

「民衆は清国は最大の危機に立っている、憎らしい外国の連合軍と戦い勝利を得るのだ。教育は時代遅れの方が善い、と真剣だったといっている」

「外国人を排斥する心がある若者に、今はいくらでも指揮官となる機会があると言い、官兵となる者を募兵している」

「密偵が包囲軍は董福祥の回教兵と栄禄の大隊も到着した、若い頃、西太后の愛人と噂された栄禄は、命令により三ヶ大隊の長となった。知識階級の者は不満分子を煽動し、蜂起させた。義和団にゃ包囲軍は、山東省から北上した失業者と農民が多いと言われている」

街にはこの動乱が終熄すれば、義和団は消滅するとの噂が流れていた。

公使館の後庭には草花が咲き、この夏の戦火も知らず謳歌している。痛ましくも美しい。朝顔、コスモス、百合の花。夏草や兵どもが夢のあと、との貼紙があった。戦う者のすべては哀しいものなのである。

仏教は家族の幸福と長生きを祈り、中国では、この他にお金が入るように祈る。死亡すると、霊魂は守護神となり、家族のもとや、近所にも現われると言われる。我が子を見に来るとも言われているから、これも大切に扱わねばならん。

先祖を敬えば、その家人にも霊は愛情を注ぎ、願いごとに協力する。供物をして水や飯や線香をあげると、あの世にいても飢えないから、霊魂は喜んで下さると言われる話も囁かれているのだった。

「悪を研究することは危ない。先輩、あらゆる悪から遠ざかることです。良心に反する行ないをしないと、心に決めるだけで充分なのです」

「そんじ、儂はどうしたら良かっぺえ」

「神様から励まされて、よい行動をする勇気を与えられるでしょう。悪を行なう人は、神を見ることはできないと申します」

「本当け、神さまを見ることができるのけ。儂にゃないものを見ることはできん。お前は神様にのめり込んでいるから、儂に判らんことを、さも確信ありげに説教する。そんじ儂は参っている。禰宜《ねぎ》さまにでも願ってみるべえよ」

「ぼくは以前、スピノザの国家論を読んで、疑問的な点もありましたが、眼を開かされたところも多かった。閑が多い人がおちいりがちな悪徳から、国家滅亡を招くことはまれではない。平和に馴れた人は、恐れるものがなくなり、野蛮さも消え、柔弱で無気力な人間になる」

「そうしたことかも、知れんのう」

「彼らは徳行もせず、贅沢を競い、自らの風習ですら嗤《わら》い、他国の習慣を身につけようとする」

「そこに危機が迫るのか」

「言い替えれば、他国に征服され始める。人間には、良くないとされたものも、欲しがる傾向があるから、閑がある人間は遊技、装飾そして宴席を過度にする」

「我が帝国は滅亡するであろう由々しきことである」

「本来なら、各自の経済水準に合った生活がよいが、贅沢は進み、日本の将来もスピノザが述べた通りに悪化するでしょう。どうすべきでしょうか」

周りの者は、髭づらを並べ、聴き入っている。

「ぼくが好きなトマス・ア・ケンピスによれば、想いを決めるのは人間だが、それをとり決めるのは神様です。人の行く道は自力で決まるものではないと言うので迷いますよ。教民もぼくらも愛の鎖によって、一つなのです。同じ考え、同じ望みを持ち、そして互いに愛しあっていると思われませんか」

火　薬

「何をしているかと覗《のぞ》いたら、硝石と硫黄だった。前に工作したことがあるから知っている。両方とも熱を加えると熔けるが燃えない。硝石は酸素に変わり、硫黄はどろどろになるが、やはり燃えない。だが、木炭があれば火薬になる」

「皆は何かの薬と思っている。見れば砂糖らしい。舐《な》めたら甘かった」

「言いたかないが、全部舐められるところだった」

三太郎が首を出し、良いものを見つけてくれたと急遽、大岩に報せた。それからの、一日というものは、手分けをして空き瓶や小石と古釘などを集めてガソリンまで加え、火炎瓶を二十本ほど造った。

試作品を発火させ、も少し強力にしようと各自が持ち込んだ知識を使い、新製品ができた。薬物は全部を消費してしまった。

「戦争する人は、敵味方の全部が爆発で死んじまえば、人間は戦いをやめると考えるが、三太郎は嫌いなのにやっている。罪な話だ」

「先生が言われたこと――一生は一つの川と似ている。泉の源流から清澄なる小川となり滝となる。子供の頃は子供らしく育つがよく、曲折を経て急流となり、苦節を超え、自力をつけ、泡立つ流れが穏やかになるとき恋をし、結婚する」

「そうなるのよ、私たちみんな」

「親を送り瀞《とろ》の如き暮らしに入る者も居れば、戦いに投ずる者もいる。そして嵐に立ち向かう力をつけ、河は穏やかに清濁あわせ呑む大河となり、合流する者は大海に流れ出る」

「その間、神のご意志は自己愛を捨て楽観的な人生観を持つ者に、すべてのことが良くなるように計って下さるでしょう」

「三太郎、考えさせられることじゃが、この人生で司直が迫る如き経験をしなかった者には真の男となることはできん。財産も名声も、いつまで維持できるものではない」

「神の祝福を得るための努力をすれば、心は常に穏やかです。神の子となった者は、死後もお恵みが得られる」

「儂には何も恐れるものはない。あるものは乗り越えねばならぬ困難だ」

「お酒を呑まないと、決めたそうですね」

「戦死者の無念を思うと、儂はな、呑むことができなくなった。死んだ者は勇気ある男ばかりじゃった。与えられた生命は、お国のために果たしたい」

「仏教では、どう考えるのでしょうか」

「すべては無とする説もあるが、そのほかの教えもある。儂は天主教は以前から好きじゃった。だが、儂は日本人じゃ、お先祖さまは墓の中に居なさる。儂の心の裡をどのように視ておられるか。儂はそのことを考えておる。

　戦乱のときには罪悪と思うても、戦わずにいられぬものじゃ」

「神さまが訪れるのは働く人のところです。女性も閑な人は幸福ではないのです。結婚は、他の方法より良かったから、民族の土台となる制度になりました。欠点はあるとしても、これ以上のものは他にありません。従うことが善いのです、人類は二千年の間、この制度を続けてきたのです。ほかの方法をとれば不幸になることでしょう。

　或る時、イエスはごく近しくしている者に語られ、汝らだけは神の国の秘密を知るであろう。他の者には、比喩として与えられるだけであると、語られた」

「勉強しても分からぬものなのか」

「判りませんが、時が来れば分かるという意味ならば待ちます。ぼくにとって益あることだけ起こるという意味でしょう。急ぐのは良くないとされております。祈りて待ち望めとのお言葉なのです」

この日、厨房東側の胸壁は砲撃で破壊された。夜を待ち女性も協力して、修復作業を終夜まで行ない大変な一日となった。

朝から火箭による攻撃を受け四方に火災は発生し、三太郎など給水場の者も消火作業に活躍した。

義勇兵が砲弾の破片により大腿部に重傷を負ったが、沈着な人物らしく苦痛も訴えず、炎の中から、剣を杖にして脱出して来た。

これを手拭で大腿部を縛り、木切れをもって止血したのち、療養所に届けた。

「信仰は神よりの恵みです」

「嗤わせせんな。神様なんか、この世にゃいるもんかい。助けてくれたこともありゃせん」

「実在することを、ぼくは確信しています。助けに来るかどうかは、汝の信仰の如くなると言われるのですから、信仰次第なのです」

「儂の神は日本の神仏じゃ。三太郎の神様は外国から来た。お前が言うことは筋みちが通った善いものじゃ。だから、儂はだんだん好きになってきた」

「キリスト教には十戒の掟があり、親を敬え。神と言う言葉を、みだりに口にしてはならないとする戒律もあるのです。ぼくは一年生ですから、よくは分かりません。でも、十戒は守っております」

「お前みたいな野郎は大嫌いだ。逃げそこなってみろ。義和団に摑まりゃ、神も仏もあるもんか。青竜刀のひと振りで、頭は石ころみてえに、すっ跳んじまう――俺は地獄に行きてえ。憧れているんだ。今まで通り勝手に暮らすぜ。天国で命令されたり、気取ったりしながら暮らすのは真っ平だ。いつまでそこにいると、ぶんまわすぞ」

「皆はどうなんだ。行きたい奴は天国へ行け」

「万壽山の大ボスにゃ世話になった。奴は殺しなんざ、何とも思っちゃいない。奴も地獄さ」

「神さまは騒ぞうしいところにゃ来て下さらん。静かなところへ行けば、お声も聴ける」

「やめろ。皆して何をする。きみさんをこの阿魔とは何じゃ。儂《わし》の村じゃ女をいじめる安す男と言われる。きみさんがお前たちに何をした。手を放せ、言ってみろ。昨日は暑熱の中で、この人は胸壁の修復に泥んこになって働いて下さった。忘れたか。きみさんは今では儂らの戦友である。今後こうしたことが再びあったら、大岩が許さん。判ったか。助け合うことを忘れてはならん。儂も悪かった、きみさんに偏見を持っていた。儂は改めたのである」

大きい目玉を見開いていたが、にことその眼は微笑んだ。

「終わりである。解散せよ」

介護所の方向に、大岩は行ってしまった。

「ぶんまわすと、大岩はこの頃いうだよ」

「どうしてそうなんだ。お前も忠君愛国の教育を受け継いだ日本人だ」

「俺ら始めは忍びか窃盗だった。危ない時もあったが、スリルが娯《たの》しかったのさ」

「ぱくられたか」

「大丈夫だった。苦心して入ったら、頭から血を流して女が倒れていた。その女とは一年くらい暮らした。親方は、雨の日は家の中に誰かがいるから駄目だと言ったけど、入っちまった。犯罪人は憎しみの中で育つと言われたが、俺らは銭ほしさから盗っ人になったんだ」

「出たら、もっとうまくやろうと思ったが、神さまの話を聴いたから足を洗うつもりだ。ボスに話して清くなる。今は別人になったような気分だ。悪事は消えやしねえが、正しく働く」

「よく足を洗う気持になったな。よかったぜ、お前は偉い」

「おいらだって、ぼくちゃんだったのさ。亡くなったおっ母ぁが蚊やりをしながら、線香の煙が俺いらの方に来るように煽ってくれた。醒《さ》めると、いつも俺いらを看ていておっ母ぁは眠らない。そのことを思うと、親不孝だったと思うのさ」

「泣いてるのかよ。悪いこんじゃない。天国に行きてえのが、また一人増えたんだ」

「そんじゃ一歩だけ俺は、先に行って神さまに話しておくぜ。最後の力を出して、お国のために戦う、それが俺の全部だ。やるぜ」

「あのさ、アーメンてのは何のことかよ」

「そん通りになるごと祈らんばったい」

「教会に行って、俺は手伝いしていた。信者の奥さんやシスターにぽうっとして、妙な気分さ」

「ぽうっとしているのは、誰も知っているぜ」

「あすこじゃ、信仰は感謝の心から生まれ、お祈りをすると、神に悦ばれると言っている」

「分かるぜ、いかれたとしても無理ない」

「老いぼれめ、呆けているのに、人をこけにすんな」

「聖書でな、サスペンスがあるところを読んだ。お牢の扉を神さまが開けておいて下さった。だから弟子の一人は、仲間に城壁から吊り出してもらい、脱出に成功するのさ。良い場面だ」

「聖書ってのは、ちんぷんかんかねと思っていたけれど、面白くて講談本のようなところがあったのさ。山上の垂訓は難しくていけなかったが、読んでいるうちに判ると言われた。放蕩息子が帰って来る話にはこたえた。人間はどこの国に行っても考えは変わらないと感心した。駄目息子の親父は、神さまの考えだった。俺にも似たことがあったが、あの父親のようにゃしてくれなかった。善人になろうと思った。それからの俺は皆が知っている通りだ。堅気になれたんだ」

「良くなった奴ばかりか。哀しい奴はほかにいないのかよ」

院内は合歓《ねむ》の花が咲き溢《こぼ》れ、火のようである。

「お前の左手は、ずっと包帯しているが」

「痛いのだ。手の平にまだ弾丸が残っている」

「信仰心がない者は利口にゃなっても、自己本意の考え方をする。それが社会にも、家庭にも不和を招くことになる」

「私は老年になったけど、愉快に暮らした。青春がやっと来たかと思った。老人になると、人間はおもむろに内部から死んでゆく。罰当たりになるなと、友人は言っているが、神は私にいつも良くして下さった」

「俺らにも一緒だった女がいたんだ」

背中を掻きながら、しょんぼりと、小声で下を見詰めている。

「結婚したというわけでもないが、しばらくくっついていた。良くしてくれた。でも、女振りの方は良くなかった。俺の好物が並ぶのさ。しばらくすると、ほかの女と較べて、だんだん良くなっていって気持になり、僅かな銭のことで喧嘩をして、女を殴りつけた」

「しでえことをしたな、可哀そうに」

「俺は向こうずねをよく蹴った。それがもとで女は跛《びっこ》になったが、そいでも尽くしてくれた」

「善い女じゃねえか、すまねえこんだ」

「銭を渡して出て行くつもりで、盗みに入ったら、憚《はばか》りに起きた爺さんとばったり遭《あ》ったのさ。それまでに引き出しから三十円ほど盗んでいたから、大声を出す奴を、ぶん殴ってずらかった。女に銭を渡して俺は消えたのさ」

「てめえは馬鹿だよ、女は顔じゃないんだ。美人なら、お前なんかとそんなわけにゃならねえぜ。その女は可哀そうに、お前を愛していたのさ。しでえことをしたもんだ」

「朝までくっ喋っていろ」

「一度も病気しなかった奴を、だちにすんなとよ」

傷跡が頬にある男が割り込んできて、

「こっちに逃げて来て相棒と追剝をやった。去年の暮れに東安市場の近くで夜中によ、傘を持った男を殺《や》れと指令が来たから、待っていると雨になった。傘を持った奴が何人も出て来た。どの男か確かめようとして、逆に少林寺で相棒は肋骨をやられた。俺は野犬に食われそうになって、木登りをして大丈夫だった」

「兄貴に八頭も歯をむき出して、吠えついたんだ」

「危なかったな。犬は駄目だ、食われちまう。何をしたって生きてゆくのは楽じゃない」

「相棒は息が絶えるとき、二十円できた。ちゃぶ台の裏に貼ってある。兄貴、急いでずらかってくれと言い残して死んじまった」

「銭はあったのかよ」

「あった。そいつでしばらく凌《しの》いだ」

「今度困ったら、俺が身元引き受けをしてやる。金持ちは、俺たちをごみ扱いするから団結するのさ。お前も哀れだが、皆は似た者同志だ、頑張れ」

「人は無力だ。助け合わなけりゃなんねえ。悪党にゃ誰もよりつかない、それが罰なのさ。ここを出たら、心を入れ替えて働く」

涼風が吹き、皆は静かなのでのんびりした。

「神さまが一度だけ気前よくして下さったことがある。しょっぴかれるところを助けられた」

「俺は税金を納めたってつらじゃない。ボスに淋しいところに呼び出して殺せと言われた。早かったから通行人が少なくなるのを待って殺った。夢にもそいつが出る。蒼い顔して両手をだらんとさげてよ。笑うんだ」

「松本の話は評判だが、文なしに効果があるのか」

「銭を溜めた人には良い、物も銭も店の人だって、大切にする人のところに集まるものさ。貧乏することはない。人のためは我が身のため。だが、義和団が大勢で侵入すれば全滅だ」

「おや、不吉は言わないの、大丈夫だわよ」

「俺、知っているが欺されて殺されたら、霊魂は呪う。蒼ざめて前に両手を曲げ、暗闇に現われ、恨めしいと言う。よくしてもらった幽霊は、その人の周りに来て、困るときは助けてくれる。お坊さまの話だけど」

「ロシア人は、ご馳走さんをフレイブダソーリ、パンと塩と言うが、しでえ国じゃないのか」

「お前の話は、本を読みながら聴いてやるぜ」

「本部より至急の援兵要請があった。直ちに伊軍前線に十名ほど救援に行ってくれ。現在我々も強力な敵と交戦中のため、援護できぬ。よって大岩の隊にこの大任を委ねる。ご苦労だが、頼んだぞ」

遊撃隊は直ちに路地を走り、銃声が聞こえた方向に敵を求め、駈け抜け、土壁を曲がったところで目撃したものは、伊軍士官とその兵五名の拳軍との死闘だった。

伊軍士官は拳銃を射ち尽くし、サーベルを抜き払うところを敵兵に組みつかれている。倒れて激しい痛みに暴れる伊兵が眼に入った。

大岩は、側面から敵兵に迫り、その腰を刺し、返す刃で士官に組みつく兵を斬り、たちまち他の者を袈裟《けさ》がけに撃殺した。

残りの敵は猪助が射ちとった。けれど新手を加え十名ほど向かって来る。主なるは腹をつきだした強そうな兵で、これと対峙した。

後退しながら大岩は、青竜刀を振りつつ敵が声を挙げ、死骸をこえて出る瞬間、突如反撃し、敵が屍体に踵をとられたところを斬り倒した。

見事な技である。こうした強いのに立ち向かった奴は悲運なのだ。彼は地獄への暗黒の途を、もの凄い早さで走っているに違いない。

あとの敵は後も見ずに逃げ去った。伊軍士官は起立し、大岩に歩みより、右手を差し出し、微笑すると分からぬことを言った。

多分、彼は有難うとでも言ったと、大岩は快いものを感じたのである。従卒は、この人はステファノ大尉ですと報せた。

大岩が知っているイタリヤ語はアンチャーモ、行きましょうだけである。わが大岩は外国人が好きだった。

中国人もインド人も、すき透る目を持つ人たちも、同じ世界に生き、同じ呼吸をしている。だが言葉は判らなかった。

けれども、深い興味と親愛の情は、大岩を捉えていた。

三太郎がやってきた。すると話が難しくなる。額にたて皺を作るなと言うのに。信仰とは人があらゆる善を、神から期待する勇気だという、判りっこない。

包囲下のリハーサル

「さっき儂は、営内巡察中に娯しい報せに出くわしたのじゃ」

「何なのよ、大岩さん、それは」

「明日十五時から、演芸会が中院広場で開かれる。申し込みは本部の受付だ。儂もこの際、何かを唄いたいが、皆はどうじゃ」

「待ってました。俺たち、かっぽれやるぜ」

この情報はえらい疾さで皆に流れ、義和団が攻め込んだとした報せより、皆を興奮させた。心配はあったが、戦争なんかを忘れたかったのである。

「幕がなけりゃ駄目だ、どうするか」

「ようし軍用毛布だ。ないよりましだ」

「三味線や楽隊もほしいね。太鼓はないぜ。ないものばかりだ。でも村芝居なら大丈夫さ。歌舞伎ってわけにゃゆかねえが」

「鎌倉を出《いで》てようようと、ここは戸塚の山また山。ぺちゃくちゃ、くっちゃくちゃと話し合いするそのうちに、小ちゃい刀をちょっと抜いてちょっと斬ったそのとがで屋敷は閉門――」

皆は集まって、愉快な話に持ちっ切りで、

「巡回中に井戸の近くで、山崎仁助がスペインギターを弾《ひ》いていた。早朝からだったが、奴は凄く真剣なのさ。歌もうまいね」

「独りだったかい」

「三人でいたが、コルネリーナもいた。演芸会に出演すると笑った」

「戦況に大きい変化がなければ、出演希望者は至急に本部に申し込むことだ」

「本棚に尺八が見えたから、儂や訊ねたが、バイオリンと三味線、琴があるとの話だった」

「副会長の夫人は箏曲を申し込んだ。元気な人だった。眼鏡して腰は少し曲がっているけど、早く歩けるし、声は若い。若いときは美人だったろう。だが、箏曲ってのは何のことかよ」

「琴だよ。俺は武家がやるものは分からない」

「そんじゃ俺もやるかな。鼓を少しな、舞台の出の前に炭火で温めると良い音が出る。しばらくぶりだね、太鼓はないらしかった」

「お前が小鼓か見上げたもんだよ、屋根屋の何とか――偉えもんだ、見掛けによらないね」

「俺らだって、寄席の拍子木や下足番はやっている」

「集まれ希望者は、リハーサルだ。裏口に行け」

「捨てこいな、見あぐるまいぞい合点だ」

「でこ、急いでどこに行く」

「オーディションだ。良いところを見せるぜ」

猪助が作った拍子木の音から稽古が始まったが、観客は広いところに七名だけ。ところどころに寝そべって見ている。

「問われて名のるもおこがましいが、浜の真砂と五右衛門が、歌に残せし盗っ人の、種は尽きねえ七里ケ浜、その白波の夜働き」

「ようく憶えた長十郎、演芸会じゃ人気だね」

「俺ら大勢のところじゃ台詞《せりふ》を忘れる。大声を挙げると分かんなく、なるんでござんすよ」

「落ちつけ。湯でも飲んでな。ゆったりするのさ。開演したら、お前さんは選手なんだ。深呼吸して舞台に出る。それでも駄目なら、口をもぐもぐさせてスマイルする。とぼけているうちにゃ、終わっちまう。気楽にすることだ」


「鈴木やの長十郎さん、松本さあん。あと五分で出番でがんすよ」

「頭を抱え、路地に逃げ込みたいじゃん」

「歩哨は気の毒だが、交代で見て下せえよ」

各国の士官とその夫人が来場した。女性は膨らんだスカートをつけ、花のようである。義勇兵、矯風会のご婦人方が来場すると、立錐の余地もないほど観客は集まった。

支度部屋らしいものはあるが、舞台はない。アンペラに軍用毛布を敷き、上席は椅子である。

時間になると口上抜きで、婦人会の副会長が琴を弾き始めた。

三太郎は生田流とか六段といった僅かな知識があるだけで、見事な手捌《てさば》きと雅《みやび》やかさに、凄惨な日を過ごしてきたことを忘れ、大岩と並び陶然としている。

新内は日焼けした男が手拭を被り、三味線の音も鮮やかに立派にやり遂げた。長唄は三中隊の舞姫と自称する有名な松原上等兵で色気があった。みんなは大騒ぎで女以上だと湧いた。次は大岩の出番である。

進み出ると、悪童連中は大歓びである。場内は大岩が立っているので静まった。

尺八で一曲、そして呼び出しが、

「大岩さんが唄います。最悪の場合を覚悟して、今のうちに温かい拍手をお願いします。では」

渋い声で、ゆっくりと三十五反の帆を巻きあげてと唄い、会場を湧かせた。

なにしろ割れるような大声だった。挙手の敬礼をして、

歩兵三連隊の衛門で
ハンカチ咥《くわ》えて眼に涙
どうか歩哨さん逢わせてよ
私のすうちゃんは二中隊

と怒鳴り、そのあと板を釘づけにしたオルガンで、小環と佐山が少々姑娘を唱和する。背後に立っていた教民も小孩子も出て来て、これに合唱した。
次は——故郷の歌である。

夕空晴れて　秋風吹き
思えば遠し　故郷の空
ああ、懐かしの――

望郷の念は、一同をかきたてた。演芸会を知った人たちは、続ぞくと会場に詰めかけ、英国人は軍民一致し、母国の言葉で、これを合唱した。

遠い祖国を偲《しの》び、頬に流るるものを拭いもせずに。遅れて英軍の楽器が届けられたが、「マイ・フェア・レディ」の踊り明かそうが始まり、会場は一転し、娯しい拍手の渦である。

仏軍は国歌を勇壮に唄った。起立し脱帽した者は、それを胸につけた。

佐山厚子が西洋風に手招きをした。立ち上がったのはコルネリーナである。会場は水を打った如き静けさに変わった。

ヴァイオリンを持った彼女は、一礼すると演奏を始めた。三太郎はハンガリヤ舞曲と言ったが、大岩が時折り咳が出るので、心配しながらも、二人は恍惚として聴いている。

曲が終わり退場するコルネリーナに、長い拍手とヴラボウの声援が続いて熄《や》まない。

哀しげに、それでも嬉しさを隠せず微笑を返し、新たな曲を演奏した。"You are my sunshine"である。

会場は湧きに湧いた。

「コルネリーナを救うために山崎仁助は銭を支払い、チャーリーの組織の二人を殺った」

「それで分かった。金ぴかが危ないときは皆で助けよう。山崎を独りにするな。あいつたちはしつこいからだ」

休憩になり、喇叭のついた蓄音機が来た。トラビアタである。次は敷板が来ると、美人のフラメンカを水兵が加わり、即興で踊った。

次は女学生の剣舞城山である。孤軍奮闘、囲みを破って還る。白刃をすらりと抜き放ち、眼も鮮やかに白襷、鉢巻に袴すがたが凛々《りり》しい。

大和撫子これにありだねと、猪助は秋葉四郎太に見えぬようにし、目がしらを押さえた。戦いさえなければ、ここは天国なのに、彼らは夢がさめることを恐れた。

水兵が十五名ほど出ると風と波とに。そのあと景気よく大漁節のコーラスは、籠城の閊《つか》えを跳ばすほどの威勢である。次は金ぴかがアルファンブラの想い出を演奏した。それまで遊撃隊は、ごそごそしていたが、上半身裸体になり、八木節を景気よく始めた。次はかっぱれに湧いた。

観客は、このラインダンスに割れかえるような拍手を贈った。

おてもやん、そして露軍はバラライカやタンバリンでコザックのコーラス、ちょっとお待ちよ。綺麗な姐ちゃん、これは受けたが、終わると伊軍の士官が大岩を呼び出し、花束を贈呈し、この豪傑に救われたと言った。会場は湧いた。

何か言えと大岩に頼んでいる――静かになった。花束を胸にし安心していた大岩は、凝視する観客に対し、いつもの彼らしくなく、とぎれながら羞《はず》かしいが、儂ゃ嬉しいのじゃと言った。

これが通訳されると、再び嵐の拍手が会場を湧かせた。

伊軍は総出でイタリヤ民謡を唄った。そのあと多分、終わりの曲をオーストリヤ軍の士官とドイツ兵が舞台に集まった。新しい酒の歌である。

モーゼルワインがびっくりするほど出され、リモナードがきたあと、各自グラスを持ち、このウインナワルツを合唱した。

矯風会の婦人方や、コルネリーナと各国の婦人が踊り始めると、厚子も狭い会場を抱き合って踊りまわり、戦いを忘れた。吹き初めた爽やかな軟風の中で、高らかに謳われ、動乱の終局近きを思わせ、郷愁を消し去った。

だが、突如、会場を襲った砲弾の炸裂音は音楽を消し、悲鳴は館邸地域に拡大された。

担架は走り、銃眼から覗《のぞ》けば敵兵の制服は広場を埋め尽くし、遙かな公路まで展開している。

やがて敵は粛々と前進をはじめた。

「大門を死守せよ。関が原じゃ固めるのだ」

「くたばれ、みな殺しだ」

大岩が斬り込むと言うのを、三太郎が行けば死ぬでしょう。ここは、じっと我慢しましょうと押しとどめている。

「援軍が来るまでです。行かないで下さい」

次々と炸裂する飛弾は、土煙りを霧の如く四辺にとばし、周辺はあまりにも晦《くら》かった。

「開門してはならぬ。出て死ぬじゃないぞ」

もはや頑張るだけである。賛美歌が流れると、皆は落ちついて、砲撃が終わるのを待った。

求めなさい　そうすれば与えられるであろう　み言葉は遙かな遠い　歓びを運んで――

「生活の程度がよい暮らしの人は官能的享楽に惹かれ易く、無信仰を自由と考えて自己を騙し続けるのです」

気分を新たにして大岩は、鞍山から来た荻田文子の婦人狙撃隊への申し込みを受けつけた。

「何しに来た。何もないぞ、弾丸でも食うかよ」

「つながって赤とんぼが飛んで行く。終わりは近い。断乎戦い、生き残ることじゃ」

夾竹桃の花は群がって咲き、ほのかな香りを風は運ぶ。そそけ立つ心を慰めてくれる。

行くては小暗く　力も弱れど
み使いの守りに頼らば　恐れあらず
やさしき天使の歌声　空にひびく

伊軍前哨の戦闘はひとまず終わったので、猪助を帰らせ、三太郎と路地を歩み始めた大岩は、突然、後頭部に強い打撃を受け、眼をまわし、土壁の端に摑まり崩れた。数名の敵兵が走った。通りゃんせの歌声が聞こえる。三太郎は加勢を求めつつ戦った。やっとのことで敵兵は路地から消えた。大岩は目を開いた。心配して見守る小環の顔が見え、ライフルの柄で殴られたとき、引鉄覆が強く後頭部を打ったと、三太郎は説明した。彼の膝痛は終わってしまった。

「先輩は背が高いから助かったが、他の人なら死んだでしょう。血が流れ、止まらなかった」

と言い、深い吐息をもらした。その時の敵は、三太郎が射殺したのである。

「駄目かと思いましたが、固い頭なので無事でした」

腫れあがった後頭部を、小環は冷やしている。

「また助かったか。儂をまだ働かせて下さる。三太郎も小環もありがとう。だが痛いのう」

燃える暑熱の盛りである。三太郎には人だけは殺させたくなかったので、大岩は残念だった。

水汲みから戻り、冷水を差し出す三太郎の上膊部をぎゅっと摑んで大岩は引き寄せた。

「おかげで助かった。有難う」


震動と閃光とに眩《くら》んだ三太郎は、泣いたあとの子供のように、ぼんやりと歩いている。

「もう戦争は厭だ、まっ平だ。下らない」

曲がり角で追いついた秋葉四郎太は訊ねた。

「ぼくちゃん、どうした。泣いていたのか」

しょんぼりと立ち止まった三太郎は、

「ぼくは何かを考え始めると、帰り途まで間違える。本当にぐうたらなんだ。先輩はひどく辛そうだった。呻《うめ》き声を聴いて、茫然と考えていたのです。先輩は確かに死に向かっている。もう、やめるべきなんだ」

「心配するな、皆はそれでも、戦っている。大岩は強い男だ。大丈夫。小環はそのことで心細いのか。よく見てあげることだ。一緒にいる時間こそ、結婚生活には重要なのだ。忍耐しろと言っても、それだけでは続きはせん。明るくしてな、慰めてあげろ、淋しいのだ」

「人はみな、寂しいのですね」

「先だって三太郎は、神と友になった者は、それからの人生は仕合わせばかりだと言ったけど、本当かい。お前はそう思うのかね、本当に。偉いというより、不思議な信仰だ。神さまの友だちになれるなんて。驚いている」

「信者は、真剣にそう思っているのです」

「イエス様がカナの結婚式で、酒が不足したときに、水を酒に変えなさっただろう。あんな魔術を習って稼ぎまくるってのは、どうしたもんかね」

「その頭は飾りもんなの、馬鹿だね。天主教は、欲張りは駄目なのよ」

「去年の暮れに女装して殺ったが、仕返しはなかった。忘れちまったかと思っていたが、女ボスに何度もつけ狙われて危なかった」

「俺も逃げた。摑まえると片腕をぶった切るそうだが、イスラム教と同じさ。誰でもあの宗教は強くて、よく戦えば侵略だろうと、天国に行けると信じられている」

「ボスが女じゃ、思いつくと大体実行する。銃を持てばすぐに抜くし、危ない」

「かつらは馬の尻っぽを切り取った毛を、糊づけしたものだった。薄暗けりゃ分からん。いい女と言われたが、色気はないとさ」

「背広の奴ばかりお前は狙っていたが、それじゃお加護を祈っても、無駄じゃないのか」

中院ではオルガンの周りに胡座《あぐら》した子供に大きな栗の木の下でを、小環が弾いている。教民の鍋からは、大蒜《にんにく》と玉葱《たまねぎ》の匂いが漂ってきた。

「信仰心がないのに、信仰の話を語るのは、偽善者だ。お前にそのことを知らせたかった」

「いま信仰心が深い者も、以前はそうじゃなかった。クリスチャンは、偽善者と呼ばれることに誇りを感じているから手におえぬ」

「イエズスに憧れをもつなら、誰でもおいで下さいと申しておりますよ」

いくらか、落ちついた大岩は坐り直してから肩入れをしてもらい、本部に行った。

「そうだったのか。徒然草に、人の心は事物に触れると、それをしたくなる。楽器に触れていると鳴らしたい、盃に触れると飲みたくなり、お数珠をまさぐれば、怠っていた信仰も誠の信仰心を起こすようになるものじゃ」

「長春にいた男が、ロシヤの歌を秋葉に教えていた。大豆は沢山とれるし、西にハイラル、興安嶺への想いが心を湧かせる」

三太郎と大岩が本部から帰って来て、大岩は頭がずきんずきんすると擦っている。

「敵将から儂に親書が届いた。明日、出頭せにゃならんわい。査問会ではないと思うが、厄介が起こらねば良いが」

「白旗を揚げて近づいた使者に発砲したから、三本杭に信書を挟んで逃げ帰った」

「本部は日本文にしておくとのことだった。施雲竜という士官の長から、大岩さんと小孩太太にあてた書で、佐山厚子さんも来ていた――施《ちい》のことはよく知っている。大岩先輩には覚えがないが、先方は助けられたと書いてある」

翌朝。親書の内容は八月十三日、両人は両腕に赤布を巻いていれば、総攻撃のとき必ず救出する。この日は二十万の兵で攻撃するが、皆な殺しの方針である。大岩には王府井《わんぷうちん》での命の恩義がある、そのことは忘れないとあった。大岩は返書に、儂は日本人じゃ、最後まで同胞のために戦うと認《したた》め、施雲竜に返送した。

この夜、金ぴか山崎は、魏の弟分に消されたが、死骸が見つからないとする報告を大岩は受理した。

夜半にチャーリー郭《くお》は、トイレ近くの物置から死体となって発見された。

翌日十六時まで本部で書類を整理していた三太郎は、頂きものを、小環に持ち帰ろうとして路地を急いでいたが、西側の扉を開いて拳軍の兵が跳び出した。

三太郎を見ると、叫び声をあげ斬りかかった。

一撃は避けたが、得物を持たぬ、三太郎は土をすくって投げつけた――だが無益だった。

絶望的に周囲を見ると、穴のあいた洗面器があった。瞬時にそれを拾うと、敵に対し左腕にそれを持ち腕を伸ばした。

――死ぬことはできぬ。跳びかかり、洗面器で顔面を殴って逃げよう。三太郎は敵兵の双眸が妖しく光り、歯を見せて嗤《わら》いながら接近するのを凝視した。青竜刀を振り、叫び声をあげると、拳軍の兵は突進したが、背後から銃声が響いたとき横ざまに殪《たお》れた。

小環が重そうに洋砲を抱えて現われた。銃口からの白煙を見て、土に尻をくっつけた三太郎は、冷や汗が背筋を流れるのを知った。でこの奴が負傷して危ないと報せがあった。

「死ぬときゃ地獄だって入園料がいると、でこの奴が言ったが、銭なしはいつまでも待たされるそうだと悲しそうだから、空らっけつじゃ淋しいだろうと、懐中に少しだが入れてやったら、兄貴が居ないところじゃ、寂しいぜと泣きそうだった」

「奴は墓場と葬式のことなら手伝っていたから、お安くしときますと言ってな、生きている方の手を出してから、行っちまったよ」

「天に宝を積みなさいと言った神父のところにゃ、神さまが、よく来なさるとよ。シスターは一生結婚しない。偉え心意気だよ」

「尊い仕事に命を張っていなさる」

猪助が嬉しげに駈け込んできた。

「介護所に山崎がいた。傷は浅く奥の雑庫の中に逃げ込んだが、気を失い、二十時間も眠っていたそうだ」

皆は山崎のところに走った。ここではつらいことも娯しいことも一緒であった。

「火炎瓶を猪助と壁に登って来た敵にどかんさ。うまくいった。しばらくはあれがあるから、昇って来ないだろう。効果は充分あった」

「一緒にいたのがさ、籠城のおかげでアルコール中毒も消え、指の震えは停まった。生き残れても、酒は一生飲まないと言った」

「奴は同じバンダナを、仲間と判るように首に巻いている。あんときは雨の晩に現われたと報せがきたから、周りに人影がなくなるのを待って、至近距離で殺す筋書きだった」

「射撃音のでないナイフを使い、近づいて、いきなり突っ立てるつもりが、相手の方が先きに気づいてガンを抜こうとした。何かに引っかかり遅れたので結局、相手の肚を刺して倒した。消されるのに強い力で摑まれた」

「あれからマテーニを飲んじゃ、俺に顔が幾つに見えるかとか、光りを見たとか言ってた」

「銃ならズドンだろ、なぜガンて言うのかと尋ねたから、ドンと撃つと、耳がガーンとなるからだと、慰めていたんだ」

食糧は底をつき、絶望感が漂い、末期的状況だねと、皆は肩を落とした。

ロシア公使ド・ギールスは、部下と共に機密文書を焼いていたと、ガイルズの日記には述べてあるが、西公使も公文書を焼却することを青木外相に伝えた。

柴中佐が出発させた密使二十八名のうち、返書が届いたものは三通だけである。一方、女性は日章旗の作製に余念がなかった。

こうした時にさえ女性は、頑張りリズムを体の底から引き出せるものである。へこたれた男性とは、この辺が際立って頼もしかった。

八月十一日と翌日の砲撃は、かつてないほど熾烈で、余りに猛撃を受け、もはやこれまでと覚悟を決めたときがあった。

だが協議の結果、敵の軍門に降伏することはやめ、耐え抜くことに決めた。

もう僅かの忍耐をするうち救援軍が到着するであろう――それだけが皆のすべてであった。

日章旗が高く翻るところを、必ずや救援軍は目指し、万難を排して突進してくるであろう――ならばと婦人はシーツを剝がし、日章旗を急造している。

「私たちを助けようと、軍人さんは、どれほど犠牲を払っていることでしょう」

「愛は――自己犠牲なのよ。お祈りをしましょう。大岩さんの隊の人が負傷して来ました」

「松本は蟬取りに行った。炒《いた》めたらカルシュムはあるし、味噌で味をつけるのさ」

「蟬だって翅《はね》がある。むざむざたあ捕まるまい。え、蜘蛛の巣を三つ取って来たって、そんなら大丈夫だ、あれは粘るからな」

「お夕食は、蟬の佃煮になるのかい」

苦痛に耐え、大岩はやっと起き上がった。頭がたまらなく疼《うず》くと、へらへらしていたが、

「敵は二十倍だが死力を尽くし、防戦を成功する。やり抜くのだ、背中に電流が通じるような痛みが走る――援軍は数日中に必ず到着する。それまでの戦いじゃ」

「終わったら、王府井に出て皆で乾盃しよう」

「先生は戦争がいつまでもなければ、国民は子供っぽくなり、利己主義になる。適度の緊張も失い、精神力も減退する。カルタゴ、ローマなどの衰亡の跡を見れば、我が国の将来も分かるとおっしゃったことがある」

「敵は食事を攝《と》っている。砲が並び野積みの貨物が増えております」

「援軍が到着するまえに、北京城を陥落させるつもりだ。三太郎、外部を見ろ、広場に集結しても、火薬が不足で戦端を開けない。だが、火薬が届けば一斉に砲撃を始めよう」

「あの特攻は、敵の攻撃を遅らせ、大勢の人命を救ったのですね。百団の兵だから、八万でしょう。先輩の嘆息で分かりましたが、死ぬ覚悟なのですね」

三発の不発弾から火薬を取り出し、古釘を集め、ビンを砕き、皆は六本の火炎瓶を造り出した。

「底に火薬が入っているのだ。詰めようとして棒で突いたら、爆発するぞ」

「ずんずん行っちまった。ぼくがね、死にたいよと言ったら、先輩は嗤《わら》った。以前のことだが、男は笑って胡魔化すと言ったことがある」

「日本軍は大沽に上陸し、今頃は通州を落とし、快進撃で各地の敵を撃破し、風に乗ってこの広場に雪崩《なだれ》れこむ。損害も多発し、苦戦もすることだろう」

服部宇之吉は勇敢無比と言われたが、即死はまぬがれた。時がきて皆が戦うとき、日本人として愧《は》じない活動をしてくれと、大岩は伝えるにとどまった。

「もう戦死者を、これからは出さぬようにせねばならぬ。数日で動乱は終わるのじゃ、偵察などに出発させてはならん。三太郎は、世界中から情報を得ているが、お前の意見もあろうが」

「先輩が笑いそうですけど、アリストテレスは、娯しみとは能力の表われだと申しました。真の音楽家なら音楽を愉しむ人ですし、真の政治家なら政治そのものを楽しむでしょう。さて先輩は何を娯しむ人でしょうか。強すぎて自分の他に敵はいません。最高の軍人ですから」

「儂の顔じゃがのう、三太郎、どんな顔だ」

眉は変色し、頬はこけ、両眼は深く窪み、周囲は蒼暗いとする答えは唇から出せなかった。

「先輩はエキセントリックな顔ですよ。鬼気迫る可笑《おか》しみがあり、死ぬはずはありません」

歩哨がすたすたと直ぐに来たが、敵は東に向かい、ぞろぞろと行進を始めました。日本軍が背後に近づいたからだと、皆が臆測しておりますと言う。

「城内に攻め込まねば、背肚に日本軍を迎えることになるから、敵は強引に攻めるか、退却を余儀なくされるであろう」

祈りは神に届くか

「どんな手続きで、三太郎は祈るのだね」

「静かなところで独りになり、暗記している祈禱文を祈ります。他人が見ていないところが良いと思いますが、お返事はすぐに来ることもあり、数日かかることもありずっと遅れて来ることもありますが、忘れられることはありません」

「神さまの友達だそうだが、大したものだ。儂の郷里で先祖の墓を移したいと訊ねるなど、儂にできることじゃなかっぺ。ご先祖さまや、お坊さまと相談のうえでなければ何も申せんことじゃ。南無妙法蓮華経とお唱え申すことにしよう。くにには浄土真宗と日蓮宗の家が多かった」

「ぼくの実家は日蓮宗の檀家で杉並の蓮光寺さまです、住職はじめ善い人ばかりでした。ぼくは改宗の判断に苦しいものを強く感じたのです」

「東京は気楽なところがあるが、もってのほかなことだ」

「戦争に賛成した国民は、すべての災害を引き受けることになる。どちらが悪いかは勝った国が決めるから、真の正義を追求したとは言い難い。だから平和の為に戦うほかはいけませんね」

「三太郎、お前の言う通りかも知れぬ」

「この動乱は列強が清国からの強い反対はないとみて、狼のように食いついたことにあると思います」

「ものには、全て原因があるのじゃ、儂はお前の話から、人間の目的は何かを考えて判ったことがある。神のおそばに行けるならば、そうしたい。実は天主教を儂も好きなんじゃ」

「でも分からぬことが多いでしょう。ぼくは聖書研究会にも入らず、神学にも興味はありません。知識にはきりがありません、このままが善いのです。永い歳月を神道も仏教も、国民を立派に育成して来たのですから」

「出発の数日前に西山荘に行った。茨城県人が誇りとするところじゃ。儂らはお西やまと親愛の情を込めて、あの地を呼んでいる。水戸学発祥の地じゃ。質素な建物の中に水府を育てられた魂が宿っている。教養ある者は質素を旨とする――母ちゃまは大陸に行っても、日本人の魂を忘れてはなりません。弱い人を助け、言葉が違っても決して曲がったことをするでないぞえ。泣きごともなりませぬ。怪我は恥ですぞ。往く者に涙は不吉じゃ、泣きはせぬと申された。

お婆あちゃまは、儂をお仏壇の前に連れてゆき、お先祖さまがお前の背中に付いていることを忘れてはなりません。死ぬことを怕《おそ》れるあまり羞《はず》かしゅう生き方はせんものじゃ。お前の叔父は、過ぐる日清戦争にも立派な手柄をたてたのじゃと、これらの言葉はいつも儂から離れたことはない。皆と戦ったことを誇りに思っておる。動乱はあと数日で終わるだろう。今こそ乾坤一擲の大事なときである」

「俺らはな、四度も死にそうになったが働いた。名誉とか勲章ぐらいのことでやれるもんか。三本杭で戦った奴はみんな死んだ。肺が潰されて右腕はもぎ取られた。しでえもんだった」

「松本さんが、屋根から落ちたんで担ぎ込んで来た」

「療養所か。すぐ行く、いつもよくやってくれる。ありがとうよ」

「秋葉さんが、天主教はヤソ教と同じだ。耶蘇は清国読みじゃイエスだそうだ。だが、ありゃ輸入品だかんよ、それほどじゃないと言った」

「俺も長十郎も厭だ。日本にゃ昔からの仏教や神道があるんだ」

「けど小西行長、高山右近などの大名は、キリスト教信者となった。理解できる者にはこれは良いと思われる宗教だったに違いない」

「よせ、三太郎がいかれたのは、もともと佐山厚子の仕業なんだ。舶来崇拝の偽善者だと噂している。可笑《おか》しいか、これ、大将まで骨抜きにされたら、かなわん。注意しているぜ」

「ぎぜんしゃてのは何か、車のことかよ。あがりをぽっぽに入れてずらかる魂胆か」

「お前が現われるところじゃ、話が分からなくなるから、皆が偉い奴だってそう言っている」

「まさか、俺らはそれほどじゃあんめえよ」

「佐山さんは欲がない人ですよ。まわってくる袋に入れた小銭は、皆の食物に消えるだけさ」

「ぼくは、戦争の災害が国民にどれほど苦しみを負わせることかを、経験しなかったため判らなかった。良識を持った年配の人もまた、国を愛しています。戦争を金儲《もう》けにする人は多いが、戦わなければ、国費を使わず、人命も損ずることはないでしょう」

「だが、敵が攻めて来てもか」

「司令部のように話し合うところでも、多数決なら少数派の意見の方が良い場合は多い。頭の良い人は、常に少数派ですと言われますが」

「多数派は頭が悪いと言わんばかりだが、そうとも言えん。少なくとも多数派は力を持っている。お前の話はもってのほかの男が考えるものじゃよ。だが儂も多数がよいとばかり思わん」

「ぼくは先輩を尊敬しておりますが、力で押しきり政権に居坐れば内部から腐敗してゆくでしょう。多数決は問題がありますよ」

「大砲は誰が造ったか、思い違いでなければ耶蘇教徒じゃ。銘も彫られている。お前の話にゃ裏がある、宗教としては古く、教義は儂を考えさせるものばかりじゃ。そうしたこともあるから、敵にすれば危ない」

「青竜刀の敵に勝つには、どうするのですか」

「重いから方向変換は遅くなる。敵の手もとを見て、動きが少ない柄の部分を突くことじゃ」

「日本刀は刺すことができるからですか」

「同じ力なら斬るよりも、突く方が致命的だ」

「風車のように回転させて迫る敵を、フェイントして剣を折られたら――」

「そうはならん。腕、足の血管を軽く切るだけでもよい。しばらくすると、敵の血圧は下がり、体力を失う。もしもお前がやられたら、血流を押さえ逃げだすがよい。止血は手拭でな、躰から手拭を離すな。それが命を救う。気迫を敵には感じとらすことが大切じゃよ、勝つためじゃからのう」

「老人には生き生きしている人が多い。潔くすべてを譲り、余生を他人やお国のために使う人もいる。もう急ぐこともなく、自分を問題とすることもない。済んだことを考えず、皆を幸せにするため自分を与える。ぼくはそうした人になりたい」

「お前は気持が悪い奴だ。だが、健康はそうした老人のものかも知れぬ」

展開した官兵の背後で、砲兵は忙しく、ぞろぞろと駈け歩いている——火薬が到着したのであろう、熾烈な戦闘が始まろうとしている。

「佐山は、三太郎にこう言ったらしい。恥をかかせ、神はそのあとで良いものを与えるから、天からの声に耳を澄ませるがよいと」

「そんならよ、俺たち全部そうした経験あるぜ、お立派かよ。恥の方は平ちゃらだが、何も聴こえたことあねえだ。山口ならおいでませというところだね」

白兵戦

「お晩かたでんす。皆、聞いてくれ、今日から婦人狙撃隊が誕生する。志願された女性婦人方への礼節を忘れず、親切にせにゃならん。分かったか、紳士諸君」

「また格が上がった。俺たち、紳士だそうだ」

「どさくさに紛れ、お触りするなと、大岩は言いたかったのさ」

女性が銃で戦うことに反対した秋葉はフランス人の話しを爺さまから聞いたがと言い、

「子供を立派な人に育てたければよく罰をすることだ。また、よい妻は大きい財産だ。一緒になった男は長生きができるそうだ」

「俺は厭だ。負傷したら顔じゃなくとも、女には困ることだ。やめろ。負傷は男には自慢の種だが。可哀そうなことをするな」

女子狙撃隊の特訓を見物するなと言われたが、大勢が行った。

包帯を巻いた者ばかりである。最後の反撃に彼らは加わっていたが、お蕗たちの努力が不要になることを期待しながらも、再び最前線へ頭を横に振りながら出撃に皆は行った。

「娘っ子に気を使わせていられるかよ」

彼らは暗闇に曙光《しょこう》を求めつつ、手を取り合ってざくざくと進んだ。八月三日が来る。

お蕗には訣れのとき握られた手のぬくもりが、今なお残っていた。息が苦しくなるほど抱き締められたときの熱き吐息も、昨夜の如く思われた。しっかりした心の持ち主だがお蕗は、両親が勧めた結婚をせず、見知らぬ北京の土を踏んだばかりに、籠城することになった。

そして婦人狙撃隊志願者として、この動乱に加わった。彼女は不吉な夢を見て、汗をびっしょりかく夜が続いた——氏神さまは、あの人の無事をお守り下さるわ。

お守袋を取り、お蕗は平静になろうとした。だが、不安は高じ、恐ろしい幻想に悩まされた。

三太郎は、ガスが抜けた風船の如く考え込んでいた。小環と小ぜり合いをしたからであるが、松本のとっつあんの一言で、たちまち笑顔に戻った。最初の出合いが決定的だった、そのうえ説明もつかない意気投合があった。若い男という者は、どのような女性がよいかを考えて、母親に似た女性がよいと考える。

自分を最も愛してくれた人だからだ。或る日、胸中にその女性に決めるが、どんな女性かはまだ良く判っていない。別にそそっかしいわけでもないが、その女性を愛していることに気づくのだ。若いときは、人生の華といわれるわけである。

男たちは強い性能を持った火炎瓶を造ることに成功し、敵の攻撃を待っていた。珍しいことである――ふっ跳ばすと騒いでいる。

幾つになっても、男は子供みたいなものなのねと笑っている。

小環は忙しくて、いそいそと跳び廻っていたが、この頃は三太郎の日本語も聞き分け、身振り手振りを加えて話ができた。頭が良い娘だと心の底に思うのだが、三太郎にはこうした芸当はとてもできなかった。

銃が来た。三太郎は、弾丸込めをしたうえで、人手に触れぬところを置場にした。

結局は小環の安全を守るためである。

男は身勝手なところがある。夢に化物が笑い、時がくると、ストレスがやってくると言った。

八月四日、天津から北上した連合軍は官兵と戦い、潰滅させたとの入電が届いた。

北京市内は一時的休戦のニュースが流れると、物売りや、子供の声も聞こえ、莨《たばこ》や酒などの物品を売る者が城壁下に集まって来た。明日は八月も五日となる。

翌夕刻。清国人二名が内密に持参したレミントン小銃二梃と弾薬六十五発を、大岩は購入した。不思議な国情を知りつつも、遊撃隊の者は、この連発銃を手から放したがらなかった。

八月六日、苦力《くーりー》から百発の弾丸を大岩は購入したが、二名の苦力は帰途に官兵に捕らえられ、銃器密売の罪で誅殺《ちゅうさつ》されたとの噂は正しかった。

二つの死骸は、城門付近の樹木の根元に捨てられていた。黄福祥は、西洋人を殺すための才能だけは持っていると発表した。

「ここにゃ酒保はないのかよ。もしもやっていたら、何でも掻っ払って来たいんだ」

「お前ちゃんは、いつまで盗魂が抜けないね」

腰を打った松本は元気になり、婦人狙撃隊を教育している。愚図ぐずしていられぬと言うが、もう独りの助教、金ぴか山崎は参っているので、爺さま独りの助教である。

「銃身が動く、肩当てはしっかりと。銃を支える力が不足だが仕方ない。照星はどこにありますか。照準監査の結果、お蕗さんが一番でした。他には天草のお規久さんも良好でした。狙いが良くとも、がく引きしたら命中しませんぞ。静かに引鉄を押さえるように引く」

見学していた大岩は、松本が良い教官になるとは思いがけぬことだった。

目も眩む光が炸裂し、土くれが飛んだ。八月七日である。空腹のままだが日は昇る。

「砲弾に野郎は追いつかれて死んだ」

「俺が気を落とすんじゃないぞ、助けるぜと言ったら、微かに笑った。いい奴だったのに」

「有刺鉄線を顔に引っかけたが、いつもよく働いた男だった」

小環がやって来た、三太郎に逢いたいらしい。髪を編んで頭上に巻き、紅をさしている。照れながら近づくと、二人は喧嘩したことも忘れ、嬉しそうに喋っている。

何てことはない、皆は戦争騒ぎがない舞台を眺めるような具合で、当てられている。

三太郎に綺麗になったところを見せ、小環は微笑んでいる。みんなは寝そべったまま、それを羨ましげに眺め、他愛ない——

「三太郎の奴、でれついているよ、可愛ゆいのさ」

「眼は心の窓と言うが、小環の目ときたら、三太郎を見るときは、ぴかついているんだぜ」

「先だって、神父は恐れるな。我れ汝と共に在り、何ぞ恐れることあらんや、何て言っていたが」

「前線から逃げて帰りたくなることがありました。今は危なくとも馴れたので、大丈夫だと分かります。それに神さまが守って下さる」

「臆する心は誰にもある。それが健全な人間の精神じゃ、儂とて同じなのじゃよ。三太郎だから話をするが、恐れは次第に拡がり、戦えぬ男にされるのだ。怯《おそ》れに隙を与えるな」

「分かりました。頑張ります」

「最後の攻撃に二日間はかかると思うておるが、攻撃路を敵が拡げたら、一日半でやられる。現在は大門を突破しなければ、最終的攻撃とはならん。だが、救援部隊が彼らの背後に近づけば、気配だけで敵は総崩れとなろう」

猪助と秋葉が、何かの肉を包んで埋めた土の上に火を燃し始めた。

もう臭くないはずだと言い、蒙古刀を取り出したが、やって来た山崎仁助と借りがあるからと言い、カードの賭けごとを始めた。大岩はよたよたと歩いている。

秋葉四郎太は、北京出張所の課長をする穏健な好人物である、騒ぎになる賭けごとは御免だった。長十郎が来ると切れたり、動作は疾く気短かで、危ない男だった。女の言葉を時たま語り、手荒らなことをする困った男である。八月八日もまた日没を平和裡に迎えた。

だが、連中は仲良くむしゃむしゃ食い始めた。

「人生とは善への希求であり、その努力にこそ意義があると、トルストイは述べているが、儂や反対などせんよ」

芥子《からし》だねほどの信仰あれば、汝らに能わぬことなかるべしとの佐山厚子からの受け売りをした三太郎は、大岩に乾盃の真似をする。

小環が明るい性格だから、三太郎も明るくなったのだろう。心の裡で大岩は嬉しかった。

「もしもこの三日のうちに儂が前線で死んだら、靖国神社に祀ってもらいたい。言わば儂など泡沫にすぎぬ、悪戦の末に一つの遺棄死体となり蠅がたかり始める」

「大将が死んだら困るぜ。無理せずに、そんなことは言うなってば」

「先輩、キリストをこの世に送り出された神こそ、永遠に変わらぬ天主とされるヤーウエのことなのです、キリストの父のことです」

砲撃は最高潮に達し、炸裂の震動が谺するたびに脳裡まで苦痛となった。官兵は皇城の城壁に砲台を急設し、痛烈な砲火を浴びせてきた。

城内の連合軍は疲労も深く、傷兵が急増し、防禦のための兵に今や交代もなく、木立の中に倒れた兵を見るばかりであった。

「よたよたと野郎が来たぜ、しばらく死んでいたと言うが、そこに坐ったらどうだい」

「短い間だけど、死んでから行ったところに馴れたのさ、以前、聴いたところより住み良かったと話しただけでがんす。別に珍しくない」

この日、北京の炎熱殊のほか甚だしく明治天皇紀によれば、灼熱の一日であり、敵はいつ、どこから主力部隊が侵攻するか不明だったと記録された。

「今日の戦闘が、最後の御奉公になるだろう」

「待つことさ、一度に敵が進入することなどできまい。俺たちは頑張るだけさ、死ぬも残るも」

皆の長い沈黙のなかで、三太郎がびっくりするほど元気な声をあげた。

「いつでも、ものごとは順を追ってやってくるものです。恐れはあるけど、一つのことにしっかりと足場を固めて待ちましょう。どんなにつらいことも、大体三日間です。それが過ぎるとき、すべての問題は終わると、ヒルテイは述べています。今はその三日目ですよ」

「三本だけ火炎瓶はある。紛戦になったらこれは石油を撒《ま》いたところに投げるのさ、きっと成功するぜ」

「人間の進歩は苦難によるのです。ぼくたちは苦しみを受けていますが、それこそ神に選ばれた証明です。先輩は立派な人ですから、神ご自身の計画のために選ばれたのです」

侍女がハバスとタスの通信特派員と話しているが、フランス語なので、三太郎にはさっぱりである。あの言葉で意志が通じることが愉快だった。生き残ったら、いつか巴里に行きたい。

三太郎は療養所に行った。裂傷の兵士や呻《うめ》いている女性もいる。包帯の中から、片眼を出して挨拶された。小環が敵の師長を援けている。師長はこわばった顔に髭が伸びているが、命は救われ、負傷後のこととて気魄を失っている。彼は小環の手に感謝して、言葉も通じるのでやっと微かに笑った。

「破傷風の注射は、仏軍が出してくれました」

「有難う、それで一人助かる。治療を頼む」

「モスクワじゃ、革命が起こる情勢ですね。今日は八月も九日ですよ」

「彼はミハイロフという貴族の一人が、副官なのに、戦争に関する考えが違うそうだ」

「俺は食わず二日だ。生きてんだぞ、食わせろ」

「特電だ。連合軍は、揚村で拳軍と激戦し、彼らの遺棄屍体は山の如しということだ」

「騒ぞうしいものは悪徳だから、締め出せと神父は言っているが、松本は賑やかの方が好きだったが、今は静かな方がよいと言うので、大岩に尋ねると、人生の苦しみから、唄くらいは賑やかな方が助かると言った」

「猪助はんが危ない、来てくれ、すぐにだ」

みな本部うらの道を、武器を手に駈けつけた。八月十日のことである。

中庭の途は独り歩きするなと言われていたが、薬を持った小環と三人で戻るとき、路地から現われた敵兵に襲われた。小環は加勢を呼びに走った——疾い脚である。

猪助は匕首を持っていたが、青竜刀を振りまわされてはたまらない。

三太郎は武器をもたないから、逃げろと猪助に言われた。そこに義勇兵二名が通りかかり、混戦となったのである。三太郎は石を投げて戦った。

土手に駈け登った猪助は、先頭の敵兵を投石で殪《たお》した。得意とする投石と素早い動作は彼を救った。まるで、どら猫のように走りまわった。

槐の樹木の枝を摑み、拾った石を投げつけ二名を倒し、土壁の上を走り本部の階段近くに跳び降りた。彼は敵兵の目か鼻の下を狙った。

敵はそこにも現われ、三太郎は棍棒を振い、二名の兵士を迎え、わたり合った。あいにく猪助は敵と対峙していたので、小路に逃げ込んだ。

駈けつけた大岩は、一人に切りつけ、長十郎は逃げる兵に跳びかかって刺した、露地の敵は大岩が追い詰め、斬り倒した。

逃げようとした官兵は、青竜刀を捨てて消えた。押し倒され力も尽きた三太郎は、気味悪い赤い眼と嗤《わら》いの下で——最後だなと閃めいた。

義勇兵が腕をやられた。三太郎は敵が刀を振りあげる瞬間に回転しようとしたとき耳もとで銃声がして、敵は力なく三太郎の胸もとに倒れ込み、生ぬるい血液が顔に滴《したた》った。蒼ざめた小環が洋砲を重たげに抱え、立っている、硝煙揺らぐところに、赤鬼のように血を浴びた三太郎は立ちあがった。

小環の顔といったら、嬉しさに輝いている。

三太郎は近づいてありがとうと言ったが、しがみつかれ、その頬や首すじに古いかな、接吻を
――された。

炎都の灼熱は、体温を遙かに超えていた。広大な広場を埋め尽くした敵軍の制服は、皆殺しだと威嚇《いかく》している。八月十一日となった。

空腹で死にそうだったが、三太郎もこの頃すこしはお返しの方法を覚えたらしいと、この夜の休息のとき、猪助と秋葉は相好を崩した。八月十二日二十一時である。

それから十日ぶりに歯を磨き、俺がしたデートは十六年まえのことだったと、秋葉は笑った。そんなこんなで命拾いしたり、みんなは愉快な夜を銃を抱いて眠った。

いよいよ関が原の日となった。場外の広場は静寂を保っている。弾丸は僅かだが、猪助は小枝しげに弾丸込めしてもらった銃を、傍に四梃置いた。八月十三日八時。

数十名の教民に、長十郎は瓦と敷石を砕き、城壁内の通路に集めさせた。婦人方には熱湯を沸かせ、梯子を使い昇って来る敵に浴びせることを、三太郎が頼んで歩いている。

煉瓦を掘り出し、要所に集積しながら三太郎は、この城壁のどこかでぼくの生涯は終わるだろう。敵の正規兵は、蟻の如く集結し、広場を埋めている。夕刻までは耐え切れまい。

バリケードと鉄の門扉の防禦があるから、一度に侵入されることはあるまい。だが、砲撃による大門の破壊に、津波の如く敵は一斉に押しよせる。それで終わりだ。

不意に始まる海鳴りの如き攻撃を、今度こそ撃退できぬであろう。弾薬はない、食い物は――軍用毛布ならあるぜと、哀しい嗤いをしている。全てを神に委ねよう。守って下さるだろう。十時かっきりに敵軍は、全火線で一斉に火蓋を切った。砲火は閃き、耳も聾せんばかりである。五重に包囲された北京城の外郭は、正規兵と拳軍が、大蟻の如く前進を始めた。

公使館邸では、屋根瓦を取り外す者、それを運ぶ者、砕くものに分かれ、活動を急いでいる。十二時。敵からの鬨《とき》の声は、雷鳴の如くひびき怒濤の進撃を開始した。

「正門から来る。儂はこの位置で国旗を守る。喩《たと》え死するも、この地は動かん。敵に国旗も渡さん。あの高い甍のポールに旗を揚げる。救援軍は必ずここに駈けつけよう」

「第五師団は、最精鋭といわれた部隊でしょう」

「だがよ、マラソンとは違うのだ。敵は待っている」

「もしも半日だけ救援部隊の到着が遅れたら、俺たちどうなるのだ」

「支え切れまい。我らが命は風前の灯火じゃ。残弾は各自数発、食物とて昨夜をもって全て終わった――我われは最後の武器を持って戦うのじゃ、肉弾である」

「しでえことになりやがった。いやはや」

「儂とて死にたくない。これまで耐えて来たのじゃ」

彼岸花が中院に淋しげに咲いている、三太郎は、この花が好きになれなかった。不吉を感ずるのだ。どうみても――。

「戦闘は恐ろしいが、始まれば怖れは消える。先輩は疾風の如く剣を構え斬り込むことでしょう。

その時こそ、ぼくも、敵を迎え討ち、摑み合っても戦います」

「よう言ってくれた。死ぬにせよ、生き抜くにせよ、もうしばらくの辛抱じゃ」

「先輩を見ていると、勇気が湧いてくるのです。吾われを神は救われるでしょう」

「親思う心に勝る親心、今日の訪れなんと聞くらむ。儂は松陰先生が処刑される日の歌に胸を抉《えぐ》られる思いがしたことがある。いまの儂は、目前の敵を斃すことだけが残されたのじゃ」

全身包帯の兵が介護所に駈け込み危ないのだ。何名でもよい東門に行けと告げた。横たわる兵も銃を杖に出て行った。

火炎瓶を四郎太は、群がる敵兵めがけ投げつけていた。猪助は小貫隊の応援に行き、黒羽某なる上大門出身の隊長のもとで、共に戦い、沈着、機敏な隊長は日本刀を振るい指揮をとり、小貫慶治を援け、砲煙の中から現われた。

日本刀はひどい歯こぼれができ、鋸の如き刃先となった。だが、敵は続ぞくと壁面を登り始め、小貫隊義勇兵は瓦を投げ、熱湯を浴びせ善戦した。しかし敵軍は、さらに兵力を増員し、続々集結し壁面を登ってくる。

教民は煉瓦を投げ、敵兵を振るい落とした。

「弾薬はもうありません。熱湯を持ちあげた松本さんを休息させました。これからどうしますか。海兵の草薙善次と中川軍司は重傷を受け、臨時包帯所に担ぎ込みました」

女性は、火箭の消火や通路の石を運ぶなどして、汗みどろの働きをして協力している。

「日暮れを我われは待つだけである。新手を敵は交代で、前線に繰り出してくる」

十五時。不意に官兵の大隊は、兵力を東方公路に移動し始めた。最後の火炎瓶を、秋葉四郎太は神に祈りを込めて投擲し、敵を撃退させた。

まるで芝居の活劇だったと、眼をくしゃくしゃにさせて皆は笑った。皆の顔は汗と涙にどれもが黒かった——大岩の双眼鏡からも、敵の慌《あわ》てぶりがよく分かった。頬がゆるみ歯が見えた。近くまで日本軍の尖兵中隊が来ているのだ。北東に砲火は見えず、騒擾の声も聞こえない。寄せ手の攻撃は、一層激しさを加え、敵は城門を焼き、やがて一部は城内に流れ込んだ。

伍長が連絡に駈けつけ、敵は通州南部で我が救援隊を包囲攻撃し、押し返したとの情報でありますと報せた。小雨が降り始めた。熱い体に心地よい。

城壁内に入った敵兵二名を、大岩は斬り倒したが、続く大男には手裏剣を投げ、一名は頬に切りつけ、他の一名の左眼を突き刺した。

本部に来た軍曹は、二万の官兵と義和団は、日本軍を公路上各所で破砕し、四散する兵を追跡中とのことに、城内の守備兵らは声もなかった——だが、友軍の苦戦は信じ難く、

「本当かよ、負けることはないだろう、大岩が戻ったから聴いてやる」

「それは、流言蜚語と申すものじゃ、欺されるな。皆は穏やかにして救援を待つことだ」

籠城軍の戦力は次第に衰え、曙光を求め、一縷の希望を頼りに防戦は続行された。

城外広場は、砲火と煙で見透せなかったが、砲声はやがて熄《や》んだ。敵は突撃発起してくる、チャルメラ喇叭《ラッパ》が鳴りだし、喚声を挙げて兵士らは青竜刀を振るい、義和拳は城内各所に跳び込み、守備兵と混戦となった。

わが兵士は白兵をとり、組み合い、打ち合い倒れ、そして殺しあった。しかし後続の攻囲軍は、漢奸を殺せと叫びつつ城壁を昇ってくるではないか。

石油を浴びせ敵兵に、発火した布切れを石に巻いて投げつけた。炎は寄せ手を押さえた。

大岩は早くも二名を突き刺し、さらに一名を打ち取った。次つぎと彼は青竜刀を打ち振るう、敵を斃したため、屍体は山となった。

火箭を猪助は放ち、長十郎は砕いた瓦を敵の群がるところに投下した。

「石油をかけろ、火をつけろ」

「通州方面から急射撃が聞こえたぞ」

遙かな公路より鯨波《とき》の声が聞こえてくる。殷々たる砲声と射撃音は高まり、降雨の中で次第に砲火は激しく、地辷りの如き騒擾と変わった——友軍が来ているのだ。

軍靴の音は陸続と響き、進撃喇叭の吹奏に胸は踊った。内地の連隊で何度も聞いた突撃喇叭である。守備隊は湧き立った。嚠喨《りゅうりょう》と胸を力強く、それは揺さぶり、みなは有頂天となった。

「儂らは助かったのじゃ、嬉しいのう」

弾雨に谺《こだま》するひっきりなしの震動の中で、皆は跳び上がって喜んだ。背肚に敵は日本軍の攻撃を受けたため、広場に再集結のうえ、六列横隊を作り、再び攻撃前進を開始した。敵は隊伍を乱し、突進して来た。

突喊を叫び入城を急ぎ、全火線を圧し、突撃に移った。事態は切迫した。城内の日本軍は、迂回する隘路に婦人狙撃隊を集め、待機させたが、彼女たちが筒《つ》つ袖の和服に白の鉢巻、紺の袴を履いた姿は凛々しかった。

お蕗は、兄の友人松崎から贈られた帯留めを肌身につけて——射撃命令を待ちましょう。不意に、彼女は働いていた紡績工場での糸繰り作業を想いうかべた。

あの頃は機械のように働いたわ。つらいことも多かったが、実家に逃げ帰ることはできなかった。結核に罹《かか》り痩せ細った友人は、若い命を凍りついた諏訪湖に沈めた。

あの人に逢いたい一心で、遠い異国まで来てしまった。動乱はもうすぐ終わるでしょう。歩兵第十一連隊まで行き、安否を訊ねよう。あの人が訓練を受けた隊だった。司令部に行けば、あの人の消息が聴けるでしょう。

土くれが霧の如く飛び散るなかで、お蕗に惧《おそ》れはなかった。よく狙い、数発撃ったが、一発はよじ昇る敵兵に命中し、逆さに落下して行った。

至近弾は並んでいたお規久にも跳び、破片を受けたお規久はぐったりした。

「婦人狙撃隊は、直ちに中院に撤退せよ」

気魄のこもった声が戻ってきた。

「私は平気よ、撃ち切るまでここにおります。終わったら中院ね、十分ほどで行きますわよ」

額から汗が滴っている。霧雨になった。

お蕗の声を聴くことができたのは、このときが最後となった。

佐山厚子と小環は、銃声と叫喚のなかで屍体となったお蕗を担架に乗せた。雨になってきた。

中院に残されたコスモスの花ですら哀しみの余り、萎《しぼ》んでしまった。

悼んでも余りある無念なことだった。

「敵は本部に通じる通路に侵入した。すぐに行け、止めないと大変なことになる」

付近にいた傷兵もよろよろと立ち上がって走った。婦人を守らねばならぬ。全員は沈黙の裡に敵を捜し、声をあげて走った。

士官は拳銃を射ち、小銃を逆手にした兵卒は拳軍と打ち合い、死体を跨《また》いでは路地から路地へと敵を探し求め、せかせかと走った。

衝突した兵は、跳び散る血汐を浴び、悪鬼の如き形相となって死にもの狂いで戦った。

彼らは狂気漂う雨中を、涸《か》れた声を張りあげ、殺されるか弾丸を受けるまで敢闘した。

露地を曲がったところに、若い女性の白い上腕を摑んで放さぬ義和団の兵が見えた。

長十郎と猪助が来て、前後からこれを突き伏せた。包帯を巻いた兵だけが残り、蒼い顔で二人をカバーしてくれた。

女性と子供を数名の傷兵が、最後のときの最後の守りに立哨していた。彼らは敵が来れば、刺し違えて戦う覚悟なのだ。

チャルメラの喇叭が響いた。敵は退ってゆくぞ。

敵軍は退却喇叭を聞くと潮の如く退いて行った。だが、各所では小戦闘がいまだ続けられている。慈雨の中を軍医も射たれて運ばれて来た。城壁からの眺めは何と感動的なことだったか——

市街地では殷賑さをとり戻しつつあった。

「虹が出た。ご機嫌だ」

澄みきった蒼空を仰ぎ、皆は痺《しび》れたように虹を見詰めた。その時である、一発の銃声に、銃眼近くで虹を眺めていた大岩が蹲《うずく》まった。苦痛を耐えていたが、にっと笑った。

傍らにいた猪助は、広場に逃走する敵兵を射つべく据銃したが、大岩はこれを停めた。

「動乱は終わった。射たんでくれ。儂は軽傷じゃ。ショックで、でん返っただけじゃ。すぐに療るさ。最後に撃たれたとは、儂や傑作じゃよ」

仰天した三太郎、松本、小環たちも、十二使徒の如く駈けつけた。大きい胸から流れ出る血液を拭った小環は、包帯を巻きつけ、長十郎は担架を拡げた。

十六時になると、背後に迫る救援軍の接近に敵は部隊を移動させ、北京城攻略の布陣は崩れたが、一部は再度強引に攻略を急ぎ、遮二無二、陥落させようとする情況が指揮系統に現われた。

城内では、全身綿の如く疲労した守備兵がアンペラの上に横たわっていたが——またかとばかり起きだした。戦争は終結したのだが、まだやるのか。長十郎も笑いだし、

「おやまあ、友軍が来てくれたの、信じられないわ。私たちみんなは義務は果たしたのよ」

泣いたことがなかった長十郎の頰に、滂沱として光るものが流れている。

「これからは何でも食えるぜ。敵が来ても、俺は何もしねえぜ。握手ぐらいはするけど」

公使館邸は割れんばかりの歓呼に湧いていた。婦人会の人も、子供らも中庭に集まって抱き合い、教民もまた諸手を挙げて踊り狂った——勝ったとは思えぬが終わるものは終わったのである。

「事変は終熄したとはまだ言えない。損害を出さぬよう注意することである」

何度も夫人たちが、頬につたわるものを三太郎は拭うのを見た。小環は駈け戻り、猪助も、大岩は大丈夫だと言っていたと微笑み涙ぐむ。英軍の印度グルカ兵が、御河水門から鼓笛隊を先頭に防禦線内に入ったとする報告を受けたあと、コザック騎兵も東便門で抵抗に遭いながら入城を果たした。籠城は実に六十三日間、続けられたのである。

我が軍は最後まで抵抗する拳軍と衝突をしたが、歩兵第十二連隊の福島少将と参謀は、喇叭を吹奏しつつ共に入城を果たした。

淑やかな婦人たちも感極まり、兵士の塩辛い頬に唇づけする姿も、各所に見ることができた。城内から湧きあがる歓呼は、まさに春の嵐であった。

ポール上に日章旗は翻り、教民も日の丸の小旗を打ち振っている。

城外は見渡すかぎり業火の跡も生ま生ましく焼尽し、燻《くすぶ》る民家の間に騾馬が引く箱馬車に、義和団兵士の屍体を次つぎに投げ込んでいる。遙かな三本杭と二本の楊柳だけが、広大な広場に寂然ととり残されていた。

城内から連合軍三個中隊が広場に出て整列し、中国兵の屍に対し、大空に向け、葬送と鎮魂を込め一斉射撃を行なった。

「松本さんよ、お看経《かんきん》のおかげで生き残れたね。こうしているのが夢のようだ」

人生は素晴らしい。人生は冒険なのだから、勇気を出して挑戦することだ。人生は生きてゆくことに神秘がある——ぼくは友人の畠中さんからそれを知った。La Joie De Vivre 生きている喜びとの言葉も、ぼくはこの八週間に学習できた。そのうえ小環という真珠を得た――命の恩人でもある。

先輩や大勢の友人もできたから、もう寂しい気持などにならないだろう。幸せなことに、神さまもぼくが正しく生きてゆくことを見守っておられる――全て感謝すべきことだ。

にもかかわらず、戦死された勇敢このうえなかった者の無念さを思うとき、ぼくは虚しい。

大岩先輩は、我われが死なずにこの世に残されたのは、何か善いことを神さまがさせようと御計画されたからなのかも知れぬ。この点は三太郎に、儂や今後とも教えられるだろう――銃眼に立つと、城壁は熱していた。

毀《こわ》れた器材があり、倒れている大砲を起こす者も、死体を数え記録する者もいたが、もの売りの少年の声は平和を歓《よろこ》んでいる。

義勇隊、遊撃隊とも、横山歩兵大尉に守備を委ね、その任務を終了し解散した。

佐山厚子が来た。三太郎に司令部の士官と共に夫の健児が到着したと言い、食物を分けてくれた。彼女は笑いながら、

「これまで何度か私は、偽善者と呼ばれましたが、神さまにつく多くの者は、悪心を持つ人に逢うことは覚悟しなければ、なりません。嗤《わら》う人もよく分からないからということが多いようですが、嗤われるたびに信仰心は深まるものですわ。謙遜で穏やかな人物になることですよ。虞《おそ》れるものはありません、一生涯神さまは、あなたとお家族に付いていらっしゃることでしょう次にお逢いする時は可愛い赤ちゃんも一緒ね」

粟屋大佐の部隊も狙撃を受け、負傷し落馬や戦死された将兵が報告されたが、これらを収容しつつ入城を果たされた。

防戦と苦闘の末に、北京城は解放された。

「そんじ、これから和平交渉に入るが、その前にこれを三太郎に差しあげる。二人は喧嘩したことがあるかね、心配じゃが——」

「何度も。言葉で困るのです」

「お前は二度も救われたのじゃ、それを忘れてはならん。何度も喧嘩をしても解決したなら問題はなかっぺ。もしも仲直りがいつまでもできないなら、厄介じゃが。大体、男は身勝手なものじゃよ、逆らうな三太郎」

「ありがとうございます」

「華北交通での仕事を先生から頂いてある。小環を我が躰の如く愛して暮らせ。それは我が身を愛することなのじゃ。神がおきめ給うたことじゃ。小環を悲しませることはならぬ」

「そう致します」

「時をみて、子供の教育は東京にしたらよかっぺえよ。お前が育った増上寺さまあたりは槐の木も並び、瓦が埋まった土塀もあり、北京に似た美しいところだ」

空ら咳を続けた大岩の声は嗄《しわが》れて、

「秋になると那珂川や久慈川の上流は紅葉して、壮麗な錦絵になる——儂も一度帰りたい。人生は引き際が肝腎じゃ」

集まった人に秋葉四郎太が、

「ほっとしましたよ、胸部の盲貫は大抵、大丈夫です。まして大岩は強い人だから、心配せんでよいと思う。房州じゃお盆に死ぬのは天命だとする謂《い》われがあるが、天命にさえ大岩は勝つでしょう。塩焼きの鮎が食いたいと言っていた」

野戦療養所の傍らに咲いていた桔梗と遅咲きの水仙は、それまで心配で首を垂れていたが、この話を聴いてから元気をとり戻したらしい。

ぴいんと全部が頭をもち上げている。八達嶺《ぱあたありん》、長城と十三陵方面は何ごともなかったように、壮大な秋への高天を迎えようとしていた。

――完――

北清事変は屍体の山と広大な廃墟を作ったが、新しい中国発展の基礎ともなった。一方、日本軍人の義和団動乱における戦没者数は一二五六柱であったと、靖国神社社務所広報部よりの発表があった。

おわりに

この物語は、一九〇〇年夏の北京で起こった義和団による動乱の中で北京城内に籠城せる八ヵ国連合軍とその家族、清国教民の苦心を記述した一小説であり、陸海軍の将兵は希望を捨てることなく勇敢にこの異状事態を生き抜いたことは称えても余りあることだった。歳月の経過は誤記もあるものと考えますが、参考文献によるところは誠に多いものがあり、伊藤桂一先生を始め出版に至ったすべての皆さまに感謝しております。

終わりにこの動乱で逝去された多数の将兵の霊魂に深い哀悼の念を以て、その御冥福をお祈り申しあげます。

著　者

〔参考文献〕防衛庁史料閲覧室、「陣中日誌」戦闘詳報・陸軍大日記、「戦時日記」海軍省公文備考、「黄土」北支派遣独立歩兵一〇九大隊、「北京籠城記」柴五郎・平凡社、「北京籠城日記」服部宇之吉・東洋文庫、「義和団」スタイガー・光風出版、「北京燃ゆ」ウッドハウス暎子・東洋経済新報社、「キリスト教は文明を救いうるか」W・Mホートン・中央文庫、「スピノザの国家論」畠中尚志・岩波文庫、「日本の歴史」隅谷三喜男・中央文庫、「世界歴史地図」樺山紘一・三省堂、「霊感者」スエーデンボルグ・今村光一・教文社、「日本切支丹宗門史」吉田小五郎・岩波文庫、「パンセ」パスカル・中央文庫、「ヒルテイ著作集」白水社、「キリストにならいて」トマスアケンピス・岩波書店、「チャペルタイムス」ほか

虎口の難

二〇〇一年五月三〇日　第一刷

著者　高《たか》橋《はし》長《なが》敏《とし》

発行人　浜　正史

発行所　元《げん》就《しゅう》出版社

〒171-0022　東京都豊島区南池袋四―二〇―九
サンロードビル三〇一
電話　〇三―三九八六―七七三六
FAX〇三―三九八七―二五八〇
振替〇〇一二〇―三―三一〇七八

印刷　東洋経済印刷

ISBN4-906631-66-5 C0093